磨铁经典第三辑 · 世界短篇经典

矛盾、虚伪、狂喜、忏悔、体谅、慰藉。

看似无所适从的人生里，有金光闪闪的心灵。

Jack London

热爱生命

杰克·伦敦
短篇小说集

[美] 杰克·伦敦 _ 著

苏福忠 _ 译

江苏凤凰文艺出版社
JIANGSU PHOENIX LITERATURE AND
ART PUBLISHING

图书在版编目（CIP）数据

热爱生命：杰克·伦敦短篇小说集 /（美）杰克·伦敦（Jack London）著；苏福忠译 .— 南京：江苏凤凰文艺出版社，2022.10

ISBN 978-7-5594-7021-8

Ⅰ．①热… Ⅱ．①杰… ②苏… Ⅲ．①短篇小说－小说集－美国－近代 Ⅳ．① I712.44

中国版本图书馆 CIP 数据核字（2022）第 160521 号

热爱生命：杰克·伦敦短篇小说集

[美] 杰克·伦敦 著　　苏福忠 译

出 版 人　张在健
责任编辑　周　璇
特约编辑　胡瑞婷　张凤涵
装帧设计　艾　藤　王　媛
责任印制　刘　巍
出版发行　江苏凤凰文艺出版社
　　　　　南京市中央路 165 号，邮编：210009
网　　址　http://www.jswenyi.com
印　　刷　河北鹏润印刷有限公司
开　　本　787×1092 毫米 1/32
印　　张　8.25
字　　数　177 千字
版　　次　2022 年 10 月第 1 版　2022 年 10 月第 1 次印刷
书　　号　ISBN 978－7－5594－7021－8
定　　价　38.00 元

目录

白茫茫的寂野

“卡门活不了一两天了。”梅森吐出一块冰碴儿，心情黯淡地打量着那只可怜的畜生，接着又把它的蹄子放进嘴里，继续啃咬那些在狗爪子间冻得硬邦邦的冰坨坨。

“我从来没有见过一只狗，取了这样侉里侉气的名字，还能坚持下去。”他说，这时他把狗爪子间的冰碴儿咬净了，把卡门推到了一旁，“它们就这样耗下去，拉雪橇拉到死。你见过一只狗的名字取好了就一好百好了吗？像卡西亚、希瓦史，还有哈士奇。没有，老兄！看看这里的舒卡木，它——”

忽的一下！那只瘦伶伶的畜生猛然一跃，白生生的牙齿差一点咬到梅森的喉咙。

“你敢咬，敢咬吗？”狗鞭子的杆子对准它的耳朵后面，狠狠地敲了下去，只见那畜生立时躺在了雪地里，浑身微微颤动，一溜黄色的口水从它的牙齿间滴落下来。

“我说过了，你看看这个舒卡木——它有的是精神。打个赌，不出这个星期，它就会把卡门吃掉的。”

“我倒要打一个相反的赌呢。”马尔姆特·基德说，把烤在火头上的冻面包翻了个儿，“不等我们结束行程，我们会把舒卡木吃掉。你说怎么样，露丝？”

这个印第安女人往咖啡里放了一块冰，让咖啡沉淀下来，然后看一眼马尔姆特·基德，又看一眼自己的丈夫，最后看了看那些狗，但是没有回答。这是无可辩驳的事实，用不着多话。在起伏不平的雪道上奔跑二百英里[1]，只有不足六天的食粮供他们食用，狗们没了狗粮，还能有什么别的选择嘛。两个男人和这个女人围坐在篝火边，开始吃简陋的午饭。那些狗躺在挽具里，因为这只是午间小憩，它们眼巴巴看着人一口一口用餐，馋得厉害。

“从今儿起就吃不上午饭了。”马尔姆特·基德说，“我们要盯紧那些狗——它们都凶悍起来了。它们随时会把人扑倒的，只要它们瞅准时机。”

“我过去当过美以美教会的主席，在主日学校教过书。”梅森离题万里地自顾自地说话，看着那双冒着热气的鹿皮靴发呆，露丝给他的杯子添咖啡时他才回过神来。“感谢上帝，我们还有不老少的茶！我在田纳西州可没少见茶树生长。现在要是有人送给我一个玉米饼子，我什么都舍得交换！别忧心忡忡，露丝。你饿不了多久，鹿皮靴也不用穿了。”

这个女人听了这番话，一脸愁容就消失了，眼睛里满是对她的白人主人的深爱——这是她见过的第一个白人——她遇见的第一个把女人当人看的白人，不把女人当动物，当拖累人的畜生。

“是的，露丝。”她的丈夫继续说下去，两种语言混在一起讲，只有他们彼此听得懂，“等我们把事情办利落了，就动身到外面世界去。我们乘坐白人的小船，直奔盐海去。是的，那里

1　1 英里 ≈ 1.609 千米。(译者注。本书脚注若无其他说明，均为译者注。)

水总是来势汹汹的——像高低起伏的大山一样跳上跳下。还有，海还那么大，那么远，你在大海上要走十个昼夜，二十个昼夜，四十个昼夜。”（他用手指头比画着计算日子），“一路航行一路水，水势很凶猛。随后你来到大村子，到处都是人，到了夏天蚊子一样多。哦，那些住房，很高很高——有十棵或二十棵松树那么高[1]。喂，你看，顶呱呱的！”

他停住说话，一副爱莫能助的样子，用求救的目光看了一眼马尔姆特·基德，然后用手比比画画，把那二十棵松树摆在一起，一棵摞在另一棵上面。马尔姆特·基德微微一笑，兴致很好，却有些讥诮。但是露丝两眼睁得圆溜溜的，倍感惊奇，满心喜欢。她不大相信他是在开玩笑，那样一种关切的神情让这个可怜的女人打心里高兴。

“随后你走进一个—— 一个箱子里[2]，噗一下！你就上去了。”他把手里的空杯子扔到半空，演示向上蹿的样子，眨眼间眼疾手快地把杯子接住，叫道，“啪一声，你就掉下来了。哦，了不起的巫师！你去育空堡，我去北极城——二十五个昼夜的路程——一条长线，就只是一条长线——我在长线的一头——我说：‘喂，露丝！你怎么样啊？’你说：‘你就是我的好老公吗？’我说：‘是呀。’——你说：‘烤不出好面包呀，没有苏打粉了。’——随后我说：‘在贮藏室里找找，在面粉下面呢。再见了。’你找到了很多苏打粉。你一直待在育空堡，我一直待在北极城。嗯，

1 这里指城市里的高楼。

2 这里指电梯。

看看，巫师厉害吧！”

露丝听了这个现编的故事就笑了，笑得很率真，两个男人都忍不住大笑起来。狗群里爆发出一阵吠叫，把外面世界的种种好玩的事情打断了，等到又叫又咬的狗群被隔离开，露丝已经把雪橇摆放停当，准备上路了。

“快走！秃头！啧啧！起来起来！”梅森把鞭子甩得啪啪响，随着狗群低声地呜咽起来，他把方向杆一拉，雪橇就启动了。露丝跟在第二个狗队里，马尔姆特·基德帮她推起雪橇，留下来殿后。他强壮有力，野里野气，一拳头能把一头公牛打翻在地，却不忍心抽打那些可怜的狗，而是处处替狗着想，和别的赶狗人大不一样——还不止呢，看见它们受苦受累几乎会流下眼泪。

“来吧，快上路吧，你们这些可怜的跑坏蹄掌的东西！”他嘟嘟囔囔着，无关痛痒地一连轰了几次狗，才启动了雪橇。他付出的耐心终于有了回报，尽管狗群痛苦得呜咽不断，到底还是加快了脚步，赶上了它们的同伴。

再没有人说话了。一路辛苦地跋涉，不允许这样浪费精力。在所有累死人的苦活儿中，在北方地区赶路是首屈一指的。沉默无语根本算不了什么，任凭寒冷袭击，冷风吹拂，或者在前人走过的雪道上顺利前行，一天平安地走下来，才是一个烧了高香的人。

在所有令人心碎的苦活儿里，蹚出一条雪道最是千难万难的。每走一步，大雪鞋噗一下踏进深雪里，一下子就没到了膝盖。接着拔出来，直直地往上提，一旦歪了几分，就会招来难以预料的灾难，雪鞋还一定要提起来，离开雪面；然后再往前行，直直地踩下去，另一只脚直直地拔出雪面足有半码[1]高。第一次破雪而行，如果侥幸没有让两只雪鞋磕碰在一块儿，吃不准迈出去的步子有多凶险，也一定会走出一百码后精疲力竭，放弃前行；要是一整天行走下来没有让狗绊倒，明明白白、顺顺利利地爬进睡袋里，那么一种自豪之情会油然而生，别人无法领略；倘若在漫长的雪道上行走了二十个昼夜而安然无恙，那么神仙都会羡慕不已的。

下午总算熬到了，白茫茫的寂野自有一种恐惧，一声不吭的行路人埋头干活儿。大自然诡计多端，能让人深信人生短暂——往复不断的潮汐，暴风的怒号，地动山摇的地震，天上隆隆长鸣的雷声——然而，最让人无奈的，最让人失魂落魄的，还数这白茫茫的寂野带来的逆来顺受的苦熬。万物停止了运动，空中清澈明亮，天堂像铜镜。轻若游丝的喁喁细语都似乎亵渎神明，人变得谨小慎微，连自己的声音都会把自己吓着。生命的一粒尘埃在一个死寂的世界的阴森森的废土上穿行，给自己壮壮胆子都会瑟瑟发抖，承认自己不过是一条蛆虫的小命，小命而已。奇怪的思绪不请自来，万物的神秘在诉说神秘所在。惧怕死亡，惧怕上帝，惧怕宇宙，无一不在征服人——希望复活，希望长命，渴望长生不老，徒劳地、不遗余力地追求禁锢的本质——也就到了这一步，人才会心甘情愿地与上帝同行。

一天总算熬过去了。这条河转了一个大弯，梅森赶着他的狗队打头阵，抄近路穿过弯地的窄颈。可是，狗群在高高的河岸边

1　1码=0.9144米。

畏葸不前。一次又一次，尽管露丝和马尔姆特·基德用力推雪橇，但是它们还是滑了回来。随后，人和狗一起使劲儿。这群历尽苦难的可怜虫，饿得虚弱不堪，拼尽了最后的力量。向上——向上——雪橇终于爬上了河岸的顶部。可是打头的那只狗把它身后的狗的缰绳拉向了右侧，把梅森的雪鞋绊了一下。结果非常令人沮丧。梅森被绊倒在地，一只狗倒在了挽具里。雪橇摇摇晃晃向后滑去，把所有的东西都拖到了河岸的底部。

啪啪！鞭子在狗群里恶狠狠地乱甩，那只倒下去的狗挨揍得最厉害。

"别打了，梅森。"马尔姆特·基德恳求道，"这可怜的东西站不起来了。等等，我们来把我的狗队套上吧。"

梅森不慌不忙地收起鞭子，等基德的话音刚落，就甩出去长鞭，一下子缠住了那只闯下大祸的畜生的身子。卡门——正好就是卡门——在雪地里缩成一团，可怜巴巴地哀号，接着卧在了地上。

真是一个悲惨的时刻，在雪地跋涉中令人揪心的事件——一只垂死的狗，两个同伴都在生气。露丝提心吊胆地看看这个男人，看看那个男人。但是，马尔姆特·基德压制住自己没有发作，尽管两只眼里满是责备的神情，他弯下身子查看那只狗，把缰绳割断了。谁也没有再多说什么。两支狗队合在一起，终于把这个难题解决了。雪橇又上路了，那只垂死的狗拖着疲惫的身体跟在后面。只要一只狗还能行走，它就不会被射杀，这是给它留下的最后机会——只要能爬进营地，就有希望享用一只被宰杀的麋鹿。

梅森已经后悔这次怒气冲冲的行动，却死撑着不肯认错，只顾在雪橇队伍的前面埋头干活儿，丝毫没有想到即将飞来的横祸就在空中悬着。遮掩起来的河床里，树木拥挤在一起，他们要穿过这片密林。在雪道旁高耸着一棵钻天的松树，足有五十多英尺[1]高。它生长在那里，生生不息，年年岁岁孕育着迟早会发生的命运——或许这样的命运在梅森身上也早就安排下了。

他弯下腰来绑紧他鹿皮靴上松开的皮带。雪橇先后停了下来，狗群卧在雪地里，没有呜咽。万籁俱寂，有些瘆人。这片结满冰霜的森林，没有一丝微风吹拂。外界空间涌进的寒冷和寂静，把中心地带冷冻起来，把大自然发抖的嘴唇击碎了。空中传来一声叹息——实际上他们似乎并没有听见这声叹息，但是感觉到了，如同在没有动静的真空里有动静要来了。接着，那棵巨树，不堪经年累月的重负和积雪，在生命的悲剧里上演了最后的一幕。他听见了大树将倾的断裂声，打算一跃而起，然而就在他快要挺直身子的时候，不偏不倚地用肩部迎住了倒下的大树。

飞来的横祸，瞬间的死亡——马尔姆特·基德可谓屡见不鲜了！松树的松针还在不停抖动，他便发出了命令，立即行动起来。这个印第安姑娘也没晕倒，也没有呼喊，如同她的白人姐妹们多数会表现的那样。在马尔姆特·基德的吩咐下，她立即把全身压在一根临时做成的杠杆的端头，减缓大树的重压，聆听她丈夫的呻吟，同时，马尔姆特·基德用斧头砍削大树。斧头的钢刃

1　1 英尺 ≈ 0.3048 米。

砍进冷冻的树桩，咣咣的响声很是欢快，每砍一下都伴随着用力的响亮的呼吸，“嗨！”“嗨！”这个伐木工喊了一声又一声。

终于，基德把一堆可怜的东西抱进了雪地里，可这曾经是一条汉子啊。他同伴的剧痛固然可怕，可是这个女人脸上那种无声的痛苦，那种希望和绝望兼而有之的疑惑表情，更是可怕。说什么都显得多余。北极地带的人们，早已明白话多无益，行动起来才价值连城。气温在零下六十五度[1]，人躺在雪地里用不了多少分钟就活不成了。于是，雪橇上的皮带被割了下来，这个遭难的人被裹进皮被褥里，放在了树枝支起来的床铺上。在他跟前燃起了大火，木头全是从那棵惹祸的松树上砍下来的。在他后面撑起来一道半高的原始的挡风—— 一块帆布而已，用来留住大火散发出来的热力，反射回来，送给重伤在身的人——这个窍门对在自然中学习物理的人应该不陌生。

与死亡同眠过的人，都知道死神在召唤了。梅森被大树狠狠砸中，草草检查一番，伤势清清楚楚。梅森的右臂、右腿和脊梁全被砸碎了。胯骨以下，两条腿全瘫痪了。内伤可能更厉害。偶尔呻吟一声，是梅森唯一的生命迹象。

没有希望，束手无策。毫无怜悯之心的黑夜慢慢熬走——露丝的那一部分，无非是她那个种族绝望中的坦然处之，而马尔姆特·基德也不过是紫铜色的脸上增添了新的纹路。事实上，梅森一点不觉得痛苦，因为他在田纳西州东部的大烟山间打发时间，回到了童年的光景。最让人心酸的是他那长久遗忘的南方方言的

1　本文温度都按照华氏温度计算。

悦耳呓语，念叨他在水池里游泳、逮狐狸以及偷西瓜。这些场面对露丝来说如同天方夜谭，但是基德听得懂，也感觉得到——如同一个人远离一切文明享受多年后所能感同身受的。

凌晨到来，这个身遭重创的人恢复了意识，马尔姆特·基德弓下身子尽量靠近他，倾听他的喁喁细语。

“你还记得我们在塔纳纳相见的情形吗？算上下次冰凌到来，有四年了吧？当时我没有把她怎么放在心上。可能是她长得秀气吧，因为好看就难免让人心动，我想是这样的。可是你知道，我渐渐地就总想到她了。她一直以来都是我的好媳妇，每逢难关她都帮我扛一把。后来来到这行当，你知道她同样能行。你记得她还击麋鹿角的袭击，把我和你接下岩崖吗？子弹像冰雹一样在河水里嗖嗖乱溅啊！——更别说努克卢克耶托那段忍饥挨饿的岁月了——还有她蹚过冰流带来消息。是啊，她一直都是我的好媳妇，比以前那个强得多了。你不知道我结过婚吧？我一直没有告诉过你，是吧？嗯，那是在美国的事儿，我结过一次婚。正是那次婚姻，我才来到了这里。我们还是一块儿长大的。我躲到这里就是给她一次离婚的机会。她利用了这个机会。

“不过，这跟露丝没有任何干系。我都想好了，挣些钱，明年就到外面世界去……可是太晚了。别把她送回她的族人那里，基德。一个女人回到娘家就不是人过的日子了。想一想！——近四年来她都吃我们的腌肉、豆子、面粉和干果，再回去吃她那鱼和鹿肉就不习惯了。尝试了我们的生活方式，明白我们的生活方式比她族人的更好，要是回头再去过那种生活，对她不公平呢。把她照顾起来吧，基德……为什么不呢……不过不多说了，你总是害羞躲开她们……你一直没有跟我说你为什么来到这个地方。善待她吧，只要你有机会，就把她送回美国去。可是记住，只要她想回来就成全吧……她指定会想家的，你知道。

“还有那个小子……小家伙让我们更亲近了，基德。我只希望是一个男孩。想一想哦！——我骨肉的骨肉呢，基德。他一定不能待在这个地方。如果是个女孩，那另当别论。把我的皮货卖掉。它们至少能卖五千块，我在公司里也有这个数目。把我的股份和你的合起来吧。我想那块申请来的矿地会出金子的。操心让那小子上好学。基德，最要紧的是别让他回来。这个地方不是为白人准备的。

“我是不久于人世的人啦，基德。至少还要行走三四个昼夜，你必须继续前行。你一定要接着走下去！记住，这是我的媳妇，她肚里有我的孩子……哦，上帝！我指望他是一个小子！你不要滞留在我身边……我恳请你，一个将死之人，上路吧。”

“给我三天，”马尔姆特·基德请求道，“你也许会好转的。奇迹也许会到来的。”

“不行。”

“就只三天。”

“你一定要上路。”

“两天好吧。”

“这是我的媳妇和小子，基德。你不要多问了。”

“一天。”

“不行，不行啊！我求——”

“只要一天。我们靠这些干粮能扛过去，我还可能打到一只麋鹿。”

“不行啊……那好吧。就只一天，一分钟也不能多。还有，基德，可别……可别把我一个人留下孤单地等死。只需一枪，把扳机扣一下就得。你明白的。想一想！想一想吧！我骨肉的骨肉呢，只是我再也不能活着见到他了！

“把露丝叫这里来。我想跟她说再见，告诉她一定想着那小子，不要等我死了。要是我不死，她也许会拒绝跟你走。再见，老伙计。再见。

“基德！我说……哦……在那个小山谷上打个洞，就在那道斜坡旁。我曾经在那里铲出了四十美分的金子呢。”

“还有，基德！”基德把身子弯得更低些，把最后几个微弱的词儿听明白，这个行将死去的人交出了他的自尊，“我很对不起……因为……你知道……因为卡门。”

听任那姑娘守在她丈夫身边嘤嘤地哭泣，马尔姆特·基德穿上皮衣，套上雪鞋，把来复枪夹在腋下，静静地走进了森林。北极地区不乏令人断肠的惨剧，他算不上少见多怪之人，然而他从来没有面对过如此揪心的难题。说得抽象一点，这是一道简单的算术题——三条可能生存下来的生命对上一个注定要死的人。然而，这次他犹豫不决了。五年来，肩并肩，在河流上，在雪地里，在帐篷里，在矿场上，面对荒野、洪水和饥荒造成的死亡，他们结下了生死伙伴的情谊。这条纽带很结实，过去他常常意识到露丝带来的隐隐约约的忌妒，从她第一次插入他们之间就产生了。可现在，这条纽带必须要他亲手割断了。

尽管他祈求碰上一只麋鹿，一只就够了，然而所有的猎物似乎都离开了这片土地，夜幕降临，这个精疲力竭的男子缓缓地走进了帐篷，两手空空，心情沉重。狗群吠叫起来，露丝尖叫了一声又一声，他不禁加快了步子。

冲进帐篷，他看见那姑娘正在汪汪吠叫的狗群里挥舞斧头。狗群打破了它们主人定下的铁律，正在冲向那些囤粮。他提起来复枪立即加入了这场混战，这场自然选择的抢夺战，因为原始环境的残酷而上演了。来复枪和斧头上下挥舞，只是上上下下地挥舞，击中或者没有击中。狗柔软的身子跳来跳去，两眼怒睁，它们龇牙咧嘴，涎水四溅。人与兽为了控制权，在进行一场你死我活的决战。最后，那些被打败的畜生蔫蔫地退到了篝火的边缘，舔吮它们的伤口，向群星汪汪吠叫，诉说它们的苦楚。

所有储备的干大马哈鱼都被狗吞食了，也许还有五磅[1]面粉剩下来对付二百多英里的雪野。露丝向她丈夫转过身来，而马尔姆特·基德把一只还有体温的死狗分割开，狗脑袋早已被斧头劈碎了。每一部分都精心地储藏起来，只把狗皮和下水留出来，扔给不久前还是其同伴的狗群吃。

清晨带来了新的麻烦。那群畜生发生内讧，撕咬起来。卡门依然依依不舍她那生命游丝，被狗群扑倒在地。皮鞭在狗群里啪啪乱抽，但狗根本不在乎。皮鞭狠狠地抽下，它们躲闪，哀叫，却一点不肯散开，直到那只倒霉的狗最后彻底消失——骨头、狗皮、狗毛，每样东西都没了踪影。

1　1磅≈0.45千克。

马尔姆特·基德开始干活儿，聆听梅森的动静，而梅森又回到了田纳西州，一个劲儿胡言乱语，在对往昔岁月的兄弟伙伴喋喋不休，说东道西。

他利用附近的松树，干脆利落地干活儿，露丝目不转睛地看他做成一个储存架，类似猎人有时用来保存肉类的玩意儿，免得让狼和狗偷吃掉。他把两棵小松树的树梢相对着往一起拉，几乎触到了地面，然后用麋鹿皮条把它们牢牢绑住。然后，他把那些狗收拾驯服了，套进两架雪橇里，把原来的每样东西都装上雪橇，只留下包裹梅森的皮被褥。他用皮被褥把梅森裹得紧紧的，捆结实，又把绳子的两头固定在弯下来的小松树梢上。只用他的猎刀用劲一割，就可以让树梢弹起，把梅森的肉体高高地送向天空。

露丝已经聆听了她丈夫的遗言，丝毫没有强争什么。可怜的姑娘，她早已学会了逆来顺受，随遇而安。从儿时起，她就会点头称是，看见所有的女人都对创世的主神顶礼膜拜，好像女人从万物的本质上讲就不应该反抗。基德允许这姑娘痛哭了一阵，吻别了她的丈夫——她自己的族人没有这样的习惯——然后带她来到最前面的雪橇边，帮她套上雪鞋。靠着本能，她盲目地拿起操纵杆和鞭子，吆喝着狗上路了。随后，基德返回梅森身边，见梅森已经昏迷过去。一直等到露丝闪出视线，基德才在篝火旁蹲下，等待，心怀希望，祷告他的伙伴断气。

孤身一人，折磨人的念头不断，待在这白茫茫的寂野，不是什么开心的事情。昏暗里的寂静尚可忍受，暗色把人包裹起来，有一种保护作用，而且呼出一千种难以捉摸的同情。然而，明亮的白茫茫的寂野，清爽而寒冷，在铁青色的天空下，却是毫无怜悯的。

一个小时过去了……两个小时过去了……但是这个人还没有死。等到正午，太阳在南边的地平线上连头也没有冒出来，只是露出一团火伸向天空，随后很快落了回去。马尔姆特·基德醒过神来，缓缓地来到他的伙伴身边。他打量了一眼梅森。白茫茫的寂野好像在讥笑，这让他惊悸不已。震耳的枪声响起来。梅森猛然甩向了他空中的坟墓。马尔姆特·基德挥动鞭子，把狗赶得发疯一样奔跑起来，在雪地穿越而行。

北方的奥德赛[1]

1 《奥德赛》是古希腊史诗，相传为荷马所作。诗中的主人公奥德修斯（也作“尤利西斯”），希腊神话中的英雄，特洛伊战争中献木马计，使得希腊获胜。

几架雪橇唱着一成不变的悲叹调，和挽具吱吱扭扭的声音以及领头狗叮叮当当的铃声，前呼后应。不过，人和狗都累了，不说话，不叫唤。雪道上铺满了厚厚的新下的雪，他们从远方赶来，滑板上装载了冷冻的麋鹿的腿，硬得像燧石一样，牢牢地压在还没有压实的路面上，使劲往后拉，那股倔劲儿与人的脾气差不多。黑暗正在袭来，但是这个夜晚还没有可以撑起的帐篷。雪细碎地往下飘落，空气没有一丝波动，不见雪花，只是精心设计的细小的雪晶。天气很暖和——还不到零下十度——人们根本不当回事儿。迈耶斯和贝特尔斯已经把护耳翻起来，而马尔姆特·基德甚至把手套都脱下来了。

狗群早在下午就疲惫不堪了，但是现在却开始表现出一股新的活力。那些更为机敏的狗中间，出现了一种不安情绪——一种对缰绳牢牢束缚的不耐烦，一种迟疑的快速奔走，鼻子在嘶嘶地辨别气味，耳朵竖了起来。这些狗对它们反应比较慢的兄弟变得恼怒起来，变着法子一下又一下地撕咬它们的后腿，督促它们前行。那些被撕咬的兄弟也沾染了这个毛病，助纣为虐，扩大了这种“传染病”。终于，最前面的那架雪橇的领头狗尖厉地吠叫一声，心满意足的样子，在积雪里压低身子，绷紧领圈向前拱去。其余的狗纷纷效仿这一架势。一条条后缰绳立时集体发力，挽绳于是绷得紧紧的。雪橇向前冲出去，人们紧紧抓住舵杆，拼命地加快脚步，这样就可以逃脱滑板的碾压了。一天的困乏一下没有了，他们嗷嗷呼叫起来，给狗加油。这些畜生欢快地、狺狺地呼应着。它们穿过愈来愈浓的黑暗，蹄子沙沙作响，快步如飞，疾驶而行。

“驾！驾！”人们高声喝道，你喊过我喊，只见他们的雪橇猛地冲出主要雪道，倾斜在一边的滑板上，如同乘风而行的小帆船。

随后来了一次百码冲刺，来到了有光亮的羊皮纸窗户前，光亮映照的窗户表明了家庭小屋的自家状况，育空河火炉[1]烧得呼呼作响，茶壶在冒热气。然而，家庭小屋已经有人占用了。六十条哈士奇一起汪汪叫起来，一副气势汹汹的样子，做出各种愤怒的样子争先恐后地扑向拉着第一架雪橇的狗。门被猛地推开了，一个穿了西北警察红制服的男人走出来，趟过没膝深的厚雪，在那些发怒的畜生中间，平静地公允地用狗鞭把子主持公道，平息混乱。局面稳住，人们握手相见。就这样，马尔姆特·基德被一个陌生人迎进了他自己的小屋。

斯坦利·普林斯本来应该出门迎接马尔姆特·基德，照看育空河火炉以及前面提及的热茶是他的本分，这时却忙着招呼他的客人。客人有十几个，一群不好归类的人，都在为女王服务，有

1 阿拉斯加的一条大河，后为加拿大的一个地区的名称。这一带使用的火炉因为烧木柴而自有特色。

的执行女王的法律，有的递送女王的邮件。他们出身不尽相同，但是共同的生活已然把他们塑造成一种类型——精瘦而坚韧的类型，雪道上练就的结实的肌肉，太阳晒黑的脸庞，目光清澈而坚毅，以诚相待的无拘无束的灵魂。他们驱赶着女王的狗，让女王的敌人心有忌惮，吃着女王份额有限的口粮，却生活得很惬意。他们见识过生活，干出过很多业绩，日子过得颇具传奇色彩。然而，他们却不知道这个。

客人们很有喧宾夺主的样子。他们中间的两个躺在马尔姆特·基德的床上，伸胳膊展腿的，正在放喉高歌，他们的法裔祖先闯荡到西北一带，与印第安女子缔结姻缘，就唱这样的歌。贝特尔斯的床也承受着类似的侵占，三四个壮实的搬运工在毯子中间一边搓脚趾，一边听人讲故事，因为讲故事的人曾经与吴士礼[1]在船舰上服役，目睹了吴士礼攻克哈图姆的战况。这个人讲够了，一个牛仔接着说起他见识过的宫廷、国王以及老爷太太，因为他曾跟随巴福洛·比尔[2]游历欧洲各大首都。在一个角落里，两个混血种在修补挽具，他们一起打过一次败仗，算得上志同道合，交谈那时西部人们纷纷揭竿而起以及路易斯·雷尔[3]称王的岁月。

---

1 吴士礼（G. J. Wolseley，1833—1913），堪称英国殖民时期征战全球的代表性军人，印度、中国、加拿大、南非和埃及等国均有过他的足迹，册封子爵，后为陆军元帅和英军总司令。

2 巴福洛·比尔（Buffalo Bill，1846—1917），原名叫威廉·考迪，当过美军的侦察兵，杀戮过很多印第安人；后来改行做演员，以演出美国西部冒险家的生活出名。“巴福洛·比尔”的英文字面意思是“公牛节目”，是他出演的广告名字。

3 路易斯·雷尔（Louis Reil，1844—1885），具有印第安血统的加拿大人，曾两次率领法裔血统的印第安人在红河起义。

粗俗的戏谑和更加粗俗的玩笑一轮又一轮，雪道上和河流里发生的艰难险阻，一经他们的嘴说出来就稀松平常了，只当是回忆起这些往事可以当作幽默的谈资，所发生的只是笑料。普林斯被这些无冕英雄的说笑迷住了，他们领略了历史的创造，把伟绩和传奇视为日常生活的平凡事，偶然事。他把自己宝贵的烟叶分发给大家伙儿，出手大方，记忆生锈的链子一段又一段地展开，遗忘的奥德赛式的故事因为他出手阔绰而复活了一个又一个。

聊天终于停了下来，旅客们装上了最后一袋烟，打开他们捆扎紧实的睡袋，普林斯这才回到他的伙伴身边，探听更多的信息。

“哦，你了解那个牛仔的来历，”马尔姆特·基德一边回话，一边解开他的鹿皮靴的鞋带，“他同床的那人身上有英国人血统，不难看出来。至于其余的人，他们全都是林居人[1]生养的孩子，老天爷也不知道他们还有什么血统。睡在门里边的那两个人，应该是地地道道的‘法国种’或者‘木柴炭’[2]。系了绒线围巾的那个小伙子——注意一下他的眉毛和下巴轮廓——明摆着一个苏格兰人钻进他老娘的烟雾缭绕的帐篷里哭诉过委屈。那个把长大衣掖在脑袋下的英俊小伙子，是一个具有一半法国血统的混血种——他听见了他说的话。他不喜欢那两个睡在他身边的印第安人。你可知道，当初这些‘法国种’在雷尔率领下起义的时候，纯种的印第安人按兵不动，从此以后他们结下梁子，彼此就不喜

---

1 指脱离殖民群体和印第安女人结婚生子的欧洲人。

2 指第一批在加拿大森林里依靠森林资源生活的法国人。

欢对方了。”

“不过我说，火炉边那个一脸阴沉的家伙是什么背景呢？我敢说他不会讲英语。他整个夜里都没有开口说话。”

“你错了。他讲英语可流利了。他听人说话时你注意到他的眼神了吗？我注意到了。可是，他和别人不沾亲不带故。人家说起自己的家乡话时，你能看出来他听不懂。我自己也一直在奇怪他是什么背景呢。我们留心寻访一下吧。”

“往火炉里放两根木柴！”马尔姆特·基德吩咐道，提高了嗓音，目不转睛地打量着那个来历不明的人。

普林斯立即照办了。

“他过去在什么地方接受过训练。”普林斯低声地议论说。

马尔姆特·基德点了点头，脱下了袜子，在躺着的人堆里东一脚西一脚地走到火炉前。他把湿漉漉的袜子挂在二十多双一模一样的袜子中间。

“你打算什么时候到达道森？”他试探性地询问道。

那个人审视他一番才作答：“人们说还有七十五英里呢，是吗？也许还要两天吧。”

口音听出来有一点与众不同，说话时倒也没有难堪的语塞现象，也没有字斟句酌的时候。

“以前来过这一带吗？”

“没有。”

“西北地区呢[1]？”

1 指加拿大北部靠近北极圈的地带。

“去过。”

“生在那里吗？”

“不是。”

“嘿，你究竟是哪里生人？你和这里的人都不一样。”马尔姆特·基德对那些赶狗人挥了一下胳膊，连那两个在普林斯床上酣睡的警察也算上了，“你是从哪里来的？我过去见过像你这样的面孔，尽管我记不起来到底是在哪里见过了。”

“我认识你。”他答非所问地说，立刻把马尔姆特·基德的一连串提问岔开了。

“在哪里？亲眼见过我吗？”

“不是。见过你的伙计，他是牧师，名叫帕斯提里科，很久以前的事儿了。他问我是否见过你，马尔姆特·基德。他给我备了干粮。我没有待多久。你听他说起过我吗？”

“啊！你就是用海獭皮换狗的那个家伙吗？”

那个人点了点头，把烟袋里的烟灰磕了出来，把皮铺盖拉起来裹紧身子，表示他无意再交谈下去了。马尔姆特·基德吹灭了油脂灯，和普林斯钻进毯子下面去了。

“嗨，他是干什么的？”

“不知道——把我的话岔开了，不清楚为什么，随后三缄其口，像蛤蜊一样。不过他这人总让你好奇。我听说过他。八年前，沿海一带所有的人都对他充满好奇。你看啊，神秘兮兮的样子。他是从北边过来的，大冬天冻死人，走了好几千英里才来到这里，围绕白令海一带转悠，马不停蹄的样子，好像魔鬼在追赶他。没有人知道他从哪里来，但是他一定从遥远的地方来。他走得很苦，后来在戈洛文湾从瑞典牧师那里才弄到一些食物，打听好南下的路线。这是我们后来才听说的。然后，他放弃了海岸线，取直道跨过诺顿海峡。可怕的天气，暴风雪一场接一场，暴风一次又一次，但是他都硬挺过来了，换了别人早完蛋了，一千人也留不下一个，因为错过了圣米迦勒节[1]，便在帕斯提里科走陆道了。他把所有的东西都丢了，就剩下两只狗，差一点被饿死。

“他着急赶路，鲁伯神父动了恻隐之心，给他配备了干粮。但是他怎么也不肯给他狗，因为等我到来时，他自己也要上路了。尤利西斯[2]先生很清楚，没有狗是无法动身的，几天来急得团团转。他在雪橇上囤了一捆硝得很地道的海獭皮，你知道，像黄金一样值钱。在帕斯提里科还有一个老夏洛克[3]似的俄国商人，手里有一批狗要宰杀。哦，他们没有费什么周折就把买卖做成了，不过当这个怪人再向南走的时候，他的雪橇前面确实有一队跑得飞快的狗了。顺带一提，夏洛克先生得到了那些海獭皮。我见过那些海獭皮，真是货真价实。我们粗略估算一下，那些狗每一只起码为他带来五百块钱。看样子这个怪人好像并非不知道海獭皮的价值。他确是个印第安人，可从他三言两语的交谈中，听得出他和白人打过交道。

“海上的冰融化后，努尼瓦克岛传过话来，说他到那里找过粮食。后来，他就不见踪影了，这次是八年以来第一次听说他。

1　《圣经》中的天使长之一，曾率领他的侍者与魔鬼撒旦战斗。圣米迦勒节是英国四个结账日之一。

2　奥德修斯的另一种译名，这里这样称呼他，应是因为这个人在外漫游了很久。

3　莎士比亚名剧《威尼斯商人》中的一个犹太人，以割人一磅肉为条件借钱给人，结果人财两空。

现在他究竟是从哪里来的呢？他在那些地方到底干了些什么事情呢？他是一个印第安人，可谁都不知道他来自哪里，他显然有纪律约束，而这又是印第安人不常见的。你这下又有北方的秘密要破解了，普林斯。”

“多谢，都不知道怎么谢你好了。可是我手头有太多的事情要对付。”他回答道。

马尔姆特·基德早已经酣然入睡。可是这个年轻的采矿工程师直视着眼前的一片漆黑，等待搅动他的热血的那种怪怪的激动情绪平息下来。好不容易入睡了，他的脑子还在活动，梦见他此刻也漫游在白茫茫的无人知晓的雪野上，在无穷无尽的雪道上和狗群扎挣而行，看见人们生活，劳作，像男子汉一样死去。

* * *

第二天一早，还有几个小时天才亮，赶狗人和警察就上路前往道森了。有权有势的大人物眼里只有女王陛下的利益，对女王陛下统治下的小人物的命运根本不放在眼里，很少给邮差歇腿的工夫。一个星期之后，他们便赶到了斯图亚特河，送往盐湖的信件让他们不堪重负。但是，他们的狗已经被更有活力的狗所取代，不过，唉，它们生来只有狗的命。

这拨人原指望中途耽搁几天，趁机休息一下。另外，这个克朗代克是北极地区一个新地点，他们希望见识一下这座黄金城，领略金沙似水、舞厅人流不息的景象。然而，他们只是烤干了袜子、晚间吸了几袋烟，和上一次停站大同小异，尽管其中一两个胆大的起了开小差的念头，盘算着有没有可能跨过未经探索的落基山脉，取道东行，然后通过麦肯齐山谷，到达齐泊文地区他们过去经常走动的老地方。还有两三个人甚至拿定主意在他们供职期满后从那条路回家，开始制订未来的计划，企盼这个艰难的事业有所成就，如同城里长大的人能够到树林里享受一天假期一样。

那个用海獭皮换狗的人似乎非常焦虑不安，尽管他对这样的讨论没有什么兴趣，最后他把马尔姆特·基德拉到一旁，悄声地交谈了一会儿。普林斯朝他们那里好奇地看了几眼，等他们把帽子和手套戴上，那种神秘劲儿就更让人好奇了，然后他们出去了。他们返回来时，马尔姆特·基德把金子秤放在桌子上，称了六十盎司[1]金沙，倒进了那个怪人的袋子里。接下来，赶狗人的头目加入了他们的秘密交谈，和那个怪人做了一笔生意。第二天，这伙人沿着河流向上开拔了，而那个用海獭皮换狗的人却带了几磅粮食，回道森去了。

* * *

"不明白究竟怎么回事儿，"马尔姆特·基德在普林斯追问时回答道，"这个可怜的家伙想洗手不干应该有什么要事吧——起码看起来对他来说是顶顶重要的事情，尽管他不肯让人知道。你看啊，干这行跟当兵完全一样。他签了两年的合同，退出合同唯

---

1 1盎司≈28.350克。

一的法子是给自己赎身。他要是开小差，在这里就待不住了，可他一心只想待在这里。他说，他到了道森时就拿定了主意。可是没有人认识他，他又身无分文，我是跟他说过几句话的唯一一个。因此，他跟副总督交涉了一番，讲好只要他能从我手里弄到钱就可以办退职的手续——就是跟我借贷，你知道。说好一年以后还上，如果我愿意，他可以指出一条发财的路。他从来没有到过那里，不过他很清楚那里金矿丰富。”

“谈一下吧！嗯，他当时把我叫出去的时候，他快要哭了。求了又求，求了又求。在雪地里扑通跪下来，我赶紧把他拽起来。他像一个脑子出了毛病的人，喋喋不休。他发誓说，他为了这个目标干了很多年，很多年，现在要是一无所获他受不了。问他是什么目标，他就是不说。他还说他们也许扣住他在这条雪道上走完另一半路程，那他在两年之内就回不了道森，那时一切都晚了。从来没有见过一个男人那么悲伤发狂的。当我说我会借给他钱时，他又跪下了，我不得不把他从雪地里再拉起来。跟他说借给他的钱算我垫出的股金好了。你以为他会答应吗？不，伙计！他发誓说他会把他找到的一切都给我，让我富得流油，连做梦也想不到，他喋喋不休的就是这些话。且说一个不惜生命和时间而为别人先付出钱的人，一般说来，一旦得到了好东西，是连一半也不会付给投资人的。这一切背后一定还有所图。普林斯，你一定要注意动向。如果他待在这一带，我们会听说他的……”

“那要是他不在这一带呢？”

“那就算我的好心没有好报，我那六十盎司黄金打水漂了。”

* * *

严寒来了，漫漫长夜紧随其后，太阳沿着南方的白雪构成的地平线玩起了古老的捉迷藏的把戏，而马尔姆特·基德那笔借出去的大款没有一点消息。随后，一月初的一个阴冷的早晨，一队狗拉着沉重的雪橇，冲到了斯图亚特河下游他那所小木屋前面。用海獭皮换狗的人来了，和他一起来的还有一个人，那副样子诸神都差不多忘记了是如何创造出来的了。人们谈起运气、胆量和五百美元的含金泥时，一准儿会提及阿克塞尔·冈德森这个人的名字。人们围坐在篝火边，谈到精神、力气和敢作敢当的故事，也必会提起这个人。每当聊天趋于平淡无奇了，只要提及跟他同呼吸共命运的那个女人，谈话就重新热闹起来。

上面提到过，在创造阿克塞尔·冈德森时，诸神记起来他们远古时代的高明手法，仿照了这世界洪荒时代出生的人的模样。他身高七英尺，高塔一般，身着华丽的服装，显示出黄金国君王的不同凡响。他的胸、脖子和四肢都是巨人才配有的。因为要负担三百磅重的骨与肉，他的雪鞋比一般人的雪鞋足足大出一码。他那脸盘可谓粗制滥造，乱蓬蓬的眉毛，阔大的下巴，浅蓝色的眼睛毫无畏缩，这副长相明确告诉你他只知道强权的法则。他的头发有一层冰霜，像熟透的玉米缨子一般黄灿灿的，如同白天跨越黑夜一样披散下来，一直落到了他的熊皮袄的深处。他在狗群前面窄窄的雪道上大摇大摆地走来，隐约看得出他浑身似乎有一种与大海为伍的来历。他用狗鞭把子把马尔姆特·基德的屋门敲得砰砰响，好似一个北欧海盗，到南方劫道，以雷霆万钧之势攻击城堡的大门。

普林斯裸露着女人一般的胳膊，揣着生面团，一边揣，一边张望，一眼又一眼地打量那三个客人——这样三个客人一起走进一个人的屋子，也许一辈子都难得一见。那个怪人，就是马尔姆特·基德送绰号“尤利西斯”的，仍然让普林斯好奇。不过普林斯的兴趣主要在阿克塞尔·冈德森和阿克塞尔·冈德森的妻子身上。她感觉到一天旅途的劳顿了，因为自从她的丈夫获得了冻带的金矿脉以来，她在舒适的小木屋里已经养得娇气了，她现在显然累了。她倚在丈夫的胸脯上，像一株纤细的花朵靠在墙上，慵懒地回答着马尔姆特·基德善意的逗弄，她深邃的黑眼睛偶然向普林斯瞟上一眼，便让他的血液奇怪地躁动起来。普林斯到底是一个男人，健健康康的，很多个月来都难得一见女人的身影。这女人比普林斯大许多，还是一个印第安人。然而，她和普林斯见过的所有土著女人都大不一样：她行程万里——从人们的交谈中，普林斯得知她到过他的国家很多地方。她知道很多她自己民族的妇女都不知道的东西，更重要的是她还知道女人在事情的本质上不必了解的东西。她能用鱼干做成一顿正餐，能在雪地里搭起一张床。然而，她能故意逗弄他们，描述美味佳肴的精致之处，让他们馋涎欲滴，肠胃难受，却记不住菜肴的名字。她知道麋鹿、狗熊和小小蓝狐的生活习性，还对北部海域里那些两栖动物的习性了如指掌。她对森林和河流的学问也颇有见地，不管是人、是鸟，还是野兽在脆弱的雪面上留下什么痕迹，她一看就知道十之八九。不过，普林斯看见她阅读那些宿营的规则时，眼睛里竟也流露出欣赏的神色。这些规则是那个所向披靡的贝特尔斯心血来潮时率先制定出来的，规则里不乏幽默，却简明扼要，林林总总。普林斯总是在女人到来之前把它翻过去面对墙壁，可是谁能料到这个土著妻子——嗯，反正现在都来不及了。

这就是阿克塞尔·冈德森的妻子，一个随着其丈夫的足迹声名远播的女人，手拉手，走遍了整个北极。餐桌上，马尔姆特·基德仗着老朋友的身份，不断逗弄她，而普林斯也摆脱了初次见面的羞赧，加入其中。不过，尽管以少对多，她兵来将挡，而她的丈夫智力慢半拍，占不了先机，只好频频鼓掌。他很为她自豪。他的一举一动都看得出她在他的生活里所占的不可替代的位置。用海獭皮换狗的人一声不响地吃饭，在这欢快的嘴仗中被人忘记了。别人还远没有吃完饭，他便从餐桌边走开，到外面伺候那些狗去了。不过没有过多久，他的伙伴们也赶紧戴上手套，穿了皮外衣，跟了出去。

几天来都没有下雪，雪橇在育空河瓷实的雪道上行走顺利，仿佛在闪亮的冰面上滑行。尤利西斯驾着第一架雪橇，普林斯和阿克塞尔·冈德森的妻子紧随其后，而马尔姆特·基德和那个黄发巨人乘坐第三架雪橇殿后。

“这只是一种‘预感’，基德，”阿克塞尔·冈德森说，“可是我认为很可靠。他从来没有到过那里，但是他讲起来头头是道，还出示了一张地图，我多年前在库特内[1]地区就听说过这张地图。我本来要请你一起去，但他是个怪人，一口拒绝，发誓说要是有人参与进来，那就散伙。不过等我回来时，我让你第一个

1 加拿大一城市，靠近美国。

知道底细，把与我紧邻的矿脉给你，还会把镇子基地的一半份额给你。”

“不！不，听我说！”他高声叫道，因为另一位要极力打断他的话，“我在经营这事儿，在有任何头绪之前，我需要两个脑袋商量。如果这事儿顺利，那可就是第二条克里普尔河[1]了，伙计。你听明白了吗？——第二条克里普尔河啊！那是石英金矿，不是金矿砂。如果我们干得顺利，那我们会把整个事情抓住——大捞一笔。我过去听说过那地方，你也应该听说过。我们会创建一座小镇——数千工人——几条通畅的水道——轮船航线——大大的运营生意——开往上游的火轮船——也许勘测一条铁路——几家锯木厂——发电站——建立我们自己的银行——商业公司——联合企业——喂喂喂！在我回来之前，你千万别声张啊！”

雪橇停下来，这里是跨过斯图亚特河口的雪道。冰雪如同茫茫大海，广袤的雪原延伸向远处无名的东部。雪鞋从雪橇的扎捆束上被取了下来。阿克塞尔·冈德森和他们握了握手，大步向前走去，他那有蹼一般的超大号鞋，在羽毛一样的雪面上踩下去足足半码深，把雪压下去不让狗深陷厚雪里。他的妻子跟在最后一架雪橇后面，看得出在对付这笨重的雪鞋技巧上历练过很久了。沉寂被一声声欢快的告别打破，狗群汪汪地叫开来，用海獭皮换狗的人在用鞭子跟一条不听话的狗交谈。

一个小时之后，这队雪橇宛如一支黑色的铅笔，画出来一条

1　美国科罗拉多州的一个金矿区。

又长又直的线，横跨在一张巨大无比的白纸上。

在很多个星期之后的一天夜里，马尔姆特·基德和普林斯从一本旧杂志上撕下来一张纸，专心致志地琢磨棋局。基德刚从博南扎矿山回来，休息一下，准备进行一次长期的麋鹿狩猎。普林斯也在小河和雪道上活动，差不多打发了一个冬季，早已对小木屋的生活十分渴望，打算美美地享受一个星期。

“跳黑马，将军。不行，这是步臭棋。看，下一步……”

“为什么把卒子走两步？换子吃好，换掉象就畅通无阻了……”

“且慢！那样会让对方钻空子，而且……”

“没事儿，守得好好的。往前走！你会看见这招很灵。”

棋局琢磨得津津有味。有人敲过了第二次门，马尔姆特·基德喊了声“进来”。屋门一下子被推开了，有什么东西摇摇晃晃走了进来。普林斯迎面一看，一下子站了起来。普林斯眼里的恐慌之色，让马尔姆特·基德旋即转过身来。基德也吓了一跳，尽管他过去见过不堪入目的事情很多。那东西瞎打瞎撞地向他们摇晃过来。普林斯斜着身体一步步向后退，直到他够到那个挂着他的“斯密史－威森牌”手枪的钉子。

“我的天！这是什么玩意儿？”他悄声地跟马尔姆特·基德说道。

“真不知道。看样子像冻坏了，饿坏了。”基德答道，侧身向相反的方向退去，“当心！没准儿疯了。”他一边提醒，一边退过去把门关上。

那东西走到了餐桌前。明亮的油脂灯照见了他的眼神。灯捻忽忽上蹿，噼噼啪啪地响，散发着欢快的气息。随后，突然间，他——那东西原来是一个人——向后趔趄一步，把皮裤子拽了一下，开始唱起加油歌，就是水手们推着绞盘绕圈，耳边伴着大海的咆哮唱的那种歌——

美国船顺着河流而下，
绞呀！我顶呱呱的伙计们！绞呀！
你们想知道船长是谁吗？
绞呀！我顶呱呱的伙计们！绞呀！
那就是乔纳森·琼斯，来自南卡罗来纳，
绞呀！我顶呱呱——

他戛然而止，像狼似的嚎了一声，摇摇晃晃向那个食品架子走过去，基德和普林斯来不及拉住他，他先一步一口咬住了一块生腌肉。他和马尔姆特·基德激烈地拉扯起来，但是他那股发疯的力量突然离他而去，如同突然而来，他软瘫下来，把生肉交了出来。基德和普林斯架着他，安置在一个凳子上，他一下子把半拉身子趴在了餐桌上。一小剂威士忌唤醒了他的力量，马尔姆特·基德往他面前放了糖罐，他总算有力气把勺子插了进去。等他的胃有些食物垫底后，普林斯哆哆嗦嗦地给他递过去一杯淡牛肉茶。

这家伙的眼睛亮起来，阴沉而疯狂，每吃一口眼光都会随着闪亮一下，又暗淡下去。他脸上没有什么好皮肤了，就一张脸而言，凹陷而瘦骨嶙峋，看上去简直没有什么人脸的模样了。冻伤一次接一次，伤得很深，每次冻伤都留下一层痂，一次冻伤还没有好彻底，另一次就又来了。这层干燥的死硬的表面呈现一种血黑色，几条严重的裂缝呈锯齿形，鲜红的肉隐隐可见。他的皮外衣邋遢不堪，破破烂烂，一侧的毛烧焦了，皮烧透了，一看就明白他曾经在火堆上睡过觉。

马尔姆特·基德指向那件土黄色皮衣，被割得支离破碎，一条一条的——这是饥饿难耐时留下的标志。

“你——是——谁？”基德缓慢地清晰地一字一句问道。

那人没有理睬。

“你从哪里来？”

“美国船，顺河下来的。”他声音颤巍巍地回答道。

“别疑心了，这个乞丐是顺着河下来的。”基德说着，使劲摇晃他，想再让他把话说得更顺溜明白一些。

然而，那个人因为摇晃尖叫起来，把一只手按在腰间，显然疼痛难忍。他缓慢地站起来，半倚在餐桌上。

“她嘲笑我……嘲笑啊……眼睛里充满了恨。她……不……会……来了。”

他的话音听不见了，身子一直向后仰去，这时马尔姆特·基德抓住他的手腕并嚷嚷道：“谁？谁不会来？”

“她，央加。她笑我，打我，笑我，打我。后来……”

“怎么样了？”

“后来……”

“后来出什么事儿了？”

“后来她一动不动地躺下来，躺在雪地里，躺了很长时间。

她……她还在……那……雪地里。”

基德和普林斯你看看我，我看看你，束手无策。

“谁在雪地里？”

“她，央加。她恶狠狠地看着我，随后……”

“说，快说。”

“然后她抽出刀子，抽刀子。一下，两下……她很弱。我在路上走得很慢。那地方有很多金子，很多很多金子。”

“央加在哪里？”就马尔姆特·基德所猜度的，她也许在一英里之外奄奄一息了。他不管不顾地摇晃那个男人，一遍又一遍地追问道：“央加在哪里？谁是央加？”

“她……躺……在……雪地里。”

“接着说！”基德紧紧地抓着他的手腕。

“要不……我……会……待……在……雪地里的……可是……我……有……一笔账……要……还。那……是……大账……我……有……一笔……账……要……还……一……笔……账……我……得还……”他断断续续的一字一顿的话停下来，伸手到旅行袋里摸索，掏出来一个鹿皮袋子，“一笔……账……要……还……五……磅……金子……开矿……贷款……马……尔……姆特……基德……我……”有气无力的脑袋一头栽在餐桌上。马尔姆特·基德再也无法把那颗脑袋唤醒了。

“是尤利西斯。”基德不动声色地说，把那袋金砂扔在了餐桌上，“估计阿克塞尔·冈德森和那个女人都熬够日子了。来吧，我们来把他弄到被窝里。他是一个印第安人。他会挺过去的，还会讲出一个故事来。”

他们俩把他的衣服从他身上剪下来，在他的右边胸脯一带他们看见了两条没有愈合的、干硬的刀伤。

* * *

我要说说那些事情，按我自己的路数说到哪儿是哪儿，不过你们听得懂的。我从头说起，先说我自己，再说那个女人，然后，说那个男人。

用海獭皮换狗的人向火炉靠了又靠，像被剥夺了火种而害怕普罗米修斯[1]的礼物会随时消失那种人一样。马尔姆特·基德把油脂灯拨亮，摆放到一个好位置，可以把讲述者的脸照亮。普林斯挪了挪身子，到了床沿，和他们两个凑近了一些。

“我叫纳斯，是一个酋长，当然是酋长的儿子，夕阳已经落下，旭日还没有升起，在黑黢黢的海洋上，我出生在我父亲的因纽特皮舟里。整个夜间，男人们都在辛苦地划桨，女人们在往外舀冲进皮舟里的海水，我们在和暴风雨搏斗。海水泼溅在我母亲的胸膛上结了冰，海潮退了，她也断气了。可是，我——冲着大风和暴风雨哭喊，活了下来。

“我们住在阿卡滩……”

“哪里？”马尔姆特·基德追问道。

“阿卡滩，位于阿留申群岛。阿卡滩，比奇格尼克岛远，比卡达拉克岛远，也比乌尼马克岛远。像我说的，我们住在阿卡

---

1 希腊神话人物，因盗取天火给人类，触怒了主神宙斯，被锁在高加索山崖遭受神鹰的折磨。

滩，位于大海中间，世界的边缘。我们在盐海里捕鱼，捕海豹，捕海獭。我们的家挤挤抗抗地连在一起，修建在岩石带上，一边是森林，一边是黄沙滩，我们的皮舟就停在沙滩上。我们人口不多，社会圈子也很小。东边有些怪模怪样的土地——像阿卡滩一样的岛屿。因此，我们以为全世界都是岛屿，也就见怪不怪了。

“我和我种族的人不一样。在海滩的沙地里，有一些扭曲的船骨和海浪冲垮的船板，这样的船我的族人从来没有建造过。我记得在三面临海的岛端，生长着一棵从来没有栽种过的松树，树皮光滑，枝丫挺直，躯干高耸。听老辈人说有两个男人来到那地点，转来转去，逗留了很多天，没日没夜地观望。这两个男人是乘坐那条船从大海上来的，船散了架子，停在海滩上。他们是白人，像你一样，虚弱得像什么似的，如同小孩子看见海豹逃走、猎人空手回家那样无助。我从老头和老妪他们那里听说了这些事情，而他们又是从他们的父母那里听说的。这两个陌生白人一开始不喜欢我们的生活方式，但是他们吃了鱼和油以后就变得强壮起来，很凶。他们修建了房子，每人一所，娶了我们最好的女人，日子过起来后有了孩子。就这样，那个男人就出生了，成了我父亲的父亲的父亲。

“如我前面说过的，我和我的族人不一样，因为我身上继承了那个从海上来的白人的强壮的异族的血统。听老辈人说，这两个男人到来之前，我们另有一套法则。但是他们很凶，动不动就吵架，和我们的人打得不可开交，到后来我们的人剩下的再不敢争斗了。然后，他们就自封酋长，把我们的旧法则取消了，给我们制定了新的法则，规定男人是他父亲的儿子，而不是他母亲的儿子，可我们的法则正好相反。他们还规定第一个出生的儿子继承他父亲的所有东西，其他兄弟姐妹只好自谋生路。他们还为我们规定了其他法则。他们教给我们捕鱼的新方法，还有杀死森林深处的狗熊的新方法。他们还教会我们储藏很多东西，等饥荒来了对付饥荒。这些东西都是有益无害的。

“可是，等他们成了酋长，再没有人敢惹他们生气时，他们干起架来，那两个外来的白人，互相打起来了。我继承了他的血统的那个白人，把叉海豹的叉子捅进了另一个白人的身子里，足足捅进去一条胳膊那么深。他们的孩子们接着打斗下去，他们的孩子的孩子接着又打斗下去。他们同仇敌忾，不共戴天，就是到了我们这一代也照打不误，所以每个家族只剩下一个人传宗接代。我这个血脉上就剩下我一个人，另一个白人剩下来的只是一个姑娘，央加，与她母亲相依为命。一天夜里，她父亲和我父亲外出捕鱼没有回来。但是没有过多久，他们让凶猛海潮冲到了沙滩上，他们还紧紧地扭在一起。

“人们感到不可思议，因为不知道我们两个家族冤冤相报何时了，老人纷纷摇头叹息，说等那姑娘生养了孩子，我也生养了孩子，这种争斗还会继续下去。老人们在我还是个孩子时就这样跟我讲，我听得多了就信了，把央加看成了敌人，她做了母亲，生养了孩子，还会和我的孩子继续打斗下去。我一直想这样的事情，今天想了明天接着想，等我长成一个小伙子时我开始扪心自问这究竟为了什么。他们都回答道：‘我们也不知道，可是他们的父辈们就是这样打斗的。’我弄不懂作古的人打的仗为什么非要后来的人接着打下去，而且看不出来有什么值得打斗的理由。

可是，人们说这仗就得打下去，我只是一个小年轻。

“于是，他们就说，我得赶快娶妻生子，那样一来我的血脉就能得到延续。这不是什么难事，因为我是头人，族人都高看我，因为我的先辈的功绩和规矩明摆着，财富都归我所有。任何姑娘都愿意嫁给我，可是我偏偏没有看上的。老人们和姑娘们的母亲催促我赶快结婚，因为当时很多猎人都在向央加的母亲下大彩礼。如果她的孩子比我的孩子长得强壮了，那么我的孩子就必死无疑了。

“我一直没有找到中意的姑娘，直到一天天黑了我打鱼回来才有了变化。太阳光正在落下去，落得很低，把我的眼睛照得满满的，风很强劲，皮舟乘风破浪，跑得很快。突然，央加的皮舟飞奔过来，从我身边闪过，她注视着我，她的一头黑发像黑夜的云彩飘飞在空中，脸颊让海水打湿了。如同我说过的，太阳光把我的眼睛照得满满的，我是一个小伙子。可是冥冥之中我一下子茅塞顿开，明白这是一见钟情了。她划着皮舟前行时，她回过头来又看我，皮舟都划出去两三桨了——含情脉脉的，只有央加这样的女子才配有的——因此我再一次明白这就是情投意合了。人们嚷叫起来，因为我们把迟钝的皮舟划得飞快，把他们甩在了身后。可是央加划得很快，我的心像风帆鼓起来的肚子，我没有追上。海风加了一把油，大海翻起白花花的浪花，如同海豹群搅起的那种白浪，我们乘着太阳铺下的金色的通道呼啸而下。”

纳斯弯腰曲背的，一半身子已经溜下了凳子，像是在挥桨划舟，又在比一比谁的皮舟更快。他盯着火炉后面什么地方，他似乎看见了颠簸的皮舟和央加飘飞的乌发。疾风的声音在他耳边呜鸣作响，海风带来的咸味向他鼻孔频频袭来。

“可是她先划到了岸边，跑上了沙滩，笑啊笑啊，跑向她母亲的房子去了。那天夜里，一个大胆的想法在我的脑子里产生了——一个只有阿卡滩所有人民的酋长才配有的念头。于是，等月亮升起来时，我去到了她母亲的房子前，看见了亚什－奴什的那些彩礼，堆放在房子门前——亚什－奴什送的聘礼，他是一个强壮的猎人，打定主意要成为央加的孩子们的父亲。其他年轻人也在那里堆放了很多彩礼，见了亚什－奴什的彩礼，乖乖地把自己的彩礼取回了。每个年轻人堆在门前的彩礼都比前一个人的多得多。

“我冲着月亮和星星大笑，回到了我自己的房子，查看我囤起来的财富。我跑了一趟又一趟，堆起来的彩礼比亚什－奴什的彩礼垛足足高出去一只手的指头加起来那么高。彩礼里有晒干并熏制过的鱼；四十张海豹皮和二十张兽皮，每张海豹皮都捆紧了口部，因为里面装满了油脂；十张熊皮，都是我在森林里见到它们春天出来觅食时猎获的。还有项链珠子、毯子和红布，这些都是我和住在东边的人交换来的，而他们也是和生活在更远的东边的人交换来的。我打量着亚什－奴什的彩礼堆大笑起来。因为我是阿卡滩的头人，我的财富比所有年轻人的财富都多，我父亲有创立的功业，制定的章法，人们一直把他的功名规矩挂在嘴边。

“这样，等到第二天早上，我来到了海滩，用眼睛的余光朝央加的母亲的房子瞟去。我的彩礼还堆在那里，没有人动过。女人都在发笑，喊喊喳喳地议论着什么。我感到迷惑，因为从来没有这么多的彩礼堆放在那里。那天夜里我又加了更多的东西，还送去了一只制作精良的皮舟，崭新的，还没有下过海呢。但是，那堆东西堆在那里一整天，光天化日之下，引来人们的哄笑。央加的母亲老谋深算，让我在我的族人面前丢了人，我很生气。于是，到了天黑，我又往那堆东西上添加东西，那个彩礼堆更大了，我把自己的皮舟都拖来了，比二十条皮舟都值钱。到了第二天早上，那堆东西不见了。

“接着我就准备婚礼，住在东边的人都来参加宴会，分享发送的礼物。央加比我大四个太阳，这是我们计算年份的方法。我还只是一个毛头小伙子，可我已经是酋长了呀，是酋长的儿子，年纪小一点也没有问题的。

“可是，一条船从大海平面上扬帆驶来，乘风破浪，变得越来越大了。船的排水口在放清水，船员们都在忙活，费劲地鼓捣抽水机。船头站立着一个身高体壮的人，盯着吃水线看，一声一声发号令，声音像打雷一样。他的眼睛是浅蓝色的，像深深的海水，他那颗脑袋好像海狮的长了鬣毛的头。他一脑袋黄头发，像南边秋收的麦秸色，也像船员们用来编绳子的马尼拉蕉麻。

“近些年来，我们一直看见远方来的船只，但是这艘船是第一艘靠近阿卡滩的海滩的。婚宴张罗不下去了，女人和孩子们都跑回自家去了，而我们男人都备好弓箭，手持长矛，严阵以待。可是，当船头靠上了沙滩，那些异族人根本不理会我们，只是埋头忙他们事情。等海潮一退，他们把这艘大双桅船掉过来，开始修补船底的那个大窟窿。于是，女人们就悄悄地回来了，婚宴接着张罗。

“等潮水升起来时，那伙海上漂泊的人把那艘双桅帆船弄下深水抛了锚，随后来到了我们中间。他们带来了礼物，跟人很友好。于是，我给他们腾出来一些位置，而且极尽我的地主之谊，送给他们纪念品，像送所有客人那样不偏不向。因为这是我的婚庆日，我又是阿卡滩的头人。那个头发像海狮鬣毛的男人也在座，长得那么高大，那么强壮，你一眼看去，那双脚一跺准会地动山摇。他朝央加看了又看，目不转睛，两条胳膊交叉在胸前，就这样一直待到日头落下，星星满天。随后，他回到了他的船上。婚宴结束后，我用手牵着央加，把她领进了我的房子。我的房子里到处是歌声，到处是笑声，女人们嘁嘁喳喳的，每逢这样的场合她们都是这种样子。不过，我们两个不在乎。随后，人们都离开我们回自己家了。

“最后的动静消失后，这时海上那些漂泊者的头领来到了我们门前。他带来了一些黑瓶子，我们于是一起喝瓶子里的酒，喝得很快活。你瞧，我还只是一个毛头小伙子，又一直生活在世界的边缘，我的日子都是这样度过的。于是，我的血液像着了火一样，我的心像泡沫一样漂浮起来，从浪头一直飞向崖头。央加在屋角一堆兽皮中间静静地坐着，她两眼圆睁，因为她似乎很害怕。这个长了海狮鬣毛的人直愣愣地盯着她看，眼睛迟迟不肯离开。随后，他的船员带着一捆捆货物进来了，他把货物堆在我跟前，全都是些我们全阿卡滩没有的好东西。其中有枪支，长的短的都有，还有火药、子弹和弹药筒，还有明晃晃的斧头和钢刀，还有各种精巧的物件，怪模怪样的东西，都是我过去从来没有见过的。他做了一个手势，表明这一切都是我的了，我这下认定他是一个了不起的人，出手真阔绰；但是，他还向我表明，央加应该跟他到他的船上去。你明白了吗？——央加跟他到船上去。我先辈的热血一下子沸腾起来，我很想用长矛把他赶走。可是，那些瓶子里的酒精把我的活力从我的胳膊里偷去了，他抓住我的脖子，就这样，把我的头往墙上撞。我一下子被搞得虚弱不堪，像一个新生的婴儿一样，我的两腿在我身下怎么也站不住。央加尖叫起来，用她的两只手紧紧抓住房子里的东西不放开，把东西抓得乱七八糟，掉在我们身边，可那家伙硬是把她拖到了门边。随后，他用胳膊把她抱起来，央加于是乱揪他的黄头发，他竟然哈哈大笑，那声音像硕大的雄海豹发情时吼叫一样。

“我爬向海滩，呼叫我的族人出来，但是他们都吓坏了。只有亚什－奴什是一条汉子，他们就用船桨打他的脑袋，一直打得他脸朝下躺在沙滩上一动不动了。他们升起船帆，唱起歌，那艘船就乘风离去了。

“人们说这倒也好，因为这下阿卡滩再不会有血腥的战争了。可是我始终没有说一句话，一直等到月亮变圆的时候，我把鱼和油脂装上我的皮舟，到东边去了。我见识了很多岛屿，很多人，我这个生活在世界边缘的人，这才知道这个世界很大很大。我用手势交谈，可是他们没有看见过一艘双桅帆船，也没有见过长着海狮鬣毛的男人，他们总是向东边指方向。我睡在很不得劲的地方，吃些稀奇古怪的东西，看见很多怪模怪样的脸。很多人笑话我，因为他们以为我脑子出毛病了。不过，有时上年纪的人会让我看到光明，祝福我。一些年轻的女人听我说起那外来的帆船、央加和航海的船员时，眼睛会充满柔情。

“就这样一路走来。遭遇了大海的波涛和暴风雨，我来到了乌纳拉斯卡岛。在这里我遇上了两艘双桅帆船，但是没有一艘是我所寻找的。我于是继续向东去，世界越来越大了，在乌纳莫克岛根本就没有船这个字眼儿，伽迪亚克岛也没有，亚托各纳克岛也没有。于是，有一天，我来到了一片岩石遍地的地方，人们在这里的大山里挖了很多洞。那里有一艘双桅帆船，不过也不是我寻找的那艘，人们把他们挖出来的石头搬运到船上。我觉得这像孩子们玩耍，因为整个世界都是石头组成的。可是，他们给我饭吃，让我帮着干活儿。等那艘双桅帆船沉下水很深时，船长发给我钱，让我离去。我打听他们要去哪里，他向南边指了指。我用手势告诉他我要跟他一起走。他起初大笑，可是接下来，因为缺少人手，就留我在船上干活儿了。这样，我渐渐学会了按他们的方式交谈，一起拉锚索，大风突然来了，我就去把那些硬刷刷的船帆卷起来，后来还会轮班掌舵了。不过这没有什么奇怪的，因为我祖先的血统和这些航海人的血统是一样的。

“我满以为一旦我混到他们的人堆里，找到他是一件容易的事情。有一天，我们望见了陆地，穿过海峡，驶向一个港口，我想大概双桅帆船像我手指头那么多。可是，船只停满了码头，几英里路望去都是船，成片成片的，像很多小鱼一样密密匝匝的。当我走到他们中间打听那个头发像海狮鬣毛一样的男人时，他们都大笑不已，用各种各样的语言来回答我。我这才明白他们是从天涯海角来的。

“于是我进了城，辨认每个人的脸。可是，他们多得像蜂拥到岸边的鳕鱼，密密麻麻的，我数都数不清。人声鼎沸，把我的耳朵塞得满满的，什么都听不见了，人来人往的，把我的头搞得晕晕乎乎。于是，我只好接着向前走，一路走下去，经过了许多太阳暖洋洋的地方，歌声不断。平原上到处是丰收的景象。那里的城市很大，人活得很滋润，像女人一样生活，满嘴都是假话，都是黑心眼，只想得到金子。在阿卡滩我们所有的族人都还在打猎，捕鱼，想到世界小小的，感到很满足。

“可是央加那次捕鱼回家时的眼神我总是忘不了，我知道只要时候到了，我会找到她的。她在暮色里走下那些安静的小巷，或者引领我跨过满是露水的茂盛的田野去追寻她，她眼睛里分明有一种以身相许的神情，是只有央加这样的女人才配有的。

“就这样，我浪迹于成千个城市。一些城市很温情，给我食物吃，一些城市嘲笑人，还有一些城市该诅咒。但是我咬紧牙关，不声不响，走在陌生的路上，见识奇怪的景象。有时候，我尽管曾经是酋长和酋长的儿子，但照样为人家干活儿——那些人说话带刺，心肠像铁，只是从他们的同胞的汗水和悲苦里榨取金子。可是我怎么也打听不到消息，直到我从海上归来，像一只归家的海豹找到老窝一样。不过那是在另一个海港，在北方另一个国家里。我听说了关于那个黄头发海上流浪汉的消息，了解到他是一个专猎海豹的，当时还在海上航行。

“这样，我和一些懒惰的锡沃斯人一起乘坐了一艘捕猎海豹的双桅帆船，循着他踪迹不明的路线到北方去，那里正是捕猎海豹的旺季。我们漂泊了几个月，疲惫劳顿，谈起许多船队，听说了很多我寻找的那个人所干的野蛮事情，可是却没有一次在海上碰见他。我们向北去，甚至到了普利比洛夫斯群岛，在沙滩上猎杀了成群的海豹，把它们温暖的尸体搬运到船上，装得满满的，我们的排水口因此流出来的都是油脂和鲜血，没有人在甲板上的立足之地了。随后，我们被一艘慢速轮船盯上，轮船用大炮朝我们开火。但是我们把帆张起来驶向大海，海浪把甲板冲洗干净，我们躲进了大雾里。

“听人说，就在我们吓得心惊肉跳的，仓皇逃跑的时候，那个黄头发的海上流浪汉恰恰登上了普利比洛夫斯群岛，直接去了工厂，他的一部分船员扣住那家公司的雇员，其余的船员从仓库里搬出一万多张生皮装到了船上。我是听人说的，但是我相信是真的；因为我在沿海的航行里从来没有碰上他，北方海域传遍了他的野蛮行径和鲁莽作为，在那里有属地的三个国家都派出船只驱赶他。我也听说了央加，因为船长们都对她大唱赞歌，她一直跟着他走南闯北。人们说，她已经习惯了他那种人的生活方式，过得很幸福。但是我心下更清楚是怎么回事——清楚她的心向着她自己的族人，忘不了阿卡滩的黄沙滩。

“就这样，又过了很长时间，我回到了那个靠近海峡的港口，我在这里听说他已经横跨大洋，到俄罗斯海域南面温暖地带的东岸猎捕海豹去了。而我，已经做了海员，和跟他一样的那种人一起乘船，追寻他猎海豹去了。那新地方没有多少船只。整整一个春天，我们都守在海豹群侧翼，把它们向北边驱赶。等母海豹怀了孕，游到了俄国沿海，我们的船员有了怨言，害怕了。因为那里大雾弥漫，每天乘坐小船的船员都会丢失几个。他们不干了，船长只好调转船头原路返航。不过我知道那个黄头发的海上漂泊人天不怕地不怕，会追着海豹群转悠，即使到了俄罗斯群岛也不放弃。于是，我趁夜黑人静，守望的人在船头甲板上打瞌睡时，乘了一只小船，独自向那个温暖的狭长的岛地划去。我一路南行，与江户湾[1]的海员会合，他们野性十足，天地不怕。吉原的姑娘身材小巧，肤色却像钢一样有光泽，很中看；但是我不能停滞不前，因为我知道央加还在北方的海豹岩穴一带的海上颠簸。

“江户湾的海员来自世界各地，他们不信神，没有家园，所乘船只都挂了日本旗。我跟着他们到了铜岛一带的丰饶的海滩，在那里我们的盐堆变成了海豹皮堆。这片海域很安静，看不见人影，等我们准备起航了还是老样子。随后，一天，一场大风吹来，大雾散去，一艘双桅帆船向我们冲过来，它后面有一艘烟囱冒着浓烟的俄国战舰紧追不舍。我们扬帆起航，乘风逃跑，那艘双桅帆船仍然紧追不舍，我们走两英尺，他们追三英尺。船尾站立的正是那个头发像海狮鬣毛的家伙，扶着船帆下的舷栏，劲头十足地开心大笑。央加也在那里——我一下子就认出她来了——但是他把她送下了船舱，因为这时大炮开始从海面上轰隆隆地打炮了。像我说的，我们行走两英尺，他们追赶三英尺，很快，那船每次跃起我们都能看见那个绿色的舵了——我一面掌舵，一面咒骂，因为身后俄国的大炮在射击。我们知道他有心超过我们，等我们被捉住了，他正好趁机逃跑了。他们把我们的桅杆打断了，船被大风吹得乱转，像一只受伤的海鸥。可他继续逃跑，逃出了天际线——他和央加。

“我们还能怎么样？新猎杀的海豹皮是铁证。于是，他们把我们弄到了一个俄国港口，随后转移到了一个孤立的地方，强迫

1　即日本的东京湾，江户是旧名字。

我们在挖盐的矿上干活儿。一些船员死了，可……可一些船员没有死。”

纳斯把肩头的毯子掀开，露出来结痂的扭曲的皮肉，一看就知道是皮鞭抽打的伤痕。普林斯赶紧把毯子给他盖上，因为那样子看着很不舒服。

“我们在那里度日如年。有时候有人向南边逃跑，可是他们总是会返回来。因此，我们这些从江户湾来的人在黑夜起事，从看守那里夺下枪，就逃往北边去了。北边地域辽阔，到处是平原，沼泽地也多，森林也多。严寒到来了，遍地都是雪，没有人认得路线。难熬的月份里，我们穿行在茫茫无际的森林里——真是往事不堪回首呢，因为没有食物果腹，我们经常躺下来等死。不过，最后我们到达了寒冷的海域，可是只有三个人活下来，看见了大海。有一个是从江户来的，是船长，他脑子里还记得这一带广大地域的位置，知道在这里人们可以从冰上穿越过去。就这样，他带领我们——我记不清楚了，走了很长时间——三个人剩下了两个人。我们赶到那个地方时遇上了五个陌生人，就生活在当地，他们有狗和皮子，我们却什么都没有了。我们在雪地里打起来，把他们都打死了，那个船长也死了，狗和兽皮就成了我的了。然后，我要穿过冰面，可冰面开裂了，一段时间内只好在冰上漂流，直到一场大风把我吹到了海岸上。这之后，就到了戈洛文湾，帕斯提里科，遇上了那个神父。接着南行，再往南行，终于来到了温暖的阳光地域，这是我最初开始流浪的地方。

“但是，大海不再是想要什么就有什么的地方了，那些在海上漂泊的人，等海豹不再有利可图后，风险就很大了。船队很分散，船长和船员都说不出我在追寻的人的踪迹。于是，我离开从来不会安静的海洋，来到陆地上流浪，陆地上毕竟有树木，有房子，有永远在一个地方待着不动的大山。我到很远的地方流浪，倒也见识了很多东西，甚至从书本上学会识字和写写画画了。我学会看书这点可真不赖，因为我想到央加也一定会这些东西，有朝一日，时候到了……我们……你们明白，时候到了，我们就相遇了。

“就这样，我漂泊无定，如同小帆船随风而行，没法用舵操控。不过，我的眼睛和耳朵一直保持开放，我混进那些游走四方的人中间，因为我知道只有他们能获悉我寻找的人，记得他们。最后，终于碰上了一个刚刚从大山里来的人，带了一些石头，里面有像豆粒一样大小的金砂，他听说过他们，还遇见过，也认识他们。他们阔气了，住在他们从地下挖出金子的那个地方。

“那是一个很荒凉的地方，非常遥远。但是我到底走到了那个隐藏在大山里的营地，人们在那里没日没夜地干活儿，终日见不到太阳。可是时机还是不好——他们已经离去了——听人说，他们去了英格兰，带了几个有钱的人去开公司了。我看见了他们住过的房子，简直跟宫殿一样，是人们只有在那些古老的国家才看得到的那种宫殿。在黑夜里，我从窗户溜了进去，想看看他待她到底怎么样。我从一个屋子走进另一个屋子，觉得只有国王和王后才能过这样的日子，哪里都好得没法说。他们都说他对待她像女王，很多人都惊奇她是什么背景养育出来的女人；因为她血管里有别的血统，她和阿卡滩的女人不一样。没有人知道她的来历。啊，她是女王。不过我是酋长，是酋长的儿子，我为她出大彩礼，那兽皮、皮舟和珠子值大价钱呢。

“可是，说这些废话干什么？我只是一个水手，熟悉海洋上的各种船只而已。我跟踪到了英格兰，然后又去了别的国家。有时我听说了他们的只言片语，有时我在报纸上能看到他们的消息；可是却一直没有碰上他们，因为他们有的是钱，想去哪儿去哪儿，可我是一个穷人。后来，他们遇到了麻烦，终有一天，他们的财富打了水漂，像一股烟一样飘散了。报纸当时登满了他们的事情，但是后来就什么消息也没有了，我知道他们返回那个能挖到更多金子的地方了。

“他们这下穷了，就只好从这个世界隐退了；因此我从一个营地流浪到另一个营地，甚至到了北方的库特内一带，在这里我得到了过时的线索。他们来了又走了，有人说去这里，有人说去那里，还有人说他们去了育空河一带。我这下只好去了那里，然后又去那里，从一个地方走到另一个地方，从不停歇，直到仿佛我对这个世界都厌倦透了，因为它太大了。但是在库特内，我走了一条很糟糕的路线，又很漫长，是和一个西北的土著人一起行走的，他经不住饥饿的折磨，觉得还不如一死了之的好。他去过育空河，走的是一条穿越大山的无人知晓的路，在他觉得他的死期临近时，他给了我一张地图，把那个地方的秘密告诉了我，他对天发誓说那里有的是金子。

“这之后，全世界的人都向北方涌去。我是一个穷人。我出卖自己，成了一个赶狗的人。其余的情况你们都知道了。我在道森碰上了他和她。她没有认出我来，因为我当时是一个毛头小伙，她的生活一直很阔气，因此她没有时间回忆一个为她付出说不清的代价的人。

“可不是吗？你帮我脱离了苦役。我得往回说，用我自己的方式把事情理清楚；因为我已经等了很久，现在就要手到擒来了，不能着急。如我说的，我打定主意，按自己的套路来；因为我往回看了看我的生活，看见了我所经历的一切，遭受的所有苦难，记起来在俄罗斯海域无穷无尽的森林里经历的严寒和饥饿。如同你们知道的，我带领他走向东部——他和央加——那个东部却是去的人多，回来的人少。我领着他们走到那个地点，白骨累累，诅咒万千，人与他们带不走的黄金同穴而居。

“道路漫漫，路线没有人走过。我们的狗很多，吃的也很多。我们的雪橇没法把开春以前所需要的东西都带上。我们必须在河流奔流之前赶回来。因此，我们把粮食这里那里地储藏起来，让我们的雪橇尽量轻松，返回来时还不至于挨饿。在迈克奎森住着三个人，在他们住地附近我们修建了一个储藏粮食的秘窖，在马育也修建了一个，那里有十几个佩里人的打猎营地，他们是从南边跨过分水岭来到这里的。这之后，我们就一路向东走去，一路不见人影。只有那条沉睡的河流，不动的森林，还有北极那白茫茫的寂野。如我说的，道路漫长，路线没有人走过。有时，一天艰苦跋涉，我们也只能行走八英里远，或者十英里，夜里我们睡得像死人。他们从来没有想到我就是纳斯，阿卡滩的头人，是打算扭转乾坤的人。

“我们这次修建的秘窖比较小，到了夜里我顺着我们开出来的路线往回走，把秘窖的粮食挪走，让人以为粮食让黑獾偷去了，就是小事一桩了。还有，路上有一些容易掉进河里的地方，流水湍急，冰在上面冻结，流水在下面冲刷。就在这样的地点，我赶的雪橇压破了冰面，掉了下去，狗也落水了。这对他和央加来说是霉运，不过后来再没有发生过这种事儿。雪橇上有很多粮食，狗也是最强壮的。但是他因为生命力强壮，竟然大笑起来，给剩下来的狗很少食物吃，直到我们把挽绳割断，一只接一只地拖出来，喂给它们的同伴吃。我们这样就可以轻松地回家了，他说，从一个秘窖走到下一个秘窖，不用狗，也不用雪橇了。这倒是实话，因为我们的粮食所剩无几，那天夜里我们赶到那个金子、白骨和人们咒骂的地点，最后一只狗也死在挽索里了。

“到了那个地方——地图表明的是真的——就在那座大山的心脏，我们要在分水岭的崖壁上凿出来冰冻阶梯才行。还以为分水岭后面有一条山谷，可是没有山谷。雪原向远处延伸，平展展的，像一望无际的丰收的平原，而我们身边这里那里的高山峻岭，翘起它们白皑皑的山头，直插星空。在那少见的平原的中间一带，应该有一条山谷，大地和白雪都向下沉去，一直沉向这世界的中心。要是我们没有做过水手，我们看着眼前的景象一准会头晕目眩。可是我们站在令人眩晕的崖边，寻找一条可以下去的路线。一边，只有一边，是崖壁倾斜下去的，看上去像大风中甲板的斜坡。我不清楚这玩意儿为什么会这样子，可是它就是这样子。‘这就是地狱口啊，’他说，‘我们下去吧。’于是我们就下去了。

“山底有一所小木屋，不知谁修建的，是用上面扔下去的原木修成的。小木屋非常旧。一些人在不同的时间里孤独地死去了，我们从一些桦木树皮上看到了他们的遗言和他们的诅咒。一个是患了坏血病而死，另一个被伙伴抢夺了他最后一点粮食和火药后溜走给害死了，第三个是被长了斑秃的灰熊咬死的，第四个在打猎时饿死了——情况大同小异，他们都是舍不得离开那些金子，死守着金子这样那样死去的。他们挖出来的没用的金子，散落在小屋的地上，如同一个梦境。

“但是我领着走了这么远的这个人，灵魂没乱，头脑清楚。‘我们没有东西吃了，’他说，‘我们只是看看这里的金子，看看金子来自哪里，有多少储藏。然后我们尽快离开，可别让金子晃花了我们的眼睛，把我们理智搞乱了。这样，我们最终才能返回来，带足粮食，拥有一切。’就这样，我们察看了一下那条大矿脉，它像一条真实的动脉一样横贯矿坑的峭壁。我们测量了一下，上上下下探测了一番，打下一根根木桩，在树上刻下了文字，标明了我们的所有权。然后，我们因为吃不上食物两膝发抖，肚子一直在翻腾，我们心脏通通跳得快到嘴里了，最后我们爬上了那面巨大的崖壁，转脸登上了回程。

“最后一程路，我们架着央加走，我们动不动就跌倒在地，但是最后我们到了那个秘窖。看吧，秘窖里没有粮食。我干得天衣无缝，因为他以为粮食让黑獾偷走了，便破口大骂黑獾和诸神。但是，央加很勇敢，面露微笑，把自己的手放在他的手里，我只好扭过脸去，装作没事儿人的样子。‘我们在火边休息一下吧。’她说，‘等到天亮了，我们把鹿皮靴煮着吃了生点力气。’于是，我们把我们的鹿皮靴的鞋帮割成条，煮了大半夜，这样我们就可以嚼动那些皮条，吞咽下肚。第二天早上，我们交谈了一下我们的机会。下一个秘窖要走五天才能到达，我们走不完这段路程了。我们必须打猎才行。

“‘我们出去打猎吧。’他说。

“‘是呀，’我说，‘我们出去打猎吧。’

“他命令央加待在火边，节省力气。我们两个出发了，他去追赶麋鹿了，而我找到了我转移过粮食的秘窖。不过我只吃了一点东西，免得他们看出来我身上生出大力气。到了夜里，他走回营地时跌倒了无数次。我也做出虚弱不堪的样子，雪鞋磕磕绊绊的，仿佛每一步就是最后一步了。我们吃了鹿皮靴后生出来一些力气。

“他是一个了不起的人。他的灵魂把他的肉体支撑到了最后一刻，他也不大叫大喊，除了因为央加。到了第二天，我跟随他去打猎，免得看不到结局。他常常躺下来歇气。那天夜里他差一点就过去了，但是到了早上他气喘吁吁地骂了几句，又出发打猎了。他像一个醉汉，我看见好多次他就要一了百了了；但他是强人中特有种的那种，他的灵魂是巨人才有的灵魂，因为他让肉体又整整支撑了难挨的一天。他打中了两只松鸡，可他没有吃。他不需要用火烤熟吃。松鸡就是生命，但是他想留给央加吃，他向营地返去。他再也走不动了，便用手和膝盖在雪里爬行。我来到他身边，看见了他眼睛里的死神。即使这个时候，吃下松鸡也还来得及。他把步枪扔到了一边，用嘴像狗一样叼着两只松鸡往回走。我走在他身边，站得笔直。他歇气时仰头看看我，奇怪我怎么这么结实。我看出来这层意思，尽管他不能说话了。他的嘴动起来时，只动嘴唇而没有声音。如我说的，他是一个了不起的人，我的心都要软下来了。可是我回头望见了我的苦难，记起来在俄罗斯海域那无穷无尽的森林里经历的严寒和饥饿。再说了，央加本来就是我的，我为她出过皮子、皮舟和珠子，一笔说不出价钱的彩礼。

“就靠这样，我们穿过了白雪皑皑的森林，沉寂重重地笼罩在我们身边，像湿漉漉的海雾。以往的重重幽灵悬浮在空中，把我们围得死死的。我看见了阿卡滩黄灿灿的沙滩，一艘艘皮舟打鱼后飞快地奔向家，森林边上的一座座房子。我还看见了那些曾经凭自己本领做了酋长的人，订立规矩的人，我继承了他们的血脉，我娶了央加后还会继承另一种血脉。哦，亚什－奴什与我并肩而行，他头发沾了湿沙子，他那支战矛，在他跌倒后摔折了，但还紧握在他的手里。我知道相见恨晚的时机到了，我看见了央加眼里以身相许的神色。

“如我说的，我们穿过了森林，我们的鼻子终于闻到了营地的烟味。我向他低下身子，夺下他牙齿间的松鸡。他侧身躺下，喘气歇息，眼里出现了不解的神色，他身下的那只手慢慢地向他的胯间伸过去。不过，我把刀从他身上拿走了，凑近他的脸笑起来。即便到了这个时刻，他还是不明白。于是，我做出喝黑瓶子里的酒的样子，装作在雪地里堆起一堆货物，还把我结婚那天晚上的情景再现一次。我一句话也没有说，但是他明白了。可他一点也不害怕。他的嘴角露出讥诮之意，凛然的愤怒，因为了然于心生出了新的力气。离营地没有多远了，但是雪很深，他拖着身体走得很慢。有一次，他躺了很长时间，我把他翻过来，注视着他的眼睛。有时，他向前看去，有时他看见了死神。等我要放弃他了，他却挣扎着向前爬。就这样，我们来到了篝火边。央加立即赶到他身边。他的嘴唇在动，却没有声音。然后，他指向了我，让央加明白怎么回事。这之后，他躺在雪地里，非常安静，久久一动不动。即使现在，他也还躺在雪地里。

“我在煮好松鸡之前一直没有说话。然后，我跟她说话了，用的是她自己家乡的语言，她很多年来都没有听到这种语言了。她一下挺直了身子，就这样，眼睛睁得圆圆的，满是惊讶之色，她问我是谁，我从哪里学会这种语言的。

“‘我是纳斯。’我说。

“‘是你？’她说，‘是你吗？’她靠近一些，以便好好看清我。

“‘是我。’我回答道，‘我是纳斯，阿卡滩的头人，那支血脉的最后传人，如同你是另一支血脉的最后传人。’

“接着她大笑不已。我见过的事情多了去了，干过的事情也多了去了，可我从来没有听见过这样的大笑。它让我的灵魂发冷，坐在白茫茫的寂野里，孤独地与死神为伴，与这个大笑的女人为伴。

“‘来吧！’我说，因为我想她神志恍惚了，‘吃点东西，我们一起走。从这里到阿卡滩远得很。’

“可是她把脸埋进他的黄头发里，笑啊笑啊，好像我们耳边的苍天塌下来了。我原以为她看见是我会欣喜若狂，着急回忆过去的时光；但是，这番景象看来出乎意料，很难接受。

“‘来吧！’我喊道，用力拉住了她的手，‘回去的路很远，很黑。我们赶快上路吧！’

“‘去哪里？’她问道，坐了起来，也不再那样怪笑了。

“‘回阿卡滩。’我回答说，盯着她听懂我的话后脸上神色的变化。可是跟他一样，她的嘴角露出了讥诮之意，凛然的气愤。

“‘好的。’她说，‘我们回去，手拉手，回阿卡滩去，你和我。我们以后就住在那肮脏的小屋子里，吃鱼，吃油脂，生养一个小子—— 一个小子，我们一辈子都为此骄傲。我们会忘记这世界，生活美满，非常美满。好啊，真的很好。来吧！让我们赶路去。我们回阿卡滩去。’

“她把手插进他的黄头发里，微笑着却不怀好意。她眼睛里没有了以身相许的神色。

“我默然坐着，对女人的怪异表现感到不解。我回想起她从我身边被拖走的那个夜晚，她大喊大叫，乱扯他的头发——那时乱扯，这时却不停地抚弄，不肯离去。这一刻，我想起我付出的代价和漫长的岁月。我把她搂得紧紧的，像他当时把她拖走那样。但是她向后退缩，也像那天夜里一样挣扎得像一只呵护小猫的母猫。等那篝火把我们与那个男人隔开了，我放开了她，她坐起来直耳静听。我跟她讲起我经历过的一切，在陌生的海上发生的一切，在陌生的土地上我所干的一切。讲到我苦苦的追寻，讲到忍饥挨饿的岁月，讲起曾经属于我的美好前景。哦，我有啥说啥，连当天那个男人和我之间发生的事情我也讲了，讲了年轻时的日子。我讲述的时候，我看见了她眼睛里渐渐流露出来的以身相许，她的眼睛又圆又大，像破晓之光。我在她眼睛里看出了怜悯，看出了女人的柔情，爱，央加才配有的良心和灵魂。我又成了一个毛头小伙，因为那神色是央加在海滩上奔跑时才有的，开心大笑，跑回她母亲的家。那种冷酷的不安不见了，饥饿不见了，疲惫不堪的等待也不见了。相见恨晚的时刻到了。我听见了她胸间的呼唤，好像我必须把头枕在那里，忘掉过往。她张开两臂欢迎我，我于是朝她扑去。随后，突然，她眼里闪现了憎恨之色，她的手伸到了我的腰间。一下，又一下，她刺了两刀。

“‘狗！’她冷笑道，一下子把我推搡到了雪地里，‘猪猡！’她喊叫后大笑起来，把四野的沉寂都打破了，然后回到了她的死人身边。

“如我说的，她用刀刺了一下，又刺了一下。但是她虚弱不堪，饿得不行，这么刺一两刀要不了我的命。可是我心有不甘，留在那里，闭上了眼睛，打算长睡不醒，和那两个搅乱了我的生活的、让我走向不知名的征途的人死在一起。可是，我心中还有一笔债没还，这让我良心不安。

“路还很长，严寒袭人，粮食少得可怜。佩里人捉不到麋鹿，把我的秘窖偷空了。那三个白人也干了同样的事情。我路过时看见他们饿得皮包骨，躺在那里等死。这之后，我什么也记不得了，直到我来到这里，才找到了食物和火——很旺的火。”

他讲述完了，团紧身子，有些贪得无厌的样子，向火炉靠了又靠。过了很长时间，那盏油脂灯照射出来的影子在墙上上演一幕幕悲剧。

“可还有央加呢！”普林斯惊叫道，他讲述的故事仍然强烈地冲击着他。

“央加吗？她不吃松鸡。她躺在他的怀里，抱着他的脖子，把脸深深地埋进他的黄头发里。我把火往近处挪挪，让她避免一些严寒，但是她躲到了另一边。我又生起一堆火，可是没有什么大用，因为她不肯吃东西。他们就这样躺在那里，躺在雪地里。”

“你怎么办？”马尔姆特·基德问道。

“我不知道。可阿卡滩那地儿很小，我一点也不想回去，住在世界的边缘。不过，那里对生活也有一点好处。我可以去找康斯坦丁，他会给我戴上手铐，有一天他们会给我的脖子套上一根绳子，就这样，我就一睡不醒了。可是——不，我不知道怎么办。”

“可是，基德，”普林斯争辩说，“这可是谋杀呀！”

“别作声！”马尔姆特·基德不容分辩地说，“很多事情超出了我们的智慧，超出了我们的评判。是对是错我们也说不清，说清楚不是我们的事儿。”

纳斯又向火炉靠了靠。万籁俱寂，每个人的眼里的许多图景都在来来去去。

生命的法则

老考斯库什听得很投入。虽然他的视力早就不灵了，但是他的听力还是很灵敏的，极细微的声音都逃不过存留在枯萎的脑门后的闪烁的智力，只是这智力不再关注世间的事情了。啊！来人是希特卡姆吐哈，一边尖声尖气地咒骂狗，一边又扇又打地把狗往挽具里赶。希特卡姆吐哈是他女儿的女儿，不过她忙得不可开交，没有时间想到她风烛残年的外祖父独自坐在雪地里，凄凉而无助。营地不得不拆散。生活在召唤她，而且是生活而不是死亡的责任在召唤她。可他眼下离死近在咫尺了。

这个想法让这个老人恐慌了一阵子，伸出一只颤巍巍的手，哆哆嗦嗦地在他身边一小堆干木柴上摸索。摸准柴火堆确实在原地，他的手缩回到脏兮兮的皮毛衣服下取暖，随后又开始直耳聆听。他从五六张兽皮被人气急败坏地折叠声中，得知酋长的麋鹿皮小屋被拆散，接下来开始敲打成便于携带的行装。酋长是他的儿子，魁伟，强壮，是这个部落的头人，还是一个十分神勇的猎手。女人们在辛苦地打理营地行李时，他大喊大叫起来，骂她们做事迟慢。老考斯库什把耳朵绷得紧紧的。这是他最后一次听见这个声音了。吉豪的小屋子没有了！塔斯肯的小屋也没有了！七座，八座，九座，都没有了。只有萨满教[1]的小屋还立着，就在那里！他们现在就在挪动那座小屋。他能听见萨满教僧一边抱怨，一边把小屋往雪橇上装。一个孩子在哭泣，一个女人轻柔地哼哼嘤嘤地安慰孩子。是小库迪，老人心想，一个焦躁的孩子，强壮不到哪里去。也许不久就会死掉，他们会在冻原上烧开一个洞葬了他，上面堆上石头，不让狼獾来糟蹋。嗯，糟蹋了又怎么样呢？最多撑几年，饿肚子的太多，饱肚子的太少。到头来，死神在等着，总是饥肠辘辘，他们所有的人中死神是最饥饿的。

那是什么声音？哦，人们在捆绑雪橇，正在抽紧皮带。他倾听着，也许就再没有听的机会了。鞭子在狗群里甩得噼啪响。听见狗呜咽了！狗狗们是多么憎恨拉套上路啊。狗群出发了！雪橇一架接着一架，吱吱嘎嘎的，慢慢地就一声不响了。它们走了。他们从他的生命里消失了，他在面对最后这难熬的一个时辰。不。雪在鹿皮靴子下面扑哧扑哧响，一个人站在了他身边，一只手温和地放在他的头上。他儿子干这种事情很拿手。他记起来别的一些老人，他们的儿子在部落启程后没有等待。但是他的儿子等待了。他的思绪回到了过去，直到这个年轻人说话，他才回到现实中。

"你还行吗？"他问道。

老人答道："还行。"

"你身边就是木柴，"年轻人接着说，"火烧得很旺，寒冷已经被打破了。天灰蒙蒙的，雪马上就要下起来。现在就要下

1　美洲印第安人和因纽特人信奉的一种宗教。

了呢。”

“族人都很急。一捆一捆的东西很重，他们没有好好吃一顿，肚子都饿瘪了。路程很长，他们走得很快。我现在要走了。还行吗？”

“还行。我是一片去年的干树叶，轻轻地赖在树枝上。吹起的一丝风，都会把我吹掉。我的声音变得像一个老娘们儿。我的两只眼睛不再能看清脚下的路，我的脚很沉，我累了。还行吧。”

他把头满意地垂下来，知道抱怨下雪的最后的声音听不见了，他知道他的儿子喊也喊不回了。然后，他的手慌慌张张地去摸索那小堆木柴。在他和张口向他索命的不朽之间只有这小堆木柴了。最后，他生命的度量单位竟然是一小堆木棍棍。一根接一根，这些小木棍都会添到火里去，也正是这样，死神会一步接一步爬到他身上来。当最后一根小木棍转化成热力时，寒冷便会开始聚集力量。最初，他的两脚会被冻僵，接着他的手也会被冻僵。麻木会传递，缓慢地，从四肢传到全身。他的头会向他的膝盖倾去，彻底歇下来。这很容易。人都有一死。

他没有什么可抱怨的。这就是生活的必由之路，很公道。他生来就离大地很近，离他生活的大地很近，因此生命的法则对他来说不是新的。这是众生的法则。大自然对肉体不会仁慈。大自然对那个称之为个人的具体东西不关心。大自然对物种感兴趣，对种族感兴趣。这是老考斯库什粗野的头脑能想到的最抽象的东西，不过对此理解得却相当透彻。他一生中看见这种现象的例子很多。树液上升、柳芽返绿、黄叶凋落——这种现象就是在讲述全部历史。但是，大自然给个人布置了一项任务。他没有完成这个任务，却要死了。他完成了呢，还是一个样，他还得死。大自然才不在乎呢。听天由命的人多了去了，在这种事情上只有听天由命的，没有不听天由命的，活着的就总是活着好了。考斯库什部落很古老。他还是个男孩时记得的老人，知道他们前面还有老人。因此，部落活着是真的，部落代表所有听天由命的成员，一路通向被忘记的过去，他们安息的地方没有人记得了。他们算不得什么，只是一个个片段。他们像夏日天空的云彩一样是过眼烟云。他也不过是一个片段，会成为过眼烟云。大自然才不在乎呢。她为生命布置一项任务，定下一个法则。保全生命就是生命的一项任务，生命的法则就是死亡。少女是一个好看的好人儿，胸脯丰满，身强体壮，步子有弹性，两眼里有光彩。但是，她的任务就在她跟前。她两眼里的光芒变得更明亮，她的步子更轻快，她有时和年轻男子大胆交往，有时却小心翼翼，她把自己的不安交给他们。她越长越娇媚，看上去更娇媚，直到某个猎手，怎么也控制不住自己，把她弄到自己的小屋里做饭，为他操持，成为他孩子的母亲。等她生养了孩子，她的容貌就离开了她。她的手脚迟缓了，拖沓了，眼睛模糊了昏花了，只有小孩子能在火堆边的老女人萎缩的脸颊上找到欢乐。她的任务完成了。过不了多久，饥荒刚刚袭来或者长途跋涉刚刚开始，她就会被留下，正如他现在被留在雪地里，身边摆上一小堆木柴。这就是法则。

他往火堆上添了一根木棍，接着沉思。哪里都一样，万物都一样。第一场霜冻来了，蚊子就完蛋了。小松鼠慢慢躲开，死去。兔子有了一把年纪时，行动迟缓，身体发沉，敌人袭来它也躲不开了。就是那张白脸也变得蠢笨了、轻率了，吵吵闹闹的，最后被几只吠叫的哈士奇分食了。他想起来他如何在一个冬天把自己的老父亲抛弃在一个上游地段，那年冬天过后传教士才带着传教书和药箱到来了。好多次，考斯库什想到那个药箱就咂摸嘴唇，可现在他的嘴不再咂摸了。“止疼药”真的特别好啊。不过那个传教士说到底可够麻烦的，因为他给营地带不来肉，吃起来却很带劲，猎人们怨言满腹。但是，他在马奥河的分水岭把肺冻着了，狗群后来用鼻子把那些垒砌他的石头拱开，为分食他的尸骨大打出手。

考斯库什又往火堆上添了一根木棍，向过去的更深处聆听。在大饥荒时期，老人们饥肠辘辘地蜷伏在火堆旁，古老日子的模糊的传说从他们的嘴里诉说出来，那时育空河连续三个冬天流淌不息，却连续三个夏季冰天雪地。在那次大饥荒中，他失去了他的母亲。到了夏天，大马哈鱼没有到来，而部落盼望冬天驯鹿会到来。冬季到来了，但是驯鹿却没有来。这样的年景从来没有听说过，就是老人们一辈子也从来没有听说过。然而，驯鹿就是不来，等到第七年，兔子都不能代替驯鹿，狗没有了狗样，只剩一把骨头了。在这暗无天日的时期，孩子们哀号、夭折，而女人们和老人们也相继死掉。部落活下来的人不到十分之一，来年春天到来时他们再也见不到阳春的日头了。那真是一场饥荒啊！

然而，他见到丰衣足食的时候也很多，那时肉在他们手里都被糟蹋了，狗吃得肉乎乎，因为过量吃食都废掉了——这种时候他们会放走猎物，女人生养多多，小屋子里爬满了男人的孩子和女人的孩子。这时候，男人变得饱食终日，过去的争斗死灰复燃，跨过分水岭到南边去杀戮佩利人[1]，到西边他们可以坐在塔纳纳人[2]的死火堆上。他记得，还是个男孩儿时，在丰衣足食的年景里，他看见一只驼鹿被一群狼扑倒在地。金哈和他趴在雪地里观看——金哈后来成了猎手中最狡猾的高手，后来，他掉进了育空河的一个没有结冰的窟窿里。一个月后他们才找到了他，发现他从河水里爬出来一半时就被冻成了冰块。

不过还有驼鹿。金哈和他那天外出学着他们先辈们的样子打猎玩。在河床上他们发现了一只驼鹿崭新的蹄印，还有很多狼的蹄印。“一只老驼鹿。”金哈很快辨认出来迹象，“一只老驼鹿，跟不上驼鹿群了。群狼把它从同伙中分离出来，就再不会放过它了。”情况就是这样的。这是狼的惯用伎俩。日夜兼程，它们从不停下，在驼鹿的身后咆哮，撕咬驼鹿的鼻子，最后它们在驼鹿的身边停下来。金哈和他都感到热血奔腾不息！最后的杀戮值得一看！

他们脚下急切，跟着踪迹，连他考斯库什这样不喜欢看热闹、追踪没有经验的人，都盲目地跟着踪迹寻去，范围很大。他们就在这场追逐后面紧追不舍，看这幕生死悲剧，墨迹未干的悲剧，每一步都没有落下。这时，他们来到了驼鹿站住的地方。三

---

1 指佩利河（Pelly）一带的印第安人；佩利河是育空河的一个支流，发源于马更些山脉，向西流去，在塞尔库克堡汇入育空河。

2 指居住在塔纳纳河（Tanana）一带的塔纳纳人，系阿拉斯加的印第安人一个小部落，松散的氏族，以狩猎驯鹿、驼鹿和野绵羊为衣、食之源。冬季居住在兽皮盖顶的圆顶小房子里，而夏季住在树皮和茅草盖顶的房子里。他们的部落成员随着游牧的迁徙活动而组成，很松散，各人都有自己的习惯、护符、禁忌和信仰，可谓高度的个人主义化。他们有一个普及的“散财宴”，公开分配礼物和财物，以提高个人的威信和道德信誉。

个成年人身子那么长的距离，四面八方，雪地都被踩踏得乱七八糟。在中央，那只八字蹄子的猎物留下很深的印子，而四围，到处是群狼的比较浅的蹄印。一些狼扑上去杀戮，另一些同伙却卧下来歇息。它们的身体伸展开，在雪地里留下的印子清晰可见，仿佛一分钟前才留下的。一只狼被那只发疯的猎物野蛮地用角刺穿，生生地刺死了。几根骨头，啃吃得很干净，成了明证。

他们在第二个站立点又一次中断了雪鞋的跋涉。在这里，那只大驼鹿进行了垂死搏斗。看雪地上的印迹，它被狼群扳倒了两次，两次它都挣脱了袭击者，站立起来了。驼鹿已经完成了它的任务，但是无奈生命对它来说太宝贵了。金哈说这样的事情很少发生，驼鹿被拉倒在地居然还能站起来，但是这只驼鹿却做到了。那个萨满教僧很想一睹为快，对他们讲述的情况倍感惊讶。

又一次，他们来到了那只驼鹿跳上河岸通向森林的地方。驼鹿的敌人从后面猛烈地进行攻击，驼鹿站立起来，仰身摔倒在狼群，把两只狼砸进了雪地里。显然屠杀就是在这里发生的，因为它们的兄弟们这次没有把它们吃掉。后来又有两次抵抗陆续发生，但只是短时间里赢得喘息的机会，两次抵御相距很近。踪迹在雪地里鲜红，大驼鹿干净利落的拼争越来越短，越来越迟缓。然后，他们听见了这场搏斗的声音——不是追逐的扯足嗓子发出的齐声呼叫，而是短促的厉声的吠叫，咬住大腿和鲜肉时牙齿间发出的声音。迎风爬行，金哈在雪地里匍匐前行，考斯库什跟着金哈一起爬行，多年后他成了同宗人的酋长。他们一起在一棵低垂的树枝下你挤我抗地窥探。他们看到了驼鹿的结局。

那场景，如同所有年轻时的印象，如今对他来说依然历历在目，他昏花的眼睛看着那个结局上演，还如早年前那般栩栩如生。考斯库什对此感到惊讶，因为在后来的日子里，他做了族人的领袖和委员会的长老，干出了很多了不起的事业，他的名字成了佩利人的嘴里诅咒的对象，更别说在公开的决斗中，白刀子进红刀子出，他杀死的那个陌生的白人了。

他久久地回忆着青春年少的岁月，直到火堆渐渐熄灭，寒冷噬咬得越来越深。这次他往火头上添了两根木棍，只要一息尚存，就要把生命紧紧抓住。希特卡姆吐哈但凡心里有她外祖父，收集更多的柴火，他生命的时辰就会熬得更长久一些。捡柴火易如反掌。但是，希特卡姆吐哈是一个大大咧咧的孩子，自从金哈的儿子的儿子比弗第一次向她递送媚眼，就不把自己的祖先放在心上了。哎，那有什么关系呢？在他青春年少时，他不也是这个样子吗？他一时间聆听沉寂。也许他儿子会回心转意，带着狗回来接上他的老父亲和部落一起上路，到驼鹿成群、肥兽满地的地方。

他直耳静听，他不安的脑子这时出奇安静。没有一丝动静。孤独无比！听！那是什么声音？一股冷意传遍了全身。那种熟悉的拉长的嗥叫打破了空间，嗥叫就在身边。然后，他发黑的眼睛前突显了那只驼鹿的映像——那只老公驼鹿——撕裂的大腿和血淋淋的肚子、稀乱的鬃毛和枝枝丫丫的大犄角，低垂着抵撞到了最后一刻。他看见灰色的身影跳来跳去，眼睛闪闪有光，舌头吐着，牙齿直淌涎水。他看见那个无情的圈子越缩越紧，最后变成了践踏过的雪地上一个黑色点。

一张冰冷的嘴捅在了他的脸颊上，这一捅让他的灵魂回到了当下。他的手猛地伸向火堆，拽出来一根燃烧的木柴。对人类与生俱来的惧怕这时征服了这野兽，它连忙向后退去，向它的兄弟们发出长嚎的呼唤；它的兄弟们纷纷贪婪地回应，最后出现了一个圈子，蜷卧着，馋涎滴着，灰蒙蒙地围起来了。老人聆听着这个圈子在收紧。他发疯地挥舞手里的火把，嗅辨声变成了咆哮声。然而，喷气的野兽们拒绝散开。一会儿，一只野兽用胸部向前匍匐，把后半身往前拖着，一会儿又行进一点，一会儿再次行进一点。他为什么还依恋着生命？他问道，随即把燃烧的棍子扔到了雪地。火棍嘶啦啦一阵熄灭了。那个圈子不安地唧哝一阵，但是不为所动。他又一次看见了那只老公驼鹿进行抵抗，考斯库什将头疲倦地垂在膝盖上。说到底又有什么关系呢？难道这不就是生命的法则吗？

巴塔德

巴塔德[1]是魔鬼。整个北方地区都认同这点。人们都叫它“地狱的爪牙”，不过他的主人，布莱克[2]·勒克莱尔，为他取了“巴塔德”这样一个丢人的名字。且说布莱克·勒克莱尔也是一个魔鬼，这一对倒是绝配。所以世人就说：两个魔鬼凑一块儿，下地狱都要掏钱了。这是料得到的，巴塔德和布莱克·勒克莱尔凑在一起时，真的不知道会发生什么坏事。他们第一次相遇，巴塔德还是个半大狗娃，精瘦，饥饿，一双恶狠狠的眼睛。他们一见面就又咬又吼，凶相毕露，因为勒克莱尔的上嘴唇像狼的嘴一样，能翘起来露出残忍的白牙。当时他把嘴唇翘上去，眼睛冒着凶光，伸手抓住巴塔德并且拖出它正在蠕动的窝。不用说，他们都看透了对方，巴塔德及时用幼小的牙齿咬住了勒克莱尔的手，而勒克莱尔，大拇指和食指一掐，扼住了它幼小的生命。

“该死的。”这个法国人悄声说，玩赏着他那被咬的手流出来的血，盯着在雪地里咳咳喘息的小狗崽看。

勒克莱尔朝六十英里站的仓库保管员约翰·哈姆林转过身

---

1 原文 Batard，法语 bastard 的异体字，和汉语中的“私生子”“狗杂种”等词意相近。

2 布莱克的英文是 black，字面意思是“黑色”，作者用这样的名字，后面交代了其用意。

来，说："这正是我喜欢它的地方。先生你看多么厉害！多么厉害！我买下了，说买就买。一手交钱，一手交货。"

因为勒克莱尔恨小狗崽子恨得切齿入骨，就把巴塔德买了下来，取了这样一个丢人的名字。五年中，这一对冤家闯遍了北方世界，包括圣迈克尔和育空河三角洲，佩利河上游地区，远至皮斯河、阿萨巴斯卡湖以及大奴湖。他们赢得了不折不扣的邪恶的名声，这样的名声让一个人和一只狗共同担当，以前还未曾有过。

巴塔德不知道它老爹是谁——它的名字因此而得——不过约翰·哈姆林知道，它老爹是一只魁伟的灰色的森林狼。但是，巴塔德的老娘，它还影影绰绰记得，是一只咆哮的、吵闹的、猥亵的哈士奇，胸脯阔大，眼神凶狠，像猫紧抓生命那样不放松，玩弄奸诈堪称天才。它老娘没有信仰，没有信任。背信弃义是它老娘唯一可靠的东西，它在树林里偷情就是它一贯堕落的最好证明。这些方面的诸多邪恶与诸多力气，巴塔德都是从祖先那里得来的，而且，骨头和肉也是祖先的骨头和肉，它悉数继承下来了。然后，布莱克·勒克莱尔及时跟进，对小狗崽搏动的幼小生命滥施重手，碾压、捅戳和改造，一直把它锤炼成了一只动不动就炸毛的野兽，耍流氓不择手段，一腔憎恨到处滥施，奸诈、恶毒，魔鬼一般。倘若有一个合适的主人，巴塔德也许可以被调教成一只普通狗，足以担当拉雪橇的重任。可惜它从来没有这样的机会：勒克莱尔生性邪恶，他要在巴塔德身上一一证明。

巴塔德和勒克莱尔的历史，就是一部战争史——五年冷酷的残忍的斗争史，它们第一次相见就是其实质再好不过的说明。一开始，错在勒克莱尔，因为他是带着理解和智慧憎恨的，而长了两条长腿的笨拙的狗娃却恨得盲目，出于本能，没理智，不得法。起先，残忍很不讲究（后来才慢慢讲究起来了），只是简单的责打和粗鲁的暴行。在一次这样滥施暴行的过程中，巴塔德一只耳朵受伤了。它再也没有恢复横向用力的肌肉的控制力，从此以后，它的那只耳朵就耷拉下来，灵敏地保持住它对折磨它的人的记忆。而且，他永远不会忘记。

它的幼儿期是一个愚蠢地反抗的时期。它总是被打败的一方，不过它抵抗只是出于抵抗的本能。它是不可征服的。它因为鞭打和棍打的疼痛而尖利得狺狺不已，总是想方设法引发一通挑衅性的纠缠，发泄它灵魂的恶狠狠的报复性威胁，由此一准遭到更多的拳脚和击打。不过，它从老娘身上获得了紧紧抓住生命不放手的韧性。没有什么暴行能置它于死地。它在厄运下蓬勃生长，在饥荒中膘满肉肥，从为活命而进行的可怕拼搏中，它开发出来一种超常的智慧。它这种智慧就是哈士奇的诡秘行动和狡诈，它老娘的惯技，而凶残和勇气则是野狼的，它老爹的独有。

可能因为它老爹从来不号啕。它弱小的狺狺叫声是随着它的细长腿一起发出来的，因此它变得冷酷而缄默，攻击迅捷，很少发出警告。它听见骂声报以咆哮，挨揍了它就咬人，它有恨难发泄时就龇牙咧嘴。然而，即使在极度疼痛之下，勒克莱尔也只能让它因惧怕或者疼痛而喊叫一次，从来没有第二次。这种不服软的劲头只能让勒克莱尔怒火中烧，激起他更大的兽性。

如果勒克莱尔给了巴塔德半条鱼，给了它的同伴一条鱼，它就会过去从别的狗嘴里抢鱼吃。它还抢劫储藏室，把无赖的手段要得五花八门，令所有的狗和狗的主人闻风丧胆。如果勒克莱尔揍了巴塔德一顿，却对芭比提大加呵护——芭比提干活儿连它的一半都不如——嗯，巴塔德便会把芭比提掀翻在雪地里，用力大无比的牙齿咬断它的后腿，勒克莱尔不得已把芭比提开枪打死。同样，在血腥的搏斗中，巴塔德能统领所有的队友，逼迫它们遵守赶路和进食的法则，让它们按照它制定的法则生活。

五年中，它只听见一个温情的词儿，接受过一只手温柔的抚摩，而那时它不知道这些东西是什么。它像没有驯服的野种一样跳起来，上颚和下颚闪电般咬在了一起。那是日升站的一个传教士，新来者，对它讲了一个温情的词儿，用手温柔地抚摩了一下。接下来的六个月，他没有给美国的家人写信，麦克奎斯昂的外科医生在冰雪上奔波二百英里来拯救他免于血液中毒。

人和狗在它走进他们的营地和驿站时，都对它侧目而视。人见了它都抬起脚威胁地要踢它一脚，狗见了它炸起鬃毛、龇出牙齿。有一次，一个人照巴塔德踢去，巴塔德像狼一样一口咬去，上下颚像铁夹子一样咬住了那个人的小腿肚，咬到了骨头。面对险情，这个人保命要紧，只有布莱克·勒克莱尔，两眼凶光，手握赤裸的猎刀，来到他们之间调解。杀死巴塔德——啊，该死的，这是勒克莱尔为自己保留的一个安慰。总有一天，这种杀戮会发生，否则——哎呀！谁知道会发生什么情况？不管如何，这个难题要得到解决。

他们各自都成了对方的麻烦。他们各自吸一口气在对方来说都是一种挑战，一种威胁。憎恨把他们捆绑在一起，如同爱永远无法把他们捆绑在一起一样。勒克莱尔决意等待那天到来，那时巴塔德会精神垮掉，在他脚边畏畏缩缩，哭泣哀告。而巴塔德呢——勒克莱尔很清楚巴塔德转的什么心思，不止一次从巴塔德的眼睛里看出它在打什么主意。他看透了巴塔德，一旦巴塔德在他身后，他就特别注意肩后的情况。

人们奇怪勒克莱尔拒绝把巴塔德卖个大价钱。有一次，约翰·哈姆林说："总有一天你要杀了它，一分钱都得不到的。"因他看见巴塔德躺在雪地里喘气，勒克莱尔把它猛踢了一通，谁都不知道巴塔德的肋骨断了没有，也没有人敢前去查看。

"别多嘴。"勒克莱尔冷冷地说，"这是我自己的事儿，先生。"

人们也奇怪巴塔德没有一走了之。他们都不理解。然而，勒克莱尔心知肚明。他是一个大部分时间都生活在旷野的人，躲开了人类嚼舌，他听惯了大风和暴风的声音，习惯了夜景，习惯了黎明的喁喁细语，习惯了白昼的撞击。隐隐约约，他能听见绿色植物的生长，听见树液的流淌，听见萌芽的钻出。他知道活动的东西微妙的诉说，知道兔子掉进陷阱了，喜怒无常的渡鸦用空洞的翅膀扇动空气，大灰熊在月亮下蹒跚而行，狼像一个灰色的影子在黎明和黑暗里潜行。在他看来，巴塔德讲话清楚，直接。巴塔德不一走了之，他再清楚不过，他更多注意往肩后张望就是了。

巴塔德生气时，打量它可不是好玩的，不止一次它跳起来向勒克莱尔的喉咙扑去，随时在手的狗鞭子的把子将它打得躺在雪地里颤动不已，失去知觉。因此，巴塔德学会了等待时机。当它力气长足而且正当青春时，它以为时机到来了。它宽胸阔背，肌肉发达，比一般狗的个头大出很多，脑袋到肩头的脖子长满厚厚的鬃毛——整个长相全然像一只纯种的野狼。勒克莱尔躺在皮毛被褥上睡觉，这时巴塔德认为时机成熟了。它悄悄地溜向他身边，头低垂，耳朵后抿，脚步像猫一样轻灵。巴塔德呼吸很轻，很轻，直到近在咫尺它才抬起头来。它听了一下，打量一番那个晒黑的大喉咙，裸露着大喉结，搏动得很有劲，一下是一下。垂涎在牙齿间滋生，舌头禁不住垂了下来，这时它想起来它那只耷拉的耳朵、它挨过的无数次揍以及数不清的冤枉，便一声不响地扑向那个熟睡的男人。

勒克莱尔在牙齿咬住喉咙的剧痛中醒来了，而且，他也是一只无可挑剔的动物，醒来了就头脑清楚，完全明白怎么回事儿。他两只手掐住了巴塔德的气管，从皮毛被褥上滚下来，全身重量压在了上面。然而，巴塔德数千名祖先咬住数不清的驼鹿和驯鹿的喉咙并将它们拉倒在地，那些祖先的智慧就是它的智慧。当勒克莱尔的体重压到它身上时，它把后腿向前伸进来，用爪子往下刨胸部和肚子，抓破皮肤和肌肉。当它感觉这个人的身体在它上面畏缩并抬起时，它在这个人的喉咙又撕又咬。巴塔德的队友咆哮着围成圈靠上来，而它喘气困难，神志惶惑，知道队友的嘴巴是冲着它来的。然而，这没有关系——关键是这个人，它身上的这个人，它用爪子猛撕猛抓，使劲晃动，使劲撕咬，把它最后的一丝力气用尽。但是，勒克莱尔用两只手死死扼住，直到巴塔德的胸部因为窒息一起一伏，两眼暗淡下来，嘴巴慢慢松弛，舌头吐出来，又黑又肿。

“嗯？好吧，你这魔鬼！”勒克莱尔喉咙汩汩地说，嘴和喉咙到处都是他自己的血，他把那只昏厥的狗从身边猛地推开。

然后，勒克莱尔看见其他狗向巴塔德扑来，把它们都骂走了。它们向后退去，围成了一个更大的圈子，机警地蹲卧在那里，舔它们的脸，脖子上的鬃毛挓挲起来。

巴塔德很快就醒过来了，听见勒克莱尔的声音，踉踉跄跄站起来，虚弱地前后摇晃。

“啊哈！你这大魔鬼！”勒克莱尔唾弃道，“我一直盯着你呢。我盯了很久了，妈的！”

巴塔德，空气像烈酒一样热辣辣地进入它耗尽的肺里，闪电一样扑向了这个人的脸，嘴巴咬空了，牙齿咬在一起发出丁零的撞击声。他们在雪地里滚来滚去，勒克莱尔发疯地用拳头猛击。然后，他们分开，面对面，对峙着前后转圈。勒克莱尔可以抽出猎刀。他的步枪就在脚边。但是他身上那头野兽醒来了，发怒了。他要用手来解决问题——用牙齿来解决问题。巴塔德扑上来，勒克莱尔一拳头把它打倒在地，扑了过去，用牙齿咬住了这只狗肩头的骨头。

好一幅原始的背景，好一场原始的戏，这一幕可能发生在这世界的野蛮的洪荒时期。在黑魆魆的森林里的空旷地上，一圈龇牙咧嘴的狼狗，中央是两只野兽，打得难分难解，撕咬，咆哮，发疯，怒气冲冲，大口喘气，而且，抽噎，咒骂，竭尽全力，野性的激情迸发，一场愤怒的谋杀，撕扯，揪拽，抓挠，原始的暴力一应俱全。

但是，勒克莱尔抓住了巴塔德的耳朵，一拳狠狠地打去，把巴塔德打翻在地，而且，这一下把巴塔德打昏了。随后，勒克莱尔扑上去用脚踢，上蹿下跳地踢，竭尽全力要把它踩成泥土。巴塔德的两条后腿都折了，勒克莱尔这才停下来喘息。

“啊——哈——哈！啊——哈——哈！”他尖叫道，语不成句，只是摇晃拳头，喉头与喉结一点作用也没有了。

然而，巴塔德是不可征服的。它躺在那里像一堆不成样子的软肉，它的嘴唇微微上翘，做出咆哮的样子却无力喊出来。勒克莱尔踢它，它疲乏的上下颚咬住了他的脚脖子，却咬不破皮肤了。

然后，勒克莱尔捡起鞭子，接着抽打，恨不得把它抽成碎片，每抽一下就叫唤一声：“这次我要把你剥皮抽筋！嗯？妈的！我要把你剥皮抽筋！”

最后，筋疲力尽，失血让他头晕眼黑，他软瘫下来，倒在了他的牺牲品旁边，而当狼狗围上来复仇时，他一息尚存地拖着身子爬到巴塔德身上，把巴塔德护住，不让它们的牙齿接近。

这一幕发生在日升站不远的地方，那个传教士几个小时后给勒克莱尔打开了门，注意到巴塔德不在拉雪橇的狗队里，不免大吃一惊。更让他吃惊不已的是，勒克莱尔从雪橇上掀开袍子，两臂抱着巴塔德，东倒西歪地走进门来了。亏得麦克奎斯昂的那位外科医生是一个游手好闲之人，话痨一个，他们两个就接着给勒克莱尔修补伤口了。

“好可怜，不该的，”他叹道，“你和这只狗摽上了。到死也不松手吗？不该的。这没有好处。因为它迟早要把你撕烂的。看这样子它不会先死的。”

外科医生认为这事实属罕见，传教士则说这是奇迹，因为勒克莱尔最终挺了过来。他虚弱不堪，到了春天他外感风寒，又一病不起了。巴塔德的状况更糟糕，但是它紧抓生命不松手，它后腿的骨头接上了，它的内脏都恢复了正常，一连几周它被捆绑在地上。勒克莱尔终于渐渐康复，形容枯槁，一摇三晃，走到小木屋门边晒太阳，这时巴塔德已经在它的同类里称王称霸，不仅把自己的队友置于治下，而且让传教士的狗也称臣了。

勒克莱尔在传教士的帮扶下一步一挪地出了门，慢慢地坐下来，无比小心地坐在了那张三条腿的凳子上，这时，巴塔德一个动作也没做，一根毫毛也没动。

“好啊！”他叹道，“好啊！这么好的太阳！”他伸出来干枯的手，在太阳的温暖里搓起来。

然后，他注视着那只狗，久远的光亮回到了他的眼睛里。他轻轻地碰了碰传教士的胳膊：“好神父，那家伙就是一个大魔鬼，那个巴塔德。你给我拿来手枪，这样，我就可以好好享受一下阳光了。”

此后的好几天里，他坐在小木屋前晒太阳。他从来不打瞌睡，那把手枪一直放在他的膝盖上。巴塔德自有一套，每天第一件事情是看看一直摆放在膝盖上的武器。看见手枪在那里，它便会微微地抬起嘴唇，表示它明白怎么回事。一天，传教士看出来这套把戏。

“老天爷！”他惊呼道，“我真的相信这畜生什么都懂。”

勒克莱尔弱弱地笑起来：“你看出来了，好神父，这正是我要说的，这话它都听得懂。”

好像要肯定这点，巴塔德为表示听到了这番话明确无误地摆动了一下耳朵。

“我说‘杀死’这个词儿。”

巴塔德喉咙顿时隆隆地嗥叫，脖子上的毛倒立起来，每条肌肉都绷得紧紧的，准备出击。

“我把枪举起来，这样，像这样。”话音刚落就做动作，把手枪对准了巴塔德。

巴塔德随即向一边跳去，一跃落在了小木屋的一角，逃出了视野。

“老天爷！”传教士又喊道。

勒克莱尔骄傲地咧了咧嘴。

“可是为什么它不一走了之呢？”

这个法国人的两肩猛地耸了耸，表示万物不是想理解就能完全理解的。

“那么你为什么不打死它呢？”

他又耸了耸肩。

“好神父，”他稍停顿之后，“这次还不打死它。它是一个大魔鬼。到时候我好解决它，因此，因此呢，再等等吧。嗯？有那一天的。好吧！”

这一天终于来了，勒克莱尔把他的狗集合起来，乘坐一艘平底船顺河而下，到四十英里站，接着再到波丘派恩河，从那里领受行政堂区委员会的差事，利用一年中比较好的时光进行勘探。完成这一差事后，他划船顺科尤库克河到荒废的北极城，然后顺流返回，沿着育空河从一个营地赶往另一个营地。在这些漫长的月份里，巴塔德接受了不少教训。它领教了很多折磨，值得一提的有：饥饿的折磨，渴的折磨，火的折磨，而且，最要命的是音乐的折磨。

如同它同类的其他狗一样，它欣赏不了音乐。音乐让它苦不堪言，一根接一根地折磨它的神经，每一条神经纤维都不放过。音乐一响，它就嗥叫，像狼一样长长地嗥叫，如同狼在霜冻的黑夜对着群星长啸。它不能不嗥叫。这是它和勒克莱尔较量中的一大劣势，这让它很丢人。勒克莱尔则是一腔激情地喜爱音乐——如同他喜爱烈酒一样满怀激情。当他的灵魂渴望表达时，一般情况下不是喝烈酒就是听音乐，二者必选其一，而且更经常的是两者并举。当他喝烈酒了，他的脑子会随着不出声的歌儿轻快地跳跃，他体内那个魔鬼就被唤醒，恣意妄为，他的灵魂便在饱受折磨的巴塔德那里找到极度的发泄。

“现在我们来一点音乐吧，”他会说，“怎么样啊？你认为呢，巴塔德？”

那不过是一个破旧的口琴，精心保存着，耐心地修补过；但它却是大价钱才能买到的东西，他从银制的簧片吹奏出怪诞的漂泊的气息，是人所未闻的玩意儿。这时，巴塔德，喉咙里哑然，只好把牙齿咬得紧紧的，向后退缩，一英寸[1]又一英寸，退到距离小木屋最远的角落。而勒克莱尔，吹啊，吹啊，腋下夹着一根短棍，跟随巴塔德，一英寸又一英寸，一步接一步，直到巴塔德没有了退路。

一开始，巴塔德会躲到最逼仄的空间，贴紧地皮趴在那里；

1　1 英寸 =2.54 厘米。

但是随着这口琴声步步逼近，巴塔德被逼得抬起身子，脊背挤在原木间，两条前腿不停地扇动，仿佛要赶走那种颤动的声音。它依然紧咬牙齿，但是严厉的肌肉收缩一再攻击它的全身，罕见的一抽一扯令全身难受，直到它全身抖动，在一种无声的折磨中扭曲。等它失控了，它的上下颚抽搐着咧开，喉咙深沉地颤颤悠悠地发出声音，低沉得超出声区，人的耳朵很难捕捉到。随后，鼻孔膨胀，眼睛大张，毛发在无奈的愤怒中挓挲，终于发出那种长长的狼嚎。这叫声伴随着一种模糊的冲击往上拔高，让心碎的巨大感觉渐渐膨胀而挤出声音，而后衰弱下去，变成了悲哀的下降的悲痛——然后再次向上冲击，一个八音度接一个八音度；憋破的心脏；无穷尽的忧愁和悲惨，发晕，枯萎，凋落，慢慢地死去。

这和下地狱没有什么区别。而勒克莱尔，用魔鬼的眼界，似乎能分辨每根特别的神经和心弦以及啜泣的小音节，让它放纵最后那点悲痛。这招很可怕，因为二十四小时之后，巴塔德神经衰弱，心神不安，普通的声音都让它一惊一乍，在它自己的影子前失足，但是，此外，它还得严厉对待它的队友，做到说话算数。它还不能暴露精神崩溃的样子。恰恰相反，它变得越来越冰冷无情，不苟言笑，用不可思议的耐性等待时机，这种耐性开始让勒克莱尔迷惑，让他掂量。这只狗会卧在火堆旁，一动不动，一连几个小时直视勒克莱尔，用恶狠狠的眼睛憎恨他。

这个人经常感到，他一直在跟生活的本质作对——那种不可征服的本质，让雄鹰像羽化的霹雳般从天空俯冲下来，让大灰鹅穿越几个气候带，让产卵的大马哈鱼在沸腾的育空河游动两千英里。在这样的时刻，他感觉非要表达他自己不可征服的本质不可。喝了烈酒，吹起旷野的音乐，有巴塔德陪着，他沉湎在放荡不羁之中，把自己微不足道的力量摆在万物的面前，挑战一切，眼下如此，过去如此，以后也会如此。

“这里有点什么东西吧。”他会说，而这时他脑子的律动的种种奇想触动了巴塔德体内的秘密心弦，害得巴塔德发出长长的悲伤的嗥叫，“我用两只手就把你搞定了，所以，所以嘛。哈哈！哈哈！好玩呀！真的很好玩！教士唱经，女人祈祷，男人骂街，小鸟啾啾叫，巴塔德，它在汪汪叫——全都是一回事儿。哈哈！哈哈！”

戈蒂埃神父，一位受人尊敬的教士，曾经引用具体的天谴的例子指责过他。不过这位神父再也没有指责过他第二次。

“也许是那样，好神父。”他回答说，“不过我认为我到地狱啪一声就去了，像铁杉树啪地扔到火上一样。嗯，好神父？”

然而，一切坏事皆有恶果，如同善有善报一样，布莱克·勒克莱尔也不例外。在夏季低水位时，他乘坐一艘撑篙船，离开麦克杜格尔前往日升站。他和蒂莫西·布朗做伴离开麦克杜格尔，却只他自己到达了日升站。后来风传他们出发前发生了争吵，因为“老爷”号，一艘呼哧带喘的十吨明艉轮船，二十四小时后赶上来，比勒克莱尔提前三天到达。当勒克莱尔到达时，他的肩肌上有一个子弹射穿的洞，是一次伏击谋杀造成的。

日升站举行了一次罢工，情况急转直下。几百名淘金者蜂拥而至，威士忌酒买卖兴隆，五六个装备齐全的赌徒，这位传教士因此目睹了他多年和印第安人的苦心经营的一页被抹干净了。印第安女人为那些没有妻子的矿工全力以赴地烹煮豆子和拢火，而印第安人拿保暖的皮毛换取黑色的威士忌酒瓶和破钟表，目睹这些，这位传教士一病不起，几次无奈地长叹“老天爷啊”，最后躺进了一个粗糙的长方形箱子[1]里了结一生。这下，那些赌徒把他们的转盘和赌牌桌搬进了布道堂，筹码哗啦哗啦响，酒杯碰得脆生生，从早到晚，从黑夜到黎明，灯红酒绿，无休无止。

且说蒂莫西·布朗在北方这些冒险者中广受爱戴。对他不利的一件事情是他脾气火暴，动不动就用拳头说话—— 一件小事，他恩赐的心和留情的手却不肯摆平。另外，他对布莱克·勒克莱尔睚眦必报。布莱克·勒克莱尔“心黑”，不少人记得他使黑心下黑手的事，人们因此对他恨之入骨，而对另一位则衷心拥戴。于是，日升站的人们在他肩上披了一件异常整洁的衣服，把他押到了林奇法官面前。

这是一件很简单的事情。他和蒂莫西·布朗在麦克杜格尔发生了争执。与蒂莫西·布朗一起离开麦克杜格尔。他到达了日升站，蒂莫西·布朗却没有到来。考虑到他恶贯满盈，大家一致断定他把蒂莫西·布朗杀害了。另外，勒克莱尔承认他们的事实，却对他们的结论提出异议，并且给出了自己的解释。离日升站二十来英里时，他和蒂莫西·布朗沿着岩石河岸撑篙航行。就在这一带，两颗子弹射来。蒂莫西·布朗头朝下跌出了船，冒着血泡沉进了河里，蒂莫西·布朗最后在这里消失。他，勒克莱尔藏在船底，肩膀生疼。他悄悄地躺在那里，瞅着河岸。过了一会

1 指棺材。

儿，两个印第安人探出他们的头，从水边走来，两个人抬着一艘桦树皮独木舟。等他们把独木舟放进水时，勒克莱尔开了枪。他射中了一个，因为这个人像蒂莫西·布朗的样子头朝下掉下了一侧。另一个人落到了独木舟的底下，随后独木舟和撑篙船顺河在漂流中碰撞。后来它们在一个分叉的水流处被截住，独木舟从河中小岛的一边穿过，撑篙船从另一边通过。那是他最后看见那只独木舟，而后他来到了日升站。没错，那个印第安人从独木舟上栽下去的样子，他敢肯定他打中了那个印第安人。就这么回事儿。

这一解释没有得到充足的认可。他们宽限他十个小时，等"老爷"号开下来时进行调查。十个小时后，"老爷"号准时回到日升站。没有什么情况可调查，找不到证据支持他的说法。他们吩咐他留下一份遗嘱，因为他拥有日升站五万块钱的所有权，他们将是遗嘱的守法者，也是遗嘱的制定者。

勒克莱尔耸了耸肩。"不过有一件事，"他说，"用你们的话讲就是帮个小忙—— 一个小忙，对，就是小忙。我把五万块钱赠给教会。我要让我的哈士奇巴塔德见鬼去。帮点小忙吧？你们先把它吊死，然后再把我吊死。这就结了，是吧？"

这就结了，他们都同意，"地狱爪牙"应该为主人跨过最后的分水岭[1]打开航道，法庭临时转移到了河岸边，那里有一棵大云杉树。斯莱克瓦特·查利把一根拉绳的一头打了一个活套，把圈子从勒克莱尔的头套下，在他脖子上把结勒紧。勒克莱尔的两

---

1 这里指下地狱。

只手被捆在了身后，然后人们把他扶上一个饼干箱子上。接着，那根拉绳的另一头从一根悬空的树枝上吊下来，扽紧，拴住。只要一脚把他脚下的那个饼干箱子踢开，他就悬垂到了空中。

“现在该那只狗了。”韦伯斯特·肖说，他的真正身份是采矿工程师，“你还得给它套上活结呢，斯莱克瓦特。”

勒克莱尔咧嘴冷笑了。斯莱克瓦特开始嚼烟叶，打活套，不紧不慢地把绳子在手里盘了几个圈子。他一次又一次从脸上赶开特别想咬人的蚊子。大家都在驱赶蚊子，只有勒克莱尔例外，他头上一块小小的烟云清晰可见[1]。就连伸展身子躺在地上的巴塔德也在用前爪驱赶眼睛和嘴巴边的蚊子。

但是，就在斯莱克瓦特等待巴塔德抬头时，空气里传来隐约的喊叫，人们看见一个人在挥动两臂，正从日升站的平地跑来。来人是仓库管理人。

“取消吧，伙计们。”他来到他们中间，喘息道。

“小桑迪和伯纳多特刚刚到来，”他上气不接下气地说，“在下边靠岸，抄近路赶来的。他们找到了那个俄勒冈佬。在他的独木舟里发现的，那只独木舟停在一条支流里，他身上有几个子弹洞。另一个男子是克罗克库兹，就是那个能把自己的女人收拾得服服帖帖的人。”

“嗯？我说什么来着？嗯？”勒克莱尔兴高采烈地叫道，“一准儿就是这么回事儿！我知道。我说的是实情。”

1　指成团的蚊子在飞。

“这事一出来，让这些该死的锡沃斯人[1]懂了一点规矩。”韦伯斯特·肖说，“他们变得不可一世，傲慢无礼，我们不得不给他们一点颜色看。那些印第安人围拢过来，把那个俄勒冈佬当实物展示，煽动情绪，都成了表演节目了。快去看看他还有什么话说。”

“喂，先生！”勒克莱尔见一群人在暮色里开始向日升站那边奔去，大声喊道，“我也很想去看看热闹啊。”

“哦，我们回来就给你松开。”韦伯斯特·肖回头喊了一声，“你正好利用这个时间想一想你的罪孽和天道。这对你有好处，心怀感激吧。”

如同习惯铤而走险的人一样，神经健康，耐性超常，勒克莱尔眼下就是这种状况，安静下来长久等待——也就是说让脑子屈从了现状。他肉体不会有什么松弛余地，因为那根拉绳逼迫他站得笔直。他腿部的肌肉多少动一动都会让那个粗糙的活套勒紧他的脖子，而这种绷直的姿势让他受伤的肩膀格外疼痛。他把下嘴唇伸长，把气顺着他的脸往上吹，驱赶那些咬他眼睛的蚊子。但是，这样遭罪还是有补偿的。从死神嘴里逃生，身体吃点苦头还是划算的。唯一的遗憾是他看不到吊死那个俄勒冈佬的热闹了。

于是，他开始沉思，两眼不经意地落在了巴塔德身上，只见它把头放在两条前腿上，展开身子卧在地上睡觉。随后，勒克莱尔停止沉思。他仔细地琢磨这只动物，竭力判断巴塔德是真睡着了还是装睡。巴塔德的身体两侧一起一伏很有规则，但是勒克莱

1 锡沃斯人（Siwash），对太平洋北岸北美印第安人的蔑称。

尔觉得气喘得来去匆匆，太快了。他还觉得它每根毛发里都是警觉和机警，隐藏在放松的睡眠里。他应该在他的日升站所有权里写清楚，这只狗务必不能醒来，而且一旦他的关节嘎巴响了一声，他会立马鬼鬼祟祟地看看巴塔德是不是被吓醒了。但是不一会儿它慢慢地站起来，懒洋洋的，伸了个懒腰，开始仔细地打量他。

“该死的。”勒克莱尔悄声地说。

弄清楚没有人看得见，听得见，巴塔德趴下来，翘起上嘴唇微笑了，抬头打量勒克莱尔，舔了舔嘴巴。

“啊，看我完蛋了。”这个人说，讽刺地大笑起来。

巴塔德走近了一些，那只没有用的耳朵摇摆了一下，那只好耳朵竖起来，恶毒的心领神会的样子。它把脑袋好奇地侧向一边，慢条斯理且津津有味地走上前来，它用身体轻轻地蹭了蹭那个箱子，随后就一蹭再蹭，箱子随即晃了再晃。勒克莱尔提心吊胆地随着摇摆，小心地保持他的身体平衡。

“巴塔德，”他冷静地说，“当心一点。我杀了你。”

巴塔德对这话咆哮一声，用更大的力气摇动那个箱子。然后站立起来，用它的前爪把身体重量压在了箱子上方。勒克莱尔踢了一脚，但是那根绳子把他的脖子往紧处勒，猛地一下子止住，差点让他失去平衡。

“嗨，呀！勒死了！有点脑子！”他尖叫道。

巴塔德往后退去，退出了二十多英尺，举止中有一种恶魔般的轻率劲儿，勒克莱尔不会看错的。他记起来这只狗经常在冰窟窿前把前身立起来，用身体重量把冰碴儿破开；而且，记起往事，就明白眼下它会打什么主意了。巴塔德环顾左右，停顿下来。它龇开嘴露出白牙，勒克莱尔也龇牙咧嘴。随后，它使出全身力气，直冲那个箱子。

十五分钟后，斯莱克瓦特·查利和韦伯斯特·肖回来了，一眼就看见了一个鬼一般的摇摆物在昏暗的光线里前后游荡。他们急匆匆赶过去，发现是一具死尸，一个活物趴在上面又晃又撕咬，尸体晃得更厉害了。

“呀！勒死人了！你这地狱的爪牙。”韦伯斯特·肖叫喊道。

然而，巴塔德瞪了他一眼，威胁地咆哮一声，没有张开它紧咬的嘴巴。

斯莱克瓦特·查利掏出他的左轮手枪，但是他的手抖动不已，一股凉气袭来，他一时乱套了。

“给，你拿着枪。”他说着，把枪递了过去。

韦伯斯特·肖短促地笑了一声，两只炯炯有神的眼睛瞄准了一下，扣动了扳机。巴塔德身体一震，扭曲起来，瞬间抽搐着倒在了地上，一下子软瘫下来。但是，它的牙齿仍然紧紧地咬在一起。

拢火

天色破晓，很冷，灰蒙蒙的，这时一个人从育空河主路转身出来，爬上了高高的土岸，只见一条模糊的鲜有人迹的小道，穿过枝繁叶茂的云杉树林地，向东而去。这是一道很陡的堤岸，他在堤岸顶上歇了一口气，看了看手表，权当喘息的借口。九点钟了。没有太阳，连太阳的影子也没有，虽然天空没有一丝云彩。这是一个晴天，可是万物的脸上似乎有一层难以察觉的笼罩物，一种让天空暗淡的巧妙的阴沉之色，这都是没有太阳的缘故。这种情况没有让这个人着急。他已经习惯没有太阳的天气。他已经很多日子没有见过太阳了，而且他也知道还必须再过几天，那个在正南方的令人欢欣鼓舞的球体才会在天际线露头，并转眼即逝地从眼前滑落下去。

这个人向后展望了一眼他走来的路。育空河宽一英里，隐身在三英尺的冰下。在这层厚冰上有很多英尺厚的雪。一色纯净的白色，缓缓隆起又缓缓落下，延绵不绝，那是上冻时冰块壅塞时形成的。北方和南方，就目力所及，都是没有断开的白色，只有一条黑魆魆的细线，曲里拐弯，绕过云杉树覆盖的岛屿向南方延伸，然后打了个弯，曲里拐弯地通向了北方，消失在另一个云杉树覆盖的岛屿后面。这条黑魆魆的细线就是那条小道——那条主路——向南五百英里通向奇尔库特山口，戴斯以及海域。这里向北七十英里到达道森，然后再往北方一千英里到达努拉脱，最后到达白令海边的圣迈克尔，一千五百英里之遥。

不过，这一切——神秘的、没有尽头的纤细的小道，没有太阳的天空，要命的寒冷，以及天地间这种陌生的怪异的现象——这个人都没有什么印象了。这倒不是他时间长了就习惯了。他，这地方的新来者，一个“新手”，这是他的第一个冬季。他的麻烦是他缺乏想象力。他对事物反应快捷，很机警，但这是相对具体的事物而言，而对各种事物的意义没有感觉。零下五十度意味着冰点以下八十多度[1]。这寒冷给他的感觉，就是天寒地冻，很不舒服，仅此而已。他没有因此认识到自己是一个有温度的生物，很脆弱，而人这个脆弱体总的说来只能够生活在某种狭窄的热和冷的限度之内；也没有以此类推，认识到千古不朽的领域和人在宇宙里的位置。零下五十度就是冷冻会造成伤害，必须加以保护，戴上手套，放下护耳，穿上暖和的鹿皮靴，里面还要穿上袜子。零下五十度对他来说就是零下五十度。不只是他脑子里有了零下五十度的念头，零下五十度还有更多的含义。

在他转身上路之际，心事重重地吐了一口痰。空气里响起脆生生的爆裂声，把他吓了一跳。他又唾了一口。唾沫落入雪地之前，空气里再次响起爆裂声，噼啪的爆裂声。他知道唾沫在零下五十度时落在雪地里会噼啪响，但是不知道这口唾沫在空气里就噼啪响了。不用说，气温低于零下五十度了——至于冷了

1　在华氏温标中，冰点为三十二度。（编者注）

多少度，他就不知道了。不过，温度高低没有什么关系。他是奔着亨德森湾的左分叉的土地所有权而去的，伙伴们已经在那里了。他们是从印第安湾穿过分水岭到达那里的，而他绕道赶去是要看看在春天育空河那些岛屿上是不是能弄到原木。他在六点钟应该赶到营地。没错，天气有点暗下来了，不过伙伴们早到那里了，一堆火正在燃烧，一顿热腾腾的晚餐已经备好。至于午餐嘛，他用手按了按他外衣下的那个鼓起来的小包。那小包掖在他的衬衣下面，用手绢包起来，紧贴着光溜溜的皮肤呢。这是唯一防止干粮冻住的方法。他想到那些干粮，开心地微笑起来，每一块都切开蘸了腌肉汁，每一块都夹上了一大片煎过的咸肉片。

他钻进了那些高大云杉树丛里。小道模糊不清。最后一架雪橇趟过去以来，老天又下了一英尺厚的雪，他很高兴他没有乘坐雪橇，而是轻装登程。事实上，他除了那小包手绢包裹的午餐，什么也没有多带。然而，寒冷还是让他始料未及。的确很冷，他心里想着，用戴手套的手摸了摸麻木的鼻子和脸颊。他的胡子还算暖和，但是脸上的汗毛保护不了他那高高的颧骨，他那不甘寂寞的鼻子不管不顾地戳进了这冰冻的空气里。

这个人的脚后跟着一只小跑的狗，一只本地的大哈士奇，地道的狼狗，灰色的皮毛，无论外表还是脾性上都和它的野狼兄弟没有什么区别。这要命的寒冷让它不堪承受。它知道这不是旅行的时间。本能告诉它，这种恶劣天气与人根据天气情况做出的判断不是一回事儿。实际情况是，天气寒冷的程度不止零下五十度；天气寒冷得足足零下六十度了，甚至超过零下七十度了。天气已经零下七十五度了。三十二度时就会上冻，这个温度意味着到了冰点以下一百零七度了[1]。这狗对温度一无所知。也许在它脑子里，不像在这个人的脑子里，对寒冷的状况理解得那么清楚明白。但是，这畜生有自己的本能。它脑子里产生了一种模糊却威胁的焦虑，这让它表现得很乖，紧跟在这个人脚后，只要这个人有什么不寻常的动作，它就会着急地探寻，仿佛指望他进入营地或者在什么地方找到庇护之处，拢起一堆火来。这只狗已经懂得火是什么，因此它很想要火堆，或者钻进深雪里，蜷起身子取暖，躲开这寒冷。

这只狗呼出的气息凝结的细小的霜粒，落到了它的皮毛上，特别是口鼻和睫毛上，结晶的气息让这些地方都成了白色。这个人的红胡须也都结上了冰粒，而且更加结实，越积越多，形成了冰层，他呼出的气息越多，就感到越暖和一点。再者，这个人在咀嚼烟叶，可嘴上的冰碴儿把他的嘴唇固定得很紧，当他喷出烟叶汁时，他的下巴颏儿搞得很不利落。就这样越积越多，结实的琥珀色的透明胡子在下巴上越来越长了。如果他跌倒了，那冰胡子就会摔碎，像玻璃一样，哗啦一声碎片满地。但是他对这个悬垂物不管不顾。这一带咀嚼烟叶的人都是这个下场，偏偏他出门赶上了两次寒潮。看了两次六十英里站的酒精温度计，刻度在零下五十度和零下五十五度，但那两次没有这次这么寒冷，他很清楚这点。

他穿过一片几英里长的平缓的森林往前行，跨过一块到处是

---

1 这里都是按照华氏温度计算的。

拴船桩的宽阔平地，走下一段通向小河冻床的河岸。这里就是亨德森湾，他知道他离那个岔道还有十英里远。他看了看他的手表。十点钟了。他一小时走四英里，他算了算，他在十二点可以到达那个岔道。他决定庆祝一下，在那里把午餐吃了。

那只狗再次紧跟在他的脚后，尾巴耷拉着，垂头丧气的样子，随着这个人转身沿着河床走起来。雪橇留下的旧痕迹依稀可见，不过最后的滑道已经覆盖上了十几英寸的雪。一个月来，没有人在这条寂静的小溪来往过了。这个人稳步前行，不怎么想事儿，这时尤其不想别的事儿，只想着到了岔道就吃午餐，只想着六点钟他就和那些伙伴在营地相见了。没有人和他说话；而且，即便有人说说话，因为他嘴上的冰层碍事，也说不出话来。于是，他继续单调地咀嚼烟叶，把琥珀色胡子不断加长。

每隔一会儿，他脑子里就会重现那个念头，就是天气非常冷，他从来没有经历过这样的寒冷。他一边行走，一边用戴手套的手背搓抹他的颧骨和鼻子。他完全机械地在干这事，时不时还换一下手。不过他搓归搓，只要一停下，他的颧骨就会麻木，紧接着他的鼻尖也变得麻木了。他很明白他的脸颊挨冻了。他很明白这点，心头不禁一阵后悔的绞痛，因他没有鼓捣出一个巴德在寒潮来时戴的那种鼻子罩。这样的鼻罩横跨脸颊，把鼻子和脸颊都护住了。不过这说到底也没有什么要紧的。脸颊冻坏了又怎么样？有点疼，就这么点事儿。这点事儿怎么都不算事儿。

除了这点事儿，这个人的脑子里空空如也，眼睛却看得很紧，注意着这条小河的变化、拐弯和曲折以及树桩阻塞的变化，总是格外注意他下脚的地方。有一次，他来到了一个河湾，猛地停住，像一匹受惊的马，在他一直走的位置急停下来，从相沿而行的雪道上后退几步。他知道这小河的水冻实了——在这北极的冬天没有一条小河会有水——然而他知道有些泉水在山腰喷涌，在积雪下流动，然后会冒出小溪的冰面。他知道不管寒潮多么冷，也从来冻不住这些山泉，因此就清楚它们带来的危险。它们就是陷阱。它们隐藏在雪下形成水池，有的三英寸深，有的三英尺深。有时，只有半英寸厚的冰皮覆盖着它们，上面又覆盖上了积雪。有时，水和冰皮一层隔一层摞起来，于是，一旦你踩穿它们，就会一踩到底，有时让水淹到腰部。

这就是为什么他要如此大惊小怪地紧急躲避。他感觉到脚下踩虚，听见雪下的冰皮开裂声。在这样的低温里踩湿脚麻烦就来了，危险也来了。少说这样一来他会耽搁行程，因为他不得不停下来生起火，在火苗保护着他赤裸的脚时，他把袜子和鹿皮靴烤干。他站住审视了一番河床和河岸，看出来水是从右边流下来的。他想了一会儿，把鼻子和脸颊搓一下，然后绕到左边，小心翼翼地试探每一步。一旦排除了危险，他就拿一片新烟叶咀嚼起来，按照每小时四英里的步调行进。

在接下来两个小时的行程里，他又碰上了好几个相似的陷阱。一般情况下，隐藏在水池上面的雪，看上去往下塌陷，水渍明显，一看就很危险。又有一次，他不得不急停下来；还有一次，他怀疑有危险，不得不让狗走在前面。可是狗不想往前走。它一直往后缩，这个人只好把它推向前去，随后它快速穿过那块白色的断开的表层。突然，它踩虚了，歪向一边，踩实蹄子才挣脱出来。水把它的前蹄和腿弄湿了，几乎是转眼之间，蹄子和腿上的水就变成了冰。狗急忙舔掉它腿上的冰碴儿，随后卧在雪地里，开始把爪子间形成的冰块咬碎。这全是本能的反应。让冰块留在爪子上就意味着蹄子受伤。狗不知道这个。狗只是听从了这种神秘的应急措施，这是它存在隐窝深处的反应。但是这个人知道，根据客观情况做出了判断，他脱下右手的手套，帮助狗撕掉那些冰块。他的手指头暴露了不过一分钟，麻木感立即袭来，真让人吃惊。天气的确很冷。他赶紧把手套戴上，在胸口上狠狠地摔打他的右手。

十二点钟是白天最亮堂的时候。然而，太阳在冬季向南边走得太远，没法把地平线照清楚。地球隆起来的形状出现在地平线和亨德森湾之间，这个人在中午时分行走在晴朗的天空下，却一点影子都没有。到了十二点半，他来到了河湾的岔道。他对行走的速度很满意。如果他按照这个速度行走，他下午六点钟一准儿能和那些伙伴见面。他解开外衣和衬衫，掏出来午餐。这个动作用去了不过四分之一分钟，然而就在这样短暂的时间里，他暴露出来的指头就感到麻木了。他没有把手套戴上，而是把手指在腿上狠狠地摔打了十几下。然后，他坐在一根覆盖了雪的圆木上吃午餐。他的手指在腿上摔打的刺痛瞬间就没有了，这让他大吃一惊。他连咬一口干粮的机会都没有。他不停地摔打着手指，赶快把手套戴上，用另一只手吃午餐。他试图咬一口，但是满嘴冰碴儿让他吃不到嘴里。他忘了拢起一堆火，把冰碴儿烤化了。他对这样的愚蠢行为不禁咯咯发笑，而且就在他咯咯发笑的当儿，他注意到麻木感向他暴露过的手指袭来。另外，他还注意到他坐下来时脚趾头最初感觉到的刺痛已经没有了。他奇怪他的脚趾头是有温度呢，还是已经麻木了。他在鹿皮靴子里挪动了几下脚趾头，认定它们已经麻木了。

他赶紧把手套戴上，站了起来。他吓坏了。他不停地跺脚，直到那种刺痛感又回到了脚上。天气的确冷，他心想。那个来自萨尔弗的人告知那一带有多么冷，他所说的话没有假。可他当时还嘲笑过人家！这表明一个人对万事万物不能自以为是。一点错也没有，这里的确很冷。他大步走来走去，跺脚，甩臂，直到感觉温暖来了才放下心来。然后，他掏出火柴，准备拢火。从灌木丛里，找到去年春天大水冲下来的干燥的树枝，弄到一些干木头。细心地从小火苗开始呵护，很快让火苗呼呼地燃起来，他在火头上融化他脸上的冰碴儿，在火的保护下他开始吃干粮。不一会儿，寒冷的空间被火力驱赶走了。狗在火边获得了满足，伸开身子靠近火取暖，又不让火苗把毛燎焦了。

这个人吃完干粮后，装上烟斗吸烟，感到了无比舒服。随后，他戴上手套，把护耳严严实实地盖上耳朵，走上了河湾的左边岔道。狗很失望，很渴望回到火边。这个人不知道寒冷的厉害。可能是他的祖祖辈辈都不懂寒冷怎么回事，不懂得真正的寒冷有多么厉害，不懂得冰点以下一百零七度是什么程度。然而，狗知道。它的祖先都知道，它因此继承了这一知识。它知道在这样令人胆寒的寒冷气候里行走多么糟糕。这个时候，应该躲在一个舒适的雪窝里，等待一层云彩把外层空间的表面遮挡上，把寒冷隔开。另一方面，狗和这个人没有特别的亲切感。只是一个为另一个当苦力而已，它得到的唯一呵护不过是皮鞭的抽打，威胁的吆喝，动不动加以皮鞭之苦。因此，这只狗没有努力和这个人交流它的焦虑。它不关心这个人的生死。它渴望回到火边，只是为自己考虑。但是这个人吹响了口哨，这只狗只能起身跟在他脚后，随他而去。

这个人开始咀嚼烟叶，接着开始弄出一抹新的琥珀胡须。他呼出的湿气很快在胡须、眉毛和睫毛上形成了粉末。亨德森河左边分叉上似乎没有那么多泉水，走了半个小时他都没有看见泉水的迹象。随后状况就发生了。在一处没有迹象的地方，雪很软，没有断裂，似乎表明下面很实在，但这个人却踩虚了。水不深。他膝盖以下让水泡湿了，抢先几步才踩到了硬壳上。

他很生气，大声咒骂自己运气不济。他本希望下午六点钟和伙计们在营地相会，这下要延迟一个小时了，因为他不得不拢起一堆火，把鞋袜烤干。这在如此低的温度下是必要的——他对此再清楚不过。他转身向河岸走去，好不容易爬了上去。到了河岸头，几棵小云杉树桩的附近纠结着一个灌木丛，大河水在这里冲积了很多干柴火——主要是小棍小枝，却也有比较大的干树枝和去年的细干草。他往雪地上扔了几根大树枝。这层是基层，可以防止小火苗在融化的雪里湮灭了。他划着火柴，点燃了一小把装在口袋里的桦树皮。这玩意儿比纸还容易点燃。把火苗放在基层上，他往火苗上添加了几把干草和细小的干枝条。

他慢慢地小心地呵护火苗，对自己的危险，再清楚不过。渐渐地，小火苗变得强壮了，他往火苗上添加的树枝量也增大了。他蹲在雪地上，把树枝从灌木丛纠结堆里拽出来，直接扔进了火里。他很清楚不能有闪失。零下七十五度不是开玩笑，一个人第一次拢火容不得失败——如果他的脚让水泡湿的话。如果他的脚是干的，他拢不着火，他可以顺着道路奔跑半英里，恢复血液循环。然而，泡湿冰冻上的脚，赶上零下七十五度，靠奔跑是无法恢复血液循环的。不管你奔跑多么快，泡湿的脚只能冻得更结实。

这个人很明白这一切。萨尔弗湾的那个老手去年秋天跟他讲过，现在他对这一忠告感激不尽。他的脚已经失去了所有知觉。要拢起火，他不得不把手套脱下来，手指很快变麻木了。他每小时四英里的奔走速度，让他的心脏把热血送到了身体的表面和肢端末节。然而他一停止奔走，心脏跳动就延缓下来。宇宙的寒冷袭击了这个星球没有保护层的北极，而他，待在这没有保护的北极，只好接受这一打击的全部力量。他身体的血液在这一打击下蜷伏起来。血液是活生生的，像那只狗，而且像狗一样想躲藏起来，覆盖起来，避开这可怕的寒冷。只要他每小时奔走四英里，他就能把血液发动起来，强迫血液流到表面；但是现在血液退回来，沉进了身体的幽深处。肢端末节是首先感觉血液回流的。他的湿脚上冻很快，他暴露的指头麻木得也很快，尽管它们还没有开始上冻。鼻子和脸颊已经上冻了，而他全身的皮肤因为失血而感到寒冷难当。

不过他是安全的。脚趾、鼻子和脸颊只是被冷冻触及了，因为火堆开始燃烧起来，火力强劲。他往火堆上添加了指头粗的树枝。过一会儿，他就能够往火上添加手腕粗的树枝了，那时他就脱掉他的鞋袜，而且，在他烤干鞋袜时还能让光脚在火边取暖，当然首先要用雪搓抹一番。火燃烧得很旺。他安全了。他记起了萨尔弗湾那个老手的忠告，不禁微笑了。那个老手很严肃地说出了那条法则，就是谁都不能一个人在零下五十度的克朗代克一带独身行走。嗯，他在这里呀。他出了事故。他独自行走。他施行自救。那些老手，嗯，有的真有点娘们儿气，他心想。一个人所要做的，是保持头脑清醒，他万无一失。只要是个堂堂的男人就应该独自行走。不过，他的脸颊和鼻子开冻的速度之快，很令人吃惊。他没有想到他的手指在这样短的时间里会失去活力。但是它们没有知觉了，因为他几乎无法让手指抓起一根小树枝，它们好像远离了他的身体，远离了他。当触到一根树枝时，他不得不看准了他是不是拿住了它。操纵的丝线完好无缺，就在他和手指尖之间嘛。

这一切算不得什么。这里有火，向上蹿，噼啪响，每一束向上跳跃的火焰都确保生命不息。他开始解开他的鹿皮靴。鹿皮靴上冻了一层冰；厚厚的德国袜子像铁制剑鞘，长及膝盖；靴子的带子像小钢棍，纠结在一块儿，像是被高温熔化了。他用麻木的手指往下拽了又拽，随后，他认识到他这样做是白费劲，他抽出了猎刀。

然而，他还没有解开鞋带，状况发生了。这是他的失误，或者，确切一点说，是他的过错。他不应该在云杉树下拢火。他应该在空旷地带拢火。不过是图方便从灌木丛抽了树枝直接扔进火里。现在，他在下面拢火的这棵云杉树的树枝上覆盖了满满的重雪。几个星期以来没有大风把雪吹掉，每根树枝上都满载着雪。他每抽掉一根树枝，就会让云杉树轻微地晃动一下——几乎难以察觉的颤动，至少他没有察觉到，可是这种颤动却足以带来一场灾难。云杉树的高处，一根树枝上的雪倾落下来。这雪砸到了下面的树枝，把上面的雪砸落了。这个过程不断发生，逐层扩大，危及整棵树。这个过程最后像雪崩，没有任何警告，一股脑儿砸在这个人和火堆上，火堆瞬间被扑灭了！火堆燃烧的地方成了一大堆新落的杂乱的雪。

这个人惊愕了，就仿佛他刚刚听见自己被判了死刑。一时间，他坐在那里看着火堆燃烧的地方目瞪口呆。随后他冷静下来。也许那个萨尔弗湾的老手是对的。如果他有一个伙伴一起旅行，他就不会有眼下的危险。一起旅行的伙伴会拢起一堆火。唉，这下他还得再把火拢起来，而这第二次则是半点失败都容不得了。即便他拢火成功，他也极有可能冻掉一些脚趾。他的脚现在一定冻得一团糟了，第二次拢火是需要时间的。

这些就是他脑子里的念头，但是他没有坐着思考它们。他一直在忙乱，听任它们在脑海中闪过。他为火堆铺设了新的基层，这次挪到了空旷地，这里没有不讲信用的树再把火扑灭了。接下来，他从大水冲下的漂浮物中收集了干草和小枝条。他无法让指头收拢住把干草和枝条捡起来，但是他可以一小把一小把地收集。他就这样弄到了很多腐朽的枝条和一点不需要的苔藓，不过他已经尽了最大努力了。他有条不紊地准备着，还捡了一抱更粗的树枝，等火烧旺了往上添加。他在不停地干，那只狗卧在那里看他，眼睛里满是渴望的神色，因为狗把他看作火的提供者，可火迟迟不来。

一切就绪后，这个人从口袋里往外掏第二块桦树皮。他知道桦树皮在那里，而且，尽管他用手指抓不住它，但是他摸索时能听见它发出的清脆的窸窣声。他试了又试，可就是没法抓住它。

在他的意识里，他始终清楚每分每秒他的脚都在冻结。这个念头让他不胜恐慌，但是他赶走恐慌，保持平静。他用牙齿把手套戴上，把两臂来回甩起来，使足力气把手在身侧摔打。他没有坐下来，而是站着干活儿。与此同时，那只狗卧在雪地里，尾巴那狼一样的蓬松末梢围在它的前腿上保暖，它那狼一样的尖耳朵向前竖着一动不动，仿佛它在观察这个人。而这个人，用胳膊和两手甩打着的工夫，不禁感到一阵妒忌，因为他看见那畜生在自然的皮毛覆盖下又暖和又安全。

过了一会儿，他感觉到他那些冻坏的手指有了最初的复苏信号。隐隐的刺痛越来越厉害，最后刺痛变成了钻心的疼痛，简直不堪忍受，然而这个人为此而满足地欢呼起来。他脱下右手手套，把那块桦树皮掏出来。暴露的手指很快又要麻木了。接着他拿出来一束硫黄火柴。可是，要命的寒冷已经剥夺了他的手指的活力。他努力从别的火柴棍里取出一根火柴，整束却掉进了雪里。他试图把火柴束从雪里捡起来，但就是取不起来。冻僵的手指摸不到更抓不起来火柴。他很小心。他把脚、鼻子和脸颊挨冻的念头赶出脑子，全身心地用在那些火柴上。他看着它们，用视觉取代触觉，看见自己的手指头放在了那束火柴的两边，把手指合上——就是说，他用意志把手指合上了，因为操纵的牵线还管用，但是手指不听话。他给右手戴手套，用右手猛烈地击打膝盖。然后，他用两只戴手套的手把那束火柴掬起来，连带了很多雪，放进了衣摆里。然而，他还是没有什么进展。

他费了好大的劲儿，好不容易把那束火柴弄到了两只戴手套的手的根部。靠这个法子把火柴束递到嘴边。他用猛劲把嘴张开，冰碴咔嚓咔嚓地响。他把下巴往回收，让上嘴唇上翘，用上牙齿往外刮火柴。他刮出来一根火柴，这根火柴掉进了他的衣摆里。这下也没有改善多少情况。他无法捡起这根火柴。随后他想出来一个法子。他用牙齿把那根火柴咬起来，在腿上划。他这样划了二十多次，真的把火柴划着了。他用牙齿咬着点着的火柴，去点燃那块桦树皮。但是燃烧的硫黄气钻入鼻孔，进到了肺里，他因此一阵一阵地咳嗽起来。火柴这下掉进了雪里，灭了。

萨尔弗湾来的那个老手是对的，他控制着袭来的绝望情绪这样想到：零下五十度，一个人应该和旅伴结队上路。他击打两只手，但是无法让它们产生什么感觉。突然，他用牙齿把两只手的手套都叼了下来，用两只赤裸的手的根部夹住那整束火柴。他胳膊的肌肉还没有冻僵，使劲让两只手的根部把火柴夹得紧紧的。然后，他把整束火柴在他的腿上划。火柴束点燃了，七十根硫黄火柴一下子全点着了！没有风把它们吹灭。他把头扭向一边，躲开呛人的硫黄味，用燃烧的火柴去点燃那块桦树皮。他这样拿着火柴束时，他开始意识到他的手有感觉了。他的肉在燃烧。他能闻见烧焦味。火力燃烧到表皮下面，他才有了感觉。这种感觉渐渐地变成了剧烈的疼痛。他依然忍受着，吃力地拿着燃烧的火柴去点燃那块桦树皮，却没马上点燃，因为他自己燃烧的手碍了事，把大部分火力都用掉了。

终于，他再也忍受不下去，两只手一下子松开了。那些燃烧的火柴散落到雪里，吱吱直响，但是那块桦树皮点着了。他开始把干茅草和细枝条往火焰上放。他无法挑拣，因此不得已再用手的根部夹起那些燃料。小块腐败的木头和绿苔藓和枝条纠缠在一起，他只好用牙齿尽可能地挑选一下。他悉心呵护着那个火苗，动作很笨拙。火苗意味着活命，火苗不能熄灭。身体表面的血液在往回流，这让他开始颤抖，因此变得越来越笨拙了。一大块绿苔藓正好落在那个小火苗上。他试图用手指把它挑出来，但是身子抖动得太厉害，挑得过猛，把小火苗的核心部分挑散了，燃烧的干草和小枝条散落得这里一处那里一处。他试图把它们拢在一起，但不管他怎么使劲，他都哆哆嗦嗦地使不上劲，那些小枝条都被无望地挑散了。每个小枝条冒起一股青烟，熄灭了。这个拢火的人最终没有拢成。他打量四周，心如死灰，两眼正好看见了那只狗，只见它坐卧在残火对面的雪地里，不安地向前移动，一条前腿抬起一点，然后另一条前腿抬起一点，这样一前一后地减轻腿上的重量，一副急切的渴望神色。

狗在眼前，他脑子里萌发了一个疯狂的念头。他想起来一个人的经历，因为遇上了暴风雪，他杀死了一只小公牛，自己爬进小公牛的尸腔里，这样才得救了。他要杀死这只狗，把手伸进狗温暖的肚子里，把手温暖过来。然后，他就能再拢起一堆火。他和狗讲话，招呼狗过来；但是他的声音有一种陌生的恐惧调子，把狗吓了一跳，因为这只狗从来没有听见过这个人用这种调子说话。这事有点蹊跷，在它脑子的某个地方不知怎么对这个人有了疑虑。它听见这个人的声音时把两只耳朵抿了起来，它不安地向前挪动以及两条前腿交替抬起得更明显了，不过它不会到这个人跟前去。这个人手膝并用，爬向那只狗。这个罕见的姿势令人起疑，这畜生很斯文地躲开了。

这个人坐在雪地里待了一会儿，拼命冷静下来。他用牙齿戴上了手套，然后站了起来。他先瞅了一眼，弄准确自己真的站起来了，因为脚已经没有知觉，让他感觉没有站在地上。他站直身子，开始驱除狗脑子里的疑虑。他用命令式的口气说话，声音里有了抽鞭子的声音，这只狗顺从了习惯的效忠，来到他跟前。狗来到能够到的距离时，这个人失控了。他张开两臂扑向了那只狗，可当他发现他的两只手没法抓东西、指头不能弯曲也没有感觉时，他体验了一次真正的吃惊。他一时忘记了两只手冻坏了，而且越冻越厉害。这一切发生得很快，那只狗还来不及躲开，他用两条胳膊连带身体抱住了狗的身体。他坐在雪地里，就这样抱住狗，听凭狗嗥叫，呜咽，挣扎。

但是，他就只能做到这一步了，两条胳膊把狗抱住，坐在那里。他认识到他不能弄死这只狗了。他没有办法把狗整死。他的两只手废了，抽不出猎刀，也拿不住猎刀，更掐不死这畜生。他放开了狗，而狗发疯地冲了出去，尾巴紧紧地夹在两腿之间，还在狺狺不休。它蹿出去四十英尺，两只耳朵直愣愣地向前竖着，不解地看着这个人。这个人正低头打量他的两只手，确定它们的位置，这才发现它们悬垂在他的两条胳膊的端头。这让他匪夷所思：一个人竟然用自己的两只眼睛寻找自己的两只手在哪里。他开始一左一右地甩动胳膊，把两只手在肋侧上使劲摔打。他这样摔打了足足五分钟，动作很大，心脏突突地跳动起来，把热血送到了表面，让他的颤抖停下了。然而，那两只手还是没有一点知觉。他只是感觉到它们像重物悬垂在两条胳膊的端头，但是当他试图把这种感知往下传递时，他还是没有感觉。

一种死亡的恐惧袭来，钝钝的，很紧迫，让他不堪承受。这种惧怕很快变得强烈无比，因为他认识到现在已经不仅仅是冻掉手指头和脚趾头的问题了，也不是冻掉整只手和整只脚的问题，已经到了生和死的问题，机会对他很不利。这让他一下子陷入恐慌，他转身跑上河床，沿着那条模糊的老路奔跑起来。狗随后跟上来，和他一起跑。他在瞎跑，没有什么打算，只是一味地恐惧，平生以来从未有过的恐惧。他在深雪里跋涉得深一脚浅一脚时，跑得慢下来，开始再次环顾四周——河流的两岸，旧木头淤积堆，落叶的山杨树，还有天空。奔跑让他感觉好一点。他不发抖了。也许，如果奔跑下去，他的脚会暖和过来；而且，如果他跑下去，他没准儿能到达营地，见到伙伴们。毫无疑问，他会冻掉几根手指头和脚趾头，脸上也会冻掉部分；但是伙计们会照顾他，只要到达那里，他就能保住他的剩余部分。与此同时，他脑子里冒出来另一个念头，说他再也赶不到营地，见不到伙伴了；还说还有好多英里路，冷冻无比强大，还会袭击他，他很快就会冻僵，冻死。他把这个坏念头按在暗地里，拒绝再想到它。有时，这个念头自己挤上前来，非要让他知道，但是他硬把它按到后面，尽力想一些别的事情。

让他感到奇怪的是，他居然能用两只冻得不行的脚奔跑，它们触地时他能感觉到它们带动着全身的重量。他自己好像在表面滑行，和大地没有什么接触。他曾经在什么地方看见过一个带翼的墨丘利[1]，他奇怪墨丘利飞过大地时是不是和他的感觉一样。

奔跑下去，到达营地，这个想法有一个缺陷：他没有耐力。

---

1 墨丘利（Mercury），罗马神话人物，为众神传信并掌管商业和道路的神。

好几次他都磕磕绊绊，最后他踉踉跄跄，跑不动了，倒了下来。当他试图站起来时，他站不起来了。他于是决定必须坐下来休息一下，接下来他行走好了，坚持走下去就好。等他坐下来缓过气来，他才注意到他感觉很暖和，很舒服。他一点不发抖了，甚而好像他的胸膛和躯干有一种温暖袭来。然而，他碰了碰鼻子或者脸颊，一点感觉也没有。奔跑不能让它们暖和过来了。奔跑也没有让他的两只手和脚暖和过来。然后，他猛然想到，他身体的冷冻的部分一定在扩大。他力图把这个念头压下去，忘记掉，想一些别的事情。他意识到了这个念头引发了恐慌感，而他又害怕恐慌。但是这个念头很顽固，挥之不去，最后产生了一种幻觉，感到全身都僵了。这也太过分了，于是他再次在老路上发疯地奔跑起来。有一次，他放慢速度，走起来，但是冷冻在扩大的念头让他不堪承受，又奔跑起来。

在所有的时间里，那只狗一直跟着他跑，跟在他脚后。当他倒下来喘息一会儿时，它就把自己的尾巴挡在前腿上，坐在他跟前，面对他，格外急切，格外专注。这畜生浑身暖和，冷冻奈何不了它，这让他很生气，于是他咒骂它，吓得它抿起耳朵讨饶。这次，颤抖很快袭击了这个人。他跟冷冻做斗争，输了。冷冻从四面八方悄悄爬进了他的身体。一想到这点，他立即继续赶路，但是没有跑够一百英尺，他就踉踉跄跄，一头栽倒了。这是他感觉到的最后一次恐慌。等他恢复了气息，控制气息，他坐起来，让脑子放松下来，想到还不如大义凛然地和死神过招。然而，这个想法并没有如此这般地来到他脑子里。他只是想到，他从一开始就充当了一个傻瓜，像一只剁掉头的鸡一样盲目地奔跑——这样一想倒让他微笑了。哦，他既然迟早要冻死，还不如体面地接受这一事实好了。脑子里有了这样新的平静，最初袭来的昏睡闪烁可见了。一个好主意，他想，睡觉睡死算了。这好比喝下一付麻醉剂。冷冻不像人们想的那样糟糕。很多横祸要比一死了之糟糕得多呢。

他想象着伙计们第二天发现了他的尸体。突然他发现自己见到他们了，沿着雪道赶来，寻找他自己。而且，还和他们一起在雪道上绕过了一个大弯，发现自己就躺在雪地里。他不再属于他自己了，因为这时他摆脱了自己，和伙计们站在一起，在雪地里打量他自己。天气确实很冷，他这样想。等他回到美国，他要告诉人们真正的寒冷到底有多么冷。他从这个场景继续向前游动，来到一个幻景前，看见那个萨尔弗湾来的老手。他把他看得清清楚楚，温暖而舒服，正在抽烟呢。

“你是对的，老伙计。你是对的。”这个人对那个萨尔弗湾的老手咕哝道。

随后，这个人昏睡过去，进入一种他感觉无比舒服无比满足的睡眠中，他从来没有享受过这种睡眠。那只狗坐卧在那里面对他，等待他。短暂的白昼接近尾声，接下来是漫长的缓慢的黄昏。拢火的迹象没有了，而且，在这只狗的经历中，它从来没有见过这个人像这样坐在雪地里就可以把火拢起来。黄昏渐浓，它急切地渴望火堆，这念头摆脱不掉，它不停地轮换着往前抬起腿，低声地呜咽，然后估计这个人会责骂它，赶紧把耳朵抿了起来。然而，这个人一声不吭。过了一会儿，这只狗大声呜咽起来。再往后，它悄悄地走到这个人身边，闻到了死亡的气息。这让这畜生奓毛，连连后退。又迟疑了一会儿，狗对着寒星仰天长啸，跳动，舞动，在这寒冷的天空下，活蹦乱跳的样子熠熠生光。然后，它转身小跑上了雪道，向它知道的营地跑去，那里还有别的食物提供者和篝火提供者。

热爱生命

这是从所有东西中保留住的——
　　他们还活着并且还在颠簸：
这场游戏的大部分将会赢得，
　　虽然骰子的金币已经丢失。

他们走得一瘸一拐，痛苦地下到河岸，而且有一次，两个人中走在前面的那个还在乱石中打了个趔趄。他们累坏了，虚弱不堪，满脸都是忍耐的神色，这是长期煎熬困苦的结果。他们肩上绑缚着毯子背包，压得透不过气来。脑门上勒了带子，拉住了这些背包，减轻了一些负担。每个人都挎着一支来复枪。他们弓腰前行，两肩前倾，脑袋向前探得更远，两只眼睛盯着地面。

“要是我们手头还有两发藏在地窖里的子弹就好了。”走在后面的男人说。

他的声音闷闷的，完全在就事论事。他说得没有一点热情。走在前面的男人，一瘸一拐走进水漫过石头溅起白泡的泛白的小溪，闭口不答。

另一个男人紧跟在他身后。他们没有脱掉鞋袜，尽管河水冰冷——冰冷刺骨，脚脖子因此生疼，两脚都麻木了。在河水冲到他们膝盖的地方，两个人都踉踉跄跄站不稳脚。

跟在后面的男人在一块光滑的漂石上脚下打滑，差一点滑倒，不过挣扎了一番终于站稳了，同时疼痛难忍地大叫一声。他看上去头晕眼花，一边摇晃不止，一边把空手伸出来，仿佛要一把抓住空气中的什么东西。他好不容易站稳向前走去时，却又摇晃起来，差一点跌倒。随后，他站住不动，瞧着前面那个男人，却见他始终没有回头。

这个男人站了足足一分钟，一动不动，仿佛在说服自己。然后，他喊道：

“喂，比尔，我把脚脖子扭了。”

比尔在泛白的河水里蹒跚而行。他没有回头张望。这个人眼看着他离去，尽管他的脸上一如既往地没有表情，但是他的两只眼睛却像受伤的小鹿的眼神一样。

另一个男人一瘸一拐地走到对面的河岸，继续向前走，依然没有回头。站在河里的男人目送着他。他的嘴唇有点发抖，因此嘴唇上的棕色胡须明显地在颤动。他的舌头甚至都伸出来舔了舔嘴唇。

“比尔！”他喊叫道。

这是一个强壮的男人陷入绝境时求救的呼喊，但是比尔没有回头。这个人眼看他远去，一瘸一拐走得奇形怪状，磕磕绊绊地蹒跚而行，走上一道慢坡，上面就是那座矮山头柔和的天际线。他目送他走上去横过山头，消失在山后。然后，他回过目光，缓慢地环视比尔走后留给他的那一圈世界。

太阳离地平线很近，冒着模糊的氤氲，无形的雾气和水汽差不多把它淹没了，给人一个结实的大团块的印象，没有轮廓，却实实在在。这个人掏出手表，一条腿站稳。下午四点钟了，在这七月末八月初的季节——他弄不清一两个星期之内的准确时间——他只知道太阳大体上位于西北方。他向南方看了看，知道那些荒凉的群山那边就是大熊湖；还有，他知道在那个方向，北极圈横跨加拿大冻土地带拓出一条禁区道。他所站的这条河是铜矿河的一条支流，向北拐去，流进加冕湾和北冰洋。他从来没有去过那里，不过曾经在哈德孙湾公司的地图上看见过其位置。

他再次环视了一下他周遭的这个世界圈。这是一片让人泄气的景象，到处都是柔软的天际线，群山都趴在那里。没有树木，没有灌木丛，没有茅草——什么都没有，只有一片广袤无垠的摄人魂魄的蛮荒之地，一下子就把恐惧之色送进了他的眼睛里。

“比尔！”他悄悄地絮叨了一次又一次，“比尔！”

他在泛白的河水里直打哆嗦，仿佛浩瀚的蛮荒之地以雷霆万钧之力在挤压他，一定要蛮横地碾碎他才称心如意，使足威风。他开始晃动，像发疟子，连手里的枪都哗啦一声掉在了水里。这下把他惊醒了。他和恐惧斗争一番，打起精神，在河水里摸索着找到了武器。他把背包往左肩上挪了挪，这样一来便从扭伤的脚脖子上减轻了部分重量。然后，他往前行，缓慢而小心，疼得直畏缩，向对岸走去。

他没有停下。使出一股发疯的孤注一掷的劲头，不把疼痛放在心上，抓紧爬上那道坡，到了那座小山的顶上，他的伙伴看不见了——比起那个一瘸一拐颠簸的伙伴，他的样子更奇怪，令人发笑。但是，在这山顶上，他看见了一条浅谷，一点生气也没有。他又和恐惧斗争起来，终于克服了恐惧，把背包又往左肩多挪了挪，趔趄地走下坡去。

谷底湿汲汲的，厚厚的苔藓像海绵一样紧紧地抓在表面上。他每走一步脚下都会冒出水来，每次抬脚的动作都会发出吮吸的声音，好像潮湿的苔藓不愿意松开他的脚底板。他挑选下脚的地方，从一块沼泽走向另一块沼泽，跟着前面那个人的足迹，跨过像小岛一样布满绵延不绝的苔藓的岩石架。

虽然很凄惶，但是他没有迷失。他清楚，再往前走，就会走到一个小湖的岸边，那里有枯死的云杉和杉树，非常矮小，干瘪，当地人叫“堤青尼奇丽”，意思是“小枝地”。一条小溪注入湖中，湖里的水倒是不泛白。小溪里长了灯芯草——他对此记得很清楚——不过没有生长树木，他可以顺着小溪一直走到水源尽头的分水岭。他跨过这道分水岭，到达另一条向西流的小溪的源头，顺着这条小溪一直走到它流入狄思河的地方，在那里他就能找到一个秘藏处，被一个底朝上的独木舟扣起来，上面堆了很多石头。在这个秘藏处，有他的空枪需要的子弹、鱼钩、钓丝、小网——打猎和捕鱼从而解决食物的工具一应俱全。他还能找到面粉——不多——一块腌猪肉和一些豆子。

比尔会在那里等他，然后他们顺着狄思河向南划船到达大熊湖。一直向南划过湖面，再往南划，就到了马更些河。还是向南，一直向南，他们这样划下去，冬天就撵不上他们了，这时尽管涡流结上了冰，白天也会变得冰天雪地，看南边就是温暖的哈得孙湾公司站，那里树木生长得高大茂密，食物多得吃不了。

这个人一边向前跋涉，一边想着这些念头。他的肉体这样吃力地挣扎而行时，他的脑子也在吃力地运转着，拼命想着比尔没有把他抛弃了，而且比尔一定会在那个秘藏处等他。他不得不这样想，否则这样苦苦挣扎就没有什么用了，他会倒下来一死了之。太阳像一个模糊的圆球，慢慢地向西北方向沉落，他很多次计算着他和比尔赶在冬天到来之前向南逃的每一寸路。他惦记着那个秘藏处的食物，惦记着哈得孙湾公司站的食物，心心念念地惦记着。他已经两天没有吃东西了。他想吃的东西，他没有吃到的时间更长。他经常弯下腰来捡起沼泽上的灰色浆果，扔进嘴里，嚼几下吞咽下去。沼泽浆果不过一粒种子，外面有薄薄的一层水而已。吃进嘴里，水化了，种子嚼起来扎嘴，发苦。这个人知道这些浆果没有什么营养，然而，他不厌其烦地咀嚼它们，不管有没有营养，苦涩也顾不得了，只有希望。

九点钟时，他在一个岩石架上绊了一下，因为疲乏极了，虚弱极了，晃了几下倒下了。他躺了一会儿，一动不动，侧着身子。然后，他把背包带脱下来，吃力地拖着身子坐起来。天还没有黑，在迟迟不去的黄昏里，他在岩石间爬行，寻摸干燥的苔藓。他收集成一小堆时，点燃起一堆火—— 一小堆没有火苗的冒烟的火——把一个白铁水罐放在上面。

他解开背包，做的第一件事情是把火柴清点一下。还有六十七根。他清点了三次，把根数彻底弄清楚。他把火柴分成了几份，包进了油纸里，其中一份放在他的空烟草袋子里，一份放进他破帽子的折带里，一份放进他胸前的衬衫里。这事干完了，一阵恐慌袭来，他又把火柴打开再清点一遍。还是六十七根。

他在火堆上烤他的鞋袜。鹿皮靴成了湿透的破片。毯子袜子磨破了几处，他的脚都磨破了，血淋淋的。他的脚脖子跳着疼，他检查了一下。脚脖子肿得和膝盖一样粗了。他从一条毯子上扯下一个长条，把脚脖子缠得紧紧的。他又扯下一条，把他的脚缠得紧紧的，代替鹿皮靴和袜子。然后他喝那罐水，热腾腾的水罐，把表上好发条，爬进两条毯子中间。

他睡得像一个死人。半夜的那阵短暂的黑暗来去匆匆。太阳从东北方向升起——至少那个方向露出了白天的曙光，因为太阳藏在灰色的乌云后面。

到了六点钟他醒来了，静静地仰身躺着。他直对着灰蒙蒙的天空注视，直到他饿了。他用胳膊肘支撑着翻身时，一声响亮的呼噜声把他吓了一跳，只见一只公驯鹿机警地好奇地打量他。大公驯鹿离他不过五十英尺远，他脑子里立即跳出一幅幻景，驯鹿肉排在火头上烤着，香味扑鼻。他机械地拿起他的空枪，瞄准，扣了扳机。驯鹿呼噜一声，一跃而去，在岩石架上奔跑，它的蹄子践踏得咔咔直响。

这个人骂了一句，把空枪扔在一边。他挣扎着站起来时大声地呻吟起来。站起来成了一件缓慢的痛苦的事情。他的关节如同生锈的铰链。它们在骨臼里拧巴得生疼，干涩干涩的，每次打弯或者抻直都得靠坚强的意志才能完成。等他最后站起来，又花了一分多钟才直起腰，总算能够站直身子像个人样了。

他手脚并用地上了一个小丘，审视了一下地形。没有树木，没有灌木丛，什么都没有，只有一大片灰色的苔藓，几处灰色岩石分布其间，几块灰色的小湖，几条灰色的小溪，构成眼前景色。天空灰蒙蒙的。没有太阳，连太阳的影子都没有。他摸不清哪里是北方，他记不得昨天晚上他走到这里的路线了。不过他还没有迷失。他清楚这点。他不久会走到那块小枝地。他感觉它在左边的什么地方，位置不会远——很可能翻过那座矮山就是了。

他返回来把背包打点成适合上路的形状。他又确定了一下那三份火柴藏身的位置，不过他总算忍住没有清点火柴的根数。可是，他还是迟疑好久，心下斗争着，只为一只鹿皮口袋犯难。皮袋子不大。他用两只手就可以握得严严实实。他知道它重达十五磅呢——和他背包里其他东西加起来一样沉重——这让他左右为难。他最后还是把它放在一边，开始打背包。他停住手，盯着那个矮墩墩的鹿皮口袋。他急忙把它捡起来，用挑衅的目光环视周围，仿佛这块蛮荒之地要抢走它似的。他站起身摇摇晃晃地开始这天的路途时，最终还是把这个鹿皮袋子放进了他背上的背包里。

他向左走去，时不时停下来捡吃沼泽浆果。他的脚脖子已经僵硬，他瘸得更厉害，但是脚脖子的疼痛和肚子的饥饿相比，就是小巫见大巫了。饥饿难耐，带来阵阵疼痛。这种疼痛啃呀咬呀，搞得他心神不宁，无法找准他到达小枝地那里必须走的路线。沼泽浆果缓解不了这种啃咬，却让他的舌头和口腔因为这种刺激的啃咬而感到难受。

他来到了一条山谷，这里的岩雷鸟从岩石架和沼泽地拍着翅膀飞起来。嘎——嘎——嘎，它们叫个不停。他向它们扔了几块石头，但是没有击中它们。他把背包放在地上，像猫逮麻雀一样悄悄靠近它们。尖利的岩石刺破了他的裤腿，膝盖流下了一道血迹，但是这种伤害在饥饿的伤害面前根本不算什么。他在潮湿的苔藓上蠕动，衣服湿透了，全身冰凉；然而他浑然不觉，因为对食物的渴望太强烈了。雷鸟总是在他前面飞起，呼呼地飞旋，它们嘎——嘎——嘎的叫声就是在嘲弄他，他咒骂它们，冲它们大喊大叫，和它们的嘎嘎声相呼应。

有一次，他爬到一只一定是睡过去的雷鸟跟前。他没有看见雷鸟，直到雷鸟从岩石的角落在他脸前蹿起来，他才发现了。雷鸟慌忙飞起来，他慌忙抓了一把，手里只逮住了三根羽毛。眼看雷鸟飞去，他恨死它了，仿佛雷鸟大大地把他冤枉了一场。然后，他返回来，把背包背起来。

白天渐渐过去，他走进一个个山谷或者沼泽，野味更多了。一群驯鹿走了过去，大概有二十多头，全在来复枪的射程里，他却干瞪眼。他多么想追上它们，还很相信他一准能追上。一只黑色狐狸来到他跟前，嘴里叼着一只雷鸟。这个人猛喝一声。这叫声着实吓人，但是那只狐狸吓得夺路而逃，却没有丢下雷鸟。

下午晚些时候，他顺着一条小河行走，河水含有石灰而泛白，从稀稀拉拉的灯芯草里流过去。他紧紧抓住灯芯草的根部，猛力拉起来有些像小洋葱苗的东西，只有钉子那么大。这玩意儿很嫩，他的牙齿咬进去咔嚓咔嚓响，听起来很像可口的美味。然而它的纤维很耐嚼。它是由一缕缕纤维组成的，和那些浆果一样，没有一点营养。他把背包扔下，手膝并用爬进了灯芯草里，像牛一样咔哧咔哧大嚼起来。

他非常疲乏，经常希望休息下来——躺下来睡上一觉；但是他接着往前赶路——这倒不是他渴望尽快到达那个小枝地，而是饥饿在驱赶他。他在小水塘里寻找青蛙，用指甲在土里抠虫子，虽然他很清楚在这遥远的北方，既没有青蛙也没有虫子。

他每见水坑就寻找，却白费劲，终于，漫长的黄昏到来了，他发现了一条小鱼，独独一条，像鲦鱼般大小。他把胳膊猛地伸进去，深及肩膀，但是小鱼溜走了。他用两只手去逮，把水坑底上的白泥搅浑了。他着急之下便掉进了深坑，水淹到了他的腰间。这下，水浑浊不清，他看不见小鱼在哪里了，不得不等待浑水澄清了。

逮鱼重新开始，水又给搅浑了。然而，他不能等待了。他把那个白铁桶解下来，开始往外舀水坑的水。一开始他舀得很野蛮，把自己溅得满身水，把水泼得很近，那些水又流进了水坑。他更用心地往外舀水，强迫自己冷静下来，哪怕他的心怦怦地撞击他的胸腔，两只手不停地哆嗦。半个小时过去了，水坑的水快干了，也就剩下一两杯水了，可是没有小鱼的影子。他发现了石头中间有一条暗藏的缝，原来小鱼逃到相连的更大的水坑里去了——那是一个他一天一夜都舀不干净的水坑啊。如果他早知道有这么一条缝，那他早早地用一块石头堵上，那条小鱼就是他的了。

他如此这般地想着，有气无力地走出水坑，瘫倒在潮湿的地上。起先，悄声地跟自己哭，随后他冲着把他团团围起来的无情的蛮荒之地号啕大哭，哭够了他又浑身哆嗦着啜泣了很久。

他生起了一堆火，喝了几夸脱[1]热水温暖自己，然后在一个岩石架上像昨天夜里一样露营。睡前做的最后一件事是查看火柴

1　1夸脱=0.946升。

干不干，把手表上了弦。毯子又湿又滑腻。他的脚脖子跳着疼。但是他只知道饿得不行，他辗转反侧睡不踏实，梦里净是酒席和宴会，还有摆满餐桌的应有尽有的佳肴。

他醒来时又冷又病。没有太阳。大地和天空的灰色越来越重，越来越厚。湿冷的风在吹，最初的雪片飘满了山头。他周围的空气很浓稠，在他生火烧水的工夫就变白了。这是一场湿雪，雨雪参半，雪片很大，水分很多。起初雪片一落地就化了，但是雪越下越大，把地面铺满，把火浇灭了，他点火用的苔藓燃料都被糟蹋了。

这是一个信号，他得打起背包，磕磕绊绊往前赶路，尽管他不知道去哪里。他不关心小枝地在哪里了，也不关心比尔和那个狄思河边独木舟盖起来的秘藏处了。他被“吃”这个词儿彻底掌控了。他饿得发疯。他不在意他追寻的路线，只要这条路把他带出沼泽洼地就行。他在湿雪里凭感觉行走，走到水汪汪的沼泽浆果上，他摸索着把灯芯草连根拔起来。但是，那都是些味同嚼蜡的玩意儿，不能让肚子满意。他发现了一种草，嚼起来酸酸的，只要能找到就都吃掉了，可惜没有多少，因为这种草是蔓生植物，几寸雪就覆盖得看不见了。

那天夜里没有生火，没有热水喝，他爬进毯子里睡觉，却经常被饿醒。雪变成了寒冷的雨。他醒来好几次，感觉雨下在了他仰着的脸上。白天来了——灰蒙蒙的天，没有太阳。雨停了。饥饿的疼痛感消失了。他还渴望食物，但是那种敏感度耗尽了。他的胃疼得发钝，发沉，但是不让他那么坐卧不安了。他比较清醒了，再次主要关心那个名叫“小枝地”的去处和狄思河边的那个秘藏处。

他把毯子剩余的部分撕成碎条，把血淋淋的脚捆扎起来。他又把受伤的脚脖子再次扎紧，为一天的旅途做好准备。他打点自己的背包时，对那个矮墩墩的鹿皮袋子犹疑了很久，但是最后他还是背上它上路了。

雪被雨融化了，只有山头还有雪覆盖着。太阳出来了，他继续在罗盘上确定方位，虽然他知道他迷路了。也许，在前几天的游荡中，他已经过分往左边行走了。他现在往右边转向，纠正他偏离正确路线的那个可能的角度。

虽然饥饿感不再那么让他惶惶不可终日，但是他意识到他很虚弱。他碰上沼泽浆果和灯芯草进行采摘时，便不得已停下经常歇脚。他感觉舌头干巴巴的，肥大，仿佛长出来一层细毛，含在嘴里苦涩难忍。他的心脏给他带来很大麻烦。他走上几分钟后，心脏就开始无情地怦怦乱跳，怦怦，怦怦，然后上蹿下跳，一种痛苦的波动不断冲击，让他喘不上气来，让他头晕，眼花。

中午时分，他在一个大水坑里发现了两条鲦鱼。要把水坑里的水舀净是不可能的，不过他现在冷静多了，想着法子用那个小白铁桶捕捉到了它们。它们还没有他的小拇指大，好在他不是特别饥饿。他的胃那种钝疼越来越钝，越来越弱。这种感觉好像他的胃在打瞌睡。他生吃了两条小鱼，耐心地嚼了又嚼，因为这种进食完全是一种纯理智的行为。他没有进食的欲望，但是他知道他必须进食才能活下去。

晚间，他又捕捉到了三条鲦鱼，吃掉了两条，留下一条当作第二天的早餐。太阳已经把零星的苔藓晒干了，他能够烧热水暖和一下自己了。那天他走了不到十英里。第二天，只要他的心脏允许，他就走下去，只走了不到五英里。不过，他的胃没有给他造成丝毫的不安。胃已经睡着了。他来到了一个陌生的地方，驯鹿越来越多，狼也越来越多了。狼的嗥叫在这蛮荒之地经常响起，有一次，他还看见三只狼从他面前的小路上溜过去了。

又过了一夜。到了早晨，因为更为理智，他解开拴着那个矮墩墩的鹿皮袋子的皮绳。他从袋口倒出来一溜黄灿灿的金砂和金块。他大体上把那些金子一分为二,一份包进毯子里，藏在一个突出的岩石架上，把另一份又装进了那个鹿皮袋子里。他又开始在那块剩余的毯子上撕条子缠脚用。他还舍不得把枪扔掉，因为狄思河边的那个秘藏处还有一些子弹呢。

这是一个雾天，这天饥饿又把他闹醒了。他虚弱不堪，眩晕折磨得他苦不堪言，经常让他眼前发黑。现在绊倒在地对他来说是家常便饭了。有一次，他绊倒在地时正好倒在了一个雷鸟窝里。窝里有四只刚刚孵化出来的小雷鸟，刚出壳一天的样子——搏动的小小生命他一口就能吞下去。他狼吞虎咽地把四只小雷鸟都吃掉了，活生生的小东西塞进他的嘴里，牙齿像嚼碎蛋壳一样把它们嚼得咔嚓咔嚓响。母雷鸟大喊大叫，拼命攻击他。他用枪当棍子把它打翻了，但是它逃到了他逮不住的地方。他向它投掷石头，一块石头碰巧打中了它的一个翅膀。然后，它扑棱着翅膀慌忙逃脱，那只受伤的翅膀拖着地，他在后面紧追不舍。

四只小雷鸟不解饥渴，却把他的胃口吊起来了。他一瘸一跛地追逐着那只受伤的雷鸟，跌跌撞撞，一边扔石头，一边不时地粗声吼几声。有时候他只是一声不响地追逐，跌倒了便咬牙站起来，耐心追下去，或者在眩晕袭来两眼发黑时，他使劲地揉搓眼睛。

这样一路追逐，他来到了谷底的沼泽地上，在潮湿的苔藓上他发现了足迹。它们不是他自己的足迹——他看得出来。它们一定是比尔的。但是他不能停止，因为那只母雷鸟还在逃跑。他应该先把它捉住，回头再来琢磨那些足迹。

他把母雷鸟追得筋疲力尽，而他自己也筋疲力尽了。母雷鸟歪着身子直喘气。他也歪着身子上气不接下气，相距只有十几英尺远，却爬不到它那里。等他歇过劲儿来，它也喘过气来，他急不可待地伸手去捉它，它扑棱着翅膀逃离了。追逐接着进行。夜幕来临，它却逃掉了。他虚弱得踉踉跄跄，脸朝下一头栽倒在地，把脸颊磕破了，背包压在了他的背上。他很久没有动一动。然后，他翻过身来，给手表上弦，躺在那里直到天亮。

又是一个雾天。他最后一条毯子的大半都撕了做裹脚布了。他没有找到比尔的足迹。没有关系。饥饿逼得他惶惶不可终日——只能——只能奇怪比尔是不是也迷路了。到了中午，背包的重压搞得他喘不过气来。他又把那袋金子划分一次，而这次他索性把一半金砂倾倒在了地上。到了下午，他干脆把剩下的也扔掉了。他只剩下了半条毯子、那个白铁桶和来复枪。

一种幻觉开始折磨他了。他很有把握他还有一发子弹。子弹就在枪膛里，他却一直没有想起来。另一方面，他始终知道枪膛里空空如也。他和这种幻觉斗争了几个小时，然后他把来复枪打开，眼前只是空枪膛。这一失望让他不堪承受，仿佛他真的指望找到子弹似的。

他跋涉了半个小时后，这种幻觉又来了。他又开始和幻觉斗争，知道幻觉挥之不去，相信得真真切切，他只好打开枪膛打消这样的念头。有时，他的脑子漫游到更远的地方，只是机械地向前跋涉，听任怪念头作祟，种种狂想像虫子一样啃噬他的脑子。不过，这些不着边际的怪念头持续时间都不是很长，只要饥饿蚕食的种种痛感袭来，他就清醒了。有一次，他想入非非时一下子清醒过来，眼前的一幕差一点把他吓晕。他晃晃悠悠的，像一个醉汉一样前栽后仰的，扎挣着别倒下。他眼前站着一匹马。一匹马！他不能相信自己的眼睛。两眼前面是一团黑，只觉得金星乱蹦。他野蛮地揉了揉眼睛，看清眼前的情况，仔细一看，不是一匹马，而是一头巨大的棕熊。那畜生用好战的好奇的目光打量他。

这个人把枪架到半肩时意识到枪里没有子弹。他放下枪，从胯间的镶珠刀鞘里抽出猎刀。他面前是鲜肉，是生命。他用拇指试了试刀刃。刀刃锋利。刀尖锋利。他多想扑上去把熊杀死。然而他的心脏开始怦——怦——怦地跳，发出了警告。然后，心脏向上疯狂地跳跃，突突乱蹦，心尖像被铁箍箍紧了一样挤压，晕眩慢慢地向脑子爬进来。

他的孤注一掷的勇气因为恐惧凶猛地涌来而掉链子了。他虚弱不堪，如果这畜生攻击他，那他可怎么办呢？他打起精神，做出一番凛然不可侵犯的样子，紧握猎刀，下死眼盯着那头熊看。熊笨拙地走来一两步，后腿站起来，试探性地嗥叫几声。如果这个人跑了，熊就追赶他去，但是这个人没有跑。他这时生出来恐惧的勇气，受到了激励。他也嗥叫起来，野蛮，恐吓，声音里的恐惧骨肉同源，在生命最深的根须里拐着弯隐藏着。

熊慢慢地退向一侧，嗥叫着威胁人，它自己也被这个神秘的生物镇住了，他站得很直，一点不害怕。但是这个人没有移动。他站在那里像一尊雕像，直到危险过去，他让一阵哆嗦占了上风，瘫倒在潮湿的苔藓里。

他又振作起来，接着前行，在一条新道上害怕起来。他不是害怕他会因为没有食物眼睁睁饿死，而是担心饥饿还没有消耗掉让他活下去的最后那点能量，就会被大卸八块。这一带有狼。这蛮荒之地前前后后都有狼出没，狼嚎声声不息，在空中编织成了威胁的织品，简直伸手可触，他竟然两臂伸向空中，把它从跟前推开，好像它是灌满风的帐篷的墙壁。

时不时，狼三三两两结队从他面前的小径走过去。不过它们都在躲避他。它们的数量还不够，再说它们正在追猎不会搏斗的驯鹿，而这个直立行走的怪物也许会抓人，咬人。

下午晚些时候，他碰上一些散乱的骨头，狼显然进行了一场猎杀。这些碎骨头一个小时之前也许是一只小驯鹿，嗷嗷叫，蹄下生风，活力十足。他仔细看了看那些骨头，啃食得又干净又光滑，上面粉色的细胞生命还没有死掉。没准儿这天还没有过去，就该轮到他了吧！这就是生命，嗯？一件空虚的易逝的东西。只有活命才感到痛苦，死了就没有什么伤害了。死了就是睡着了。死了就意味着结束，休息。那么，为什么不心甘情愿地一死了之呢？

但是他没有如此这番地推论很久。他蹲在苔藓上，嘴里咬着一根骨头，吮吸那点依然微微泛红的生命的残渣。可口的肉味，淡淡的，不易捕捉，如同回忆，让他发疯。他咬紧骨头，津津有味地吮吸。有时，骨头咔嚓一声碎了，有时是他的牙齿碎了。随后，他用石头砸碎骨头，砸成稀烂状，吞咽下去。因为着急，他还把指头砸了一下，可是一时间他感到很惊讶，因为事实上石头猛地砸在他的指头上时竟然不觉怎么疼。

连着几天又是雪又是雨的，很吓人。他不知道什么时候安营，什么时候拔营上路。他白天行走，夜里也行走。什么时候倒下来，他就什么时候休息，什么时候垂死的生命在他身上闪现了，微微燃烧了，他就爬行。他不再像一个人一样拼力赶路了。是他身体里的生命不愿意死去，是生命在驱赶他行走。他不觉受苦受累了。他的神经已经变钝，麻木，而他的脑海里怪相多多，美梦多多。

但是，他一直吮吸和咀嚼那只小驯鹿的碎骨头，剩下的骨头他都收拾起来带在身上了。他不再跨越小山和分水岭，只是机械地顺着一条穿过宽大的浅谷的大河走下去。他没有见过这条河，也没有见过这条山谷。他什么也看不见，只看得见幻景。灵魂和肉体，肩并肩，或者走路或者爬行，可它们是分开的，连起它们的那根线很细，很细。

他脑子正常地醒过来，仰身躺在一个岩石架上。太阳灿烂地照耀着，很温暖。他听见远处小驯鹿在嗷嗷叫。他模模糊糊记得下过雨，刮过风，下过雪，不过他是否被暴风雨吹打了两天还是两个星期，他就不知道了。

有时，他躺下一动不动，温和的阳光照在他身上，让他那饱受痛苦的身体享受温暖。他想：一个好天气。也许他能设法确定一下自己的方位。痛苦地用了一把劲儿，他侧过身来。他下方奔流着一条宽阔的缓慢的河。这条河很陌生，不免让他迷惑。他缓缓地顺着河望去，只见宽阔的河流在荒凉的光秃的群山间逶迤而行，远比他见过的任何小山都更荒凉，更光秃。缓慢，从容，不动声色，不过抱着最无所谓的兴致，他顺着这条陌生的河的流向，向天际看去，看见它注入了一片明亮的闪光的海域。他依然没有激动。他想，真是不同寻常，是幻景还是海市蜃楼——很可能是幻景，是他脑子紊乱的把戏。他看见闪光的大海中间停泊着一艘船时，他肯定眼前只是幻景。他闭上眼睛待了一会儿，然后又睁开了。好奇怪，这幕幻景还是老样子！不过也不奇怪。他知道在这荒凉的土地的中心地带，不会有大海，不会有船只，正如他知道那条空枪里没有子弹一样。

他听见身后传来嗅辨的声音—— 一声半噎住或者咳嗽的声音。因为他虚弱得不行，僵硬得不行，他非常缓慢地侧过身来。他在近处什么也没有看见，只好耐心地等待。那嗅辨声和咳嗽声又传过来，距离他不到二十英尺远的两块巉岩之间，他辨别出来一只狼的灰脑袋。两只尖耳朵不像他见过的其他狼的耳朵竖得那么挺直。那两只眼睛浑浊，充血，那个脑袋似乎耷拉下来，很沮丧的样子。那只野兽在阳光下不停地眨眼睛，看上去一副病态。在他观看的当儿，它又嗅辨了一声，咳嗽了一声。

这情景起码是真实的，他想着，向另一边翻过身去，看一看他刚才让幻景蒙住的那个世界是不是真实的。不过，大海仍然在远处闪亮，那艘船显而易见。这么说，此情此景是真实的？他闭上眼睛好一阵子，想想究竟是怎么回事，终于想明白了。他把东方当作北方，偏离了狄思河分水岭，闯进铜矿谷了。这条宽阔的缓慢的河原来是铜矿河。那片亮闪闪的海域是北冰洋啊。那艘船是一艘捕鲸船，从麦肯齐河开来，偏离了东方，偏离得太远，只好停泊在加冕湾了。他想起来他很久以前看见过的哈得孙湾公司的地图，这下他全清楚了，合情合理了。

他坐起来，把注意力转向眼前的事情。他把毯子裹脚布磨破了，他的脚成了两块不成形状的生肉。他最后一条毯子用完了。来复枪和猎刀都丢了。他把帽子也落在了什么地方，帽带里的那份火柴随即没了，不过他胸口里的火柴安然无恙，藏在烟叶袋子和油纸里，很干爽。他看了看他的手表。十一点了，手表还在走。显然，他一直给它上弦来着。

他平静下来，镇定自若。尽管极端虚弱，他没有什么疼痛感了。他不饿。食物的念头于他竟然没有好感了，他无论做什么事情都只是凭着理智。他把膝盖以下的裤腿撕成布条，把脚缠上。幸亏他把小白铁桶好好地保留下来了。他得喝些热水，然后再开始他所见的那段到达那艘船的可怕旅程。

他的行动很慢。他颤抖得像得了半身不遂。当他开始收集干苔藓时，他才知道他站不起来了。他试了一次又一次，而后随遇而安，手膝并用地爬行起来。有一次，他爬到了那只病狼跟前。那只野兽很不情愿地拖着身子躲开了，舌头使劲舔着嘴巴，似乎连打弯的力气都没有了。这个人注意到那条舌头不是惯常的健康的红色。那条舌头呈黄褐色，似乎有一层粗糙的半干的黏膜。

这个人喝下一夸脱热水后，发现自己能站起来了，甚至能像一个垂死的人那样强撑着身子走动了。每一分钟他都不得已停下喘息。他的脚步发软，不稳，正像那只狼跟在他身后一步一个趔趄。那天夜里，亮闪闪的大海被夜幕罩上时，他知道他离大海更近了，不过四英里的样子。

整个黑夜，他听见那只病狼在咳嗽，时不时传来小驯鹿的嗷嗷叫声。他周围有生命，只是那种生命很强壮，活力十足，他知道这只病狼紧随一个病人的踪迹，是希望他先死了。第二天早上，等他睁开眼睛，看见它瞪着他，目光满是渴望和饥饿。它蹲卧在那里，尾巴夹在两腿之间，如同一只悲惨的丧家的狗。在料峭的晨风里，它瑟瑟发抖，每逢这个人对它吃力地发出一种沙哑的低低的喊声时，它只是无精打采地龇牙咧嘴。

太阳升起来，光芒万丈，整个上午这个人一步一挪，朝那艘停泊在闪亮的大海上的船只走去。天气完美。这是高纬度短暂的小阳春。它也许持续一个星期，也许明天或者后天就无踪无影了。

到了下午，这个人遇到了一条痕迹。那是另一个人的踪迹，此人不能行走，只能拖着身子爬行。这个人想到这踪迹是比尔的，不过他只是想想而已，很淡漠，没有兴致。他没有好奇心了。事实上，他已经丧失了激情和感情。他不再有什么痛苦感了。胃和神经都沉沉入睡了。然而，生命不息，依然在驱使他前行。他很疲惫，但是拒绝死亡。因为拒绝死亡，他才一直吃沼泽浆果和鲦鱼，喝热水，用警惕的目光盯紧那只病狼。

他追寻另一个人的踪迹，拖着身子行走，没走多远那人的踪迹就没了——几根刚刚啃净的骨头堆在水汲汲的苔藓上，还有许多狼的蹄印。他看见一个矮墩墩的鹿皮袋子，和他的那个一模一样，只是被尖利的牙齿咬破了。他把那袋子捡起来，尽管袋子很重，他无力的手指几乎拿不住。比尔把它背到了最后一步。哈哈！哈哈！他可以嘲笑比尔。他本应该活下来，带着金袋子走到那艘停泊在亮闪闪的大海上的船上。他的笑声沙哑，狰狞，如同乌鸦的聒噪，而那只病狼却跟着他叫，嗥叫得瘆人。这个人突然不笑了。倘若那真是比尔，他怎么能嘲笑呢；倘若那些骨头，那么粉白而干净，是比尔，他怎么能嘲笑呢？

他转身离去。嗯，比尔抛弃了他。但是他不愿意拿走那个金袋子，也不愿意吮吸比尔的骨头。不过，比尔，也许会做相反的事情，他一边冥想，一边踉跄而行。

他来到了一个水池边。探身往水池里看，搜寻鲦鱼，却猛地缩回身子，仿佛他被狠狠地扎了一下。他在水里看见了自己的面孔。那张脸太吓人了，理智一下子恢复过来，吓得不轻。水池里有三条鲦鱼，可水池太大，舀不干水。他用还带在身边的小白铁桶尝试了几次都无功而返。他害怕，因为他虚弱不堪，也许会掉进水池淹死。正是因为这个原因，他信不过自己，没有爬上那些顺河漂流的木头，随河水漂流而行。

那天他把他与船的距离缩短了三英里。第二天缩短了两英里——因为他现在像比尔一样爬行了。到了第五天头上，却发现那条船还在七英里之外，可他一天连一英里都爬不了了。幸亏这小阳春还在，他继续爬行，一次次晕倒，辗转不停地前行，而那只病狼就在他脚后面咳嗽，喘息。他的膝盖像他的两脚一样成了生肉，尽管他用身上的衬衫垫在了膝盖下，可他身后的苔藓和石头上还是留下一条鲜红的痕迹。有一次，他向后张望，看见狼饥不择食地舔着那条血淋淋的踪迹，而他由此一下看出来他自己的结局——除非——除非他能把狼先干掉。接下来，如同生存的悲剧一如既往地上演那般严酷无情—— 一个爬行的病人，一只跛行的病狼，两个生物都拖着垂死的躯体，跨越这蛮荒之地，彼此盯着对方的生命。

倘若它是一只健康的狼，这个人觉得喂了狼也没有什么；但是一想到让一只病狼饱腹，它那样子令人作呕，一个奄奄一息的东西，他感到极为反感。他死到临头了还很讲究。他的思想又开始漫游，被种种幻象搞得迷迷瞪瞪，而清醒的间歇越来越少，越来越短。

有一次，他被紧贴耳朵的喘息声唤醒了。那只狼向后跳去，因为自身衰弱不堪，蹄下发软，跌倒在地。它的样子很可笑，但是他没有心情发笑。他连害怕都没有了。他到了不死不活的地步，不懂害怕了。但是他的脑子一时间还清楚，他躺在那里盘算。那艘船还有不到四英里远。他把眼睛上的迷雾擦干净时，能看得一清二楚了，他还看见了一条在亮闪闪的大海上迎着风浪前进的小船的白帆。然而，他再也爬不完这四英里路程了。他知道这点，而且知道这点后还很平静。他知道他连一英里也爬不了了。然而，他还是想活下去。他经历了千辛万苦之后，就这样死去，实在是没有道理。命运要求他的也太多了。而且，死到临头，他还是不愿意死掉。也许，这个念头是发疯，但是哪怕死神紧紧抓住了他，他还是会反抗死神，拒绝死亡。

他闭上双目，让自己镇定下来，万分小心。他让自己刚强起来，克服那种令人窒息的倦怠，哪怕它像涨潮一样灌满他肉体的所有容器。它就像大海，这种索命的倦怠，往上涨再往上涨，一点一点淹没他的意识。有时，他完全被淹没了，只好用无力的划动游过遗忘的空白；有时，凭借某种奇怪的灵魂的魔力，他会找到另外的一丝意志，更坚强地划水脱身。

他仰身躺着，一动不动，他能听见那只病狼在缓缓地越爬越近，呼出和吸进的喘息清晰可闻。它越爬越近，一直在接近他，费了无穷无尽的时间，而他一动不动。它就在他耳边了。它那生硬的干巴巴的舌头像砂纸一样摩擦他的脸颊。他把两只手猛地伸出来——或者至少他凭借意志把它们伸了出来。他的指头弯得像鹰爪一样，可是他抓空了。迅捷和准确是需要力气的，而这个人没有这般力气了。

这病狼的耐性令人生畏。这个人的耐性也一样令人生畏。大半天时间，他躺在那里一动不动，把无意识赶走，等待那个要把他吃掉的东西，而他希望把那个东西吃掉。有时，那片倦怠的大海涨起来淹没他，他便做漫长的梦。不过就在这样的梦境里，不管醒着还是做梦，他都在等待那个喘息声，等待那条生硬的舌头来舔。

他没有听见呼吸，他从某种梦境里慢慢地挣脱出来，感觉一条舌头顺着他的手在舔。他等待。病狼的牙齿咬得柔软无力，咬力越来越大。这只病狼拼尽最后的力量，让牙齿咬进食物里，它等待到口的食物等了很久了。然而，这个人等待得一样长久，那只咬破的手抓牢了病狼的嘴巴。病狼无力地挣扎着，那只手也无力地紧握着，另一只手慢慢地伸过来把病狼抓紧了。五分钟后，这个人的全部重量压在了病狼身上。两只手没有足够的力气把病狼掐死，但是这个人的脸紧紧地压在了病狼的喉咙上，而这个人的嘴咬了一嘴狼毛。半个小时后，这个人感觉到暖乎乎的细流进入了他的喉咙。这股细流不好喝。那味道像融化的铅水强灌进了他的胃里，只是凭借他的意志把它灌了下去。之后，他翻身仰躺着，睡着了。

“贝德福德”号捕鲸船上有几个科学考察人员。他们从甲板上看见海岸上有一个奇怪的东西。它一直向沙滩下的海水挪动。他们无法确定它是什么东西，由于是科考人员，他们便乘坐捕鲸船悬挂的小船到海岸一看究竟。他们看见某种有生命的东西，但是简直不能称作一个人了。它瞎了，没有意识。它像某种巨大的虫子一样在地上蠕动。它的多数努力都是白搭，但是它坚持到底，它蠕动，扭曲，也许一个小时都向前挪动不了二十英尺。

三个星期后，这个人躺在“贝德福德”号的床位上，泪水流下他消瘦的脸颊，他讲述他的身份和他所经历的一切。他还嘟嘟哝哝地不连贯地谈起他的母亲，谈起南加利福尼亚的阳光，以及橘子树和鲜花盛开的家园。

没过几天，他和那些科学考察人员以及船员坐在餐桌边用餐。他饿相十足地看着那么多好吃的食物，着急地看着食物进入了别人的嘴里。每看见别人吞咽下一口食物，他的眼睛里就流露出一种深深的遗憾。他的神志已经相当清醒了，然而他在用餐时还是对那些一起用餐的人耿耿于怀。他被恐惧缠住了，总担心食物不够吃。他分别向厨师、船上服务生和船长打听食物的储存情况。他们向他保证了无数遍，可是他就是不相信他们，仍然狡猾地侦查储藏间，一定要自己亲眼看一番才放心。

人们注意到，这个人正在发胖。他每天都在变胖一点。科学人员纷纷摇头，从理论上加以论证。他们限制他吃的食物，可是他的腰围还是在增加，在他的衬衫下日益膨胀。

水手们纷纷苦笑。他们知道怎么回事。当科学人员开始监视这个人时，他也明白是怎么回事了。他们看见他早餐后溜上甲板，像一个乞丐一样，伸出手掌，向一个水手讨要。那个水手苦笑一下，给他一块硬饼干。他如获宝贝似的抓住饼干，像守财奴盯着金子一样打量饼干，随后赶紧塞进了他的衬衫里。别的水手苦笑着也送给他同样的礼物。

科考人员放心不下。他们没有横加干涉他，但是私下里检查了他的床铺。床铺上摆着一排排硬饼干，床垫下也塞满了硬饼干，犄角旮旯都塞满了硬饼干。然而他神志很清醒。他是在储备食物应付可能再来的饥荒——如此而已。科考人员都说他会恢复正常的。是的，就在“贝德福德”号在加利福尼亚湾轰隆隆地抛锚之前，他就恢复正常了。

一块牛排

汤姆·金用最后一块面包把盘子上最后那点面糊肉汁抹干净，塞进嘴里慢条斯理地咀嚼起来，吃得津津有味。他从餐桌边站起来时，迫切地感觉到他饿得厉害。然而，他一个人吃了独食。两个孩子被早早地打发到另外那个房间睡下了，为的是他们睡着了就会忘记他们没有吃晚饭就上床了。他的妻子没有动刀叉，一声不响地坐在旁边，满眼焦虑地看着他。妻子是一个单薄的累垮的女人，出身工人阶级，不过在她的脸上还有早年俊俏的痕迹。做肉汁的面粉是她从过道对面的邻居那里借来的。最后两个便士用来买面包了。

他坐在窗户边的一把摇晃的椅子上，他的体重让椅子不堪重负，几乎是机械地把烟斗放进嘴里，手伸进外衣的侧面口袋里。口袋里摸不到烟叶，他这才意识到自己在抽烟，而且，因为健忘感到生气，把烟斗扔到一边了。他的动作缓慢，简直算得上迟钝，仿佛他让肌肉的重量拖累了。他是一个身体结实、看上去呆钝的男人，他的貌相也经不住人家端详。他粗糙的衣服很破旧，很邋遢。脚上那双鞋的帮子穿破了，连很久以前换过的底子都挂不住了。他的棉衬衫是便宜货，两先令买来的，领口已经磨破，上面的油漆斑点洗不掉了。

但是，还是汤姆·金的那张脸，最能说明他是干什么的。这是一张典型的职业拳击手的脸。这张脸一看就知道他在拳击场上摸爬滚打了很多年，如同打斗的野兽不断打斗而落下了明显的疤痕。这显然是一张被蹂躏得不成样子的面容，而且，脸上的相貌特征逃不过人们的眼睛，因为刮得很光滑。嘴唇不成形状，合起来便成了一张很丑陋的嘴。下巴咄咄逼人，很粗野，很结实。两只眼睛眼皮下垂，张合缓慢，在凹陷的浓密的眉毛下几乎没有什么表情。他根本就是一只野兽，两只眼睛跟野兽的眼睛毫无二致，是他身上最扎眼的。它们昏昏欲睡，似睁非睁，像狮子的那样—— 一双格斗的野兽的眼睛。额头向后倾斜，离发际很近，头发剪得很短，狰狞的脑壳上隆起的每一个部分都历历在目。一只鼻子，两次断过鼻梁，无数次击打造就了七扭八歪的样子，一只耳朵成了菜花状，长期肿胀，变形，比原来大出两倍，和脸上的装扮相得益彰，而他的胡子，尽管刚刚刮过，皮肤里的胡子楂儿已经冒尖儿，让那张脸像多了一层乌青皮。

总而言之，这张男人的脸要在黑魆魆的小巷或者偏僻的地方让人撞见了，一准吓人一跳。然而，汤姆·金不是一个罪犯，也从来没有干过什么犯罪的事情。除了在拳击场上怒拳相向，他一辈子规规矩矩，从来没有伤害过什么人。他也从来没有跟人吵过嘴。他就是一个职业拳击手，他身上所有打斗的凶恶劲儿都只在职业拳击中表露。下了拳击台，他行动迟缓，为人随和，而且，在他年轻的时候，钱来得充裕，苦着自己也愿为别人花钱。他不记怨恨，没有什么敌人。打拳就是他的正事儿。在拳击台上，他打伤人，打残人，打废人；但是打拳就是打拳，并无恶意。出拳凶狠只是拳击的看家本领。观众聚到拳击台前，掏钱看的就是两个人互相打击对方。胜者拿走钱袋里的大头。当汤姆·金二十年前面对乌鲁木鲁·高杰时，他分明知道高杰的下巴在纽卡斯尔比赛时被打断了，长好了才四个月。他在拳击中专打那个下巴，在第九个回合时再次将它打烂，这不是因为他对高杰有什么深仇大恨，只是因为这种打法可以行之有效地把高杰打趴下，挣到钱包里的大头。高杰也不会因此对他怀恨在心。这就是拳击比赛，双方都懂比赛，都知道怎么打最有效果。

汤姆·金一向不善夸夸其谈，喜欢坐在窗户边，一声不响地闷坐着，凝视他那双手。手背的青筋暴起，粗大而肿胀。破碎的破裂的变形的指节，很能说明它们被使用过的状况。他从来没有听说过一个人的生命就是他的动脉的生命，然而他知道这些粗大的暴起的青筋究竟是怎么回事。他的心脏通过这些动脉以最大的压力输送过太多的血。它们不再管用了。他已经把它们的弹性用过头了，而且因为它们的膨胀，他失去他的耐力。他现在很容易疲乏。他再也不能一口气打二十个回合，抡开拳头，锣声响起，打啊，打啊，打啊，一次锣声又一次锣声，凶猛的出击迎接顶级的凶猛的出击，被打得靠在绳子上，反过来把对手打倒在绳子上，攻击得凶猛无比，快速无比，不到最后一刻绝不罢休，一直打到第二十个回合，全场观众看得热血沸腾，站起来挥拳头，尖叫，而他自己还在冲击、出拳、退闪，雨点般的拳头一轮接一轮地攻击对方，同时也挨着对手一轮雨点般的击打，在所有这样的时间里，心脏忠实地把沸腾的热血输送到血管里。这些血管，这时会肿胀起来，总是会收缩回来，不过也不完全能收缩回来——

每一次膨胀并收缩之后，一开始并无察觉，实际上比上一次粗了一点点。他凝视着它们，凝视着重创的指节，而且，有那么一瞬间，他仿佛瞥见了这双手青春活力的样子，紧接着他的第一个指节就在本尼·琼斯的脑袋上被撞碎了，本尼·琼斯不愧“威尔士凶煞”这一绰号。

他的饥饿感又来了。

“哎呀，竟然连一块牛排都没得吃了！”他高声地嘟哝道，把大拳头攥得紧紧的，强忍着骂了一句。

“波克家和索莱家我都去了。”他的妻子有些抱歉地说。

“他们竟然不愿意借吗？”他追问道。

“一个子儿都不借。波克说——”她不愿意说下去了。

“说下去！他说什么？”

“他说他认为今天晚上桑德尔会打败你，而且你借他家的钱已经够可以了。”

汤姆·金咕哝了一声，但是没有作答。他一门心思回想他年轻的时候豢养的那条猎狗，他没完没了地喂它牛排。波克一准儿会赊给他一千块钱的牛排——往事不堪回首啊。此一时彼一时。汤姆·金衰老了，而老人，只能在二流俱乐部打拳，指望商人大把赊账是不可能的。

他一早起来就指望吃上一块牛排，这一向往令他念念不忘。他没有为这次拳击好好训练。这是澳大利亚的一个大旱之年，日子很艰难，即便是最临时的工作都不好找。他没有陪他练拳的人，他的伙食一点也不给力，而且还总是吃不饱。只要能找到，他就去做几天没有任何技术含量的活儿，而且一大早他就得在领地公园周围跑几圈，练练腿型。但是这样练很难，毕竟没有陪练，又有老婆和两个孩子得养活。当他被安排和桑德尔比赛时，商人们才对他赊账放宽了一点点。快乐俱乐部的秘书预支给他三镑钱——这是败者得到的钱数——超过这个数就不肯再预支了。时不时他设法从老伙计那里借几个先令，他们要不是大旱之年倒是可能多借给他几个，可是他们自己的日子也过得紧巴巴的。不行了——掩盖事实是没有用的——他的训练一点也不令人满意。他应该吃到更有质量的食物，不为日子着急。再说，一个人年过四十，要恢复良好状态，比起二十岁就难多了。

“几点钟了，丽姬？”他问道。

他妻子到过道对面去询问，回来说：

“差一刻八点。”

“几分钟后他们就要开始第一轮比赛了。”他说，“那是热热场子。接着是一场四回合比赛，迪勒·威尔斯跟格里德莱打，然后是一场斯塔莱塔和某个水手的十个回合比赛。一个钟头后就该我上场了。”

又过了谁都不说话的十分钟后，他才站起来。

“说实话，丽姬，我一直没有好好地训练。”

他取上他的帽子，向门口走去。他没有主动去亲吻她——他外出时从来没有跟她亲吻告别——但是这天晚上她主动亲吻了他，两臂把他抱住，迫使他低下身子亲吻她。比起男人的大块头，她的身子骨显得很弱小。

“交好运，汤姆。”她说，“你得打败他。”

“那是，我得打败他。”他重复道，“都到了这一步了。我得打败他。”

他大笑起来，试图笑得很开心，这时她跟他贴得更紧了。越过她的肩膀，他环视了一下这没有家居摆设的房间。这是他在这个世界上拥有的一切，拖欠的租金，妻子和孩子。现在他就要离开这房间，走进夜色里去给老婆和孩子挣吃的——不像一个现代工人去他的机器上苦干，而是如同只古老的、原始的、高贵的动物一样，靠格斗维持生活。

“我得打败他。”他重复道，这次他的声音里具有孤注一掷的悲凉，“如果赢了，那就能得三十金镑——我能因此还上所有的赊欠，还剩一大笔过日子。如果输了，我是什么也得不到——连坐电车回家的一个便士都得不到。秘书已经把输家的那份钱给我了。再见了，老婆子。如果赢了我马上回家。”

“我会等你的。”她在过道里向他喊道。

到快乐俱乐部又是足足的两英里，他一边走着，一边回忆他春风得意的日子——他曾经是新南威尔士的重量级冠军——那时候他出门要坐马车去打拳，而且经常有一个下赌注的人出钱叫马车和他一起坐车前去。看看汤米·伯恩斯和那个美国黑人杰克·约翰逊——人家都是汽车来往的。而他得走着去！而且，谁都知道，两腿不停地走两英里去打一场拳击，不是最可取的法子。他是一个老帮菜，这世道对老帮菜一点不厚道。他成了无用之人，只能干些没有技术的活儿，而他残破的鼻子和肿胀的耳朵对干这样的活儿都不利。他自省当初他没有学到一技之长。在漫长的一生中，有手艺就会好得多。然而，没有人点拨他，而他从内心深处相信，即便有人点拨，他也听不进去。当初生活过得过分容易。大把的钱—— 一场场犀利的光荣的拳击——两次拳击比赛期间他可以休息，休闲—— 一群追逐的急切的拳迷，在背上拍打，握手，纨绔子弟都乐意请他喝酒，乘机和他闲聊五分钟——那种光荣劲儿，全场的大呼小叫，旋风一般地击倒在地，裁判宣布："金获胜了！"他的名字就会在第二天的体育专栏里出现。

过五关斩六将啊！然而，他缓慢地走着，想着，这时意识到他当时打倒的都是老帮菜了。他青春得意，一路飙升；而他们上了年纪，日薄西山。难怪当时那么容易横扫——他们都已经青筋暴起，指节重残，因为他们已经参加了一场又一场的格斗，他们的骨头累坏了。他记得那次在拉什卡特斯湾，他在十八个回合把老斯托瑟·比尔打趴下，老比尔在更衣室里哭得像一个小孩子。也许老比尔的租金一直拖欠着。也许他在家里有一个老婆和两个孩子要养活。也许比尔打那场拳击比赛的当天一直挨饿，吃不上一块牛排。比尔为那场比赛而战，因此得到了难以置信的惩罚。他自己落到了这种苦难地步，现在才明白，二十年前的那个夜晚，斯托瑟·比尔是为了更大的赌注才去打那场拳击的，而年轻的汤姆·金，则是为了光荣和唾手可得的钱而参赛。难怪斯托瑟·比尔赛后会在更衣室里大哭呢。

唉，看起来，一个人也只有那么多场拳击可打。这是拳击比赛的铁律。一个人也许一辈子要打一百场拳击，另一个人只有二十场。每个人都得根据自己的状况和体质，决定一定的数目，而且，等他打够了一定的数目，他就玩儿完了。是的，他比他们多数人打的拳击比赛都多，他参加的拳击比赛的数量已经超额，场场都很艰苦，都很折磨——都是那种让心脏和肺满负荷运转的比赛，让动脉失去弹性，让那青春光滑柔软的皮肉变成生硬的肌肉板结，用乏了神经，拖垮了耐力，因为努力过头、忍受过头而损坏了脑子和骨头。是的，他比他们都干得漂亮。他那一拨的老拳击伙伴都离去了。在老一代的拳击手里，他是最后一个。他眼见他们一个个都玩儿完了，而有几个玩儿完的，他还出手落井下石了呢。

他们选他来收拾那些老帮菜，他便一个接一个地把他们扫地出门——他笑了，他们却像老斯托瑟·比尔，在更衣室里暗自垂泪。现在他成了老帮菜，他们便选来更年轻的拳手来收拾他。于是，桑德尔这个小家伙来了。他来自新西兰，身后战绩辉煌。但是澳大利亚没人知道他的底细，因此他们就安排他来对付老汤姆·金。如果桑德尔打得出色，他们就让他跟更好的拳手比赛，赢得更多的钱。这样一来，他就会打一场非常激烈的战斗。打赢了，他就赢得了一切——金钱、光荣和生涯。汤姆·金则是一块老朽的旧砧板，妨碍他飞黄腾达的通途。他什么也得不到，至多也就是三十个金镑，用来付房东房租，偿还商人的赊欠。而且，一如汤姆·金如此这般回想时，他迟钝的梦幻里出现了青春的模样，光荣的青春，冉冉升起，扬扬得意，不可征服，肌肉柔软，皮肤光滑，心脏和肺从来不乏不累，嘲笑力量有限的说法。是的，青春是涅墨西斯[1]。它摧毁老帮菜，却想不到这样肆意而为是在摧毁自己。它在扩大自己的动脉，重创它的指节，到头来还是青春摧毁青春。因为青春永远青春年少，只是岁数不饶人，谁都

1　涅墨西斯（Nemesis），希腊神话中的报应女神。

会老去。

来到卡斯特尔里街，他向左拐，走过三个街区，来到了快乐俱乐部。门口有一群街头小混混在晃荡，恭恭敬敬地给他让开路，他听见一个人对另一个人说："那就是他！那就是汤姆·金！"

进了门，前往他的更衣室的路上，他遇到了秘书，一个一脸机灵的眼尖的年轻人，和他握了握手。

"你感觉如何啊，汤姆？"他问道。

"精神很好。"金回答道，尽管他知道他说了假话，如果他有一镑钱，他会立马买一块牛排来。

他从更衣室出来，他身后跟着助手，从过道走向大厅中央用绳子围起来的拳击台，这时，等待的观众群里爆发出一阵欢迎和喝彩声。他分别向右边和左边的观众还礼，尽管没有几张是他熟悉的面孔。多数面孔都是小年轻，在这拳击台上赢得他的第一次桂冠时他们都还没有出生。他轻巧地跳上拳击台，从绳子下面钻进去，来到他的角落，坐在了一把折叠椅子上。裁判杰克·鲍尔走过来和他握了握手。鲍尔是一个一蹶不振的拳击手，已经有十多年没有在拳击台上做过主角了。金很高兴他来做裁判。他们两个都是老帮菜。如果他对桑德尔多少黑一点，不按规矩出拳，他知道鲍尔会睁只眼闭只眼，不会深究。

心高气傲的年轻重量级拳手一个接一个来到拳击台，裁判一一向观众介绍。接着，裁判宣布了他们挑战的对手。

"年轻的普洛托，"鲍尔宣布道，"来自北悉尼，外加五十镑挑战获胜者。"

观众掌声四起，而且当桑德尔钻过绳子坐到他的角落时，掌声再次响起来。汤姆·金好奇地向对面张望，几分钟后他们将开始一场无情的战斗，扭打在一起，各自使出浑身解数，把对方打得失去知觉。但是，他什么也没有看出来，因为桑德尔，和他自己一样，拳击服外套着长裤运动衫。他的脸非常帅气，头上是卷曲的蓬松的黄头发，而他粗壮的强劲的脖子，暗示他身体健硕，非同一般。

扬·普洛托走向一个角落，然后走向另一角落，和台上的主角一一握手，下台去了。挑战一个接一个。青春前赴后继地钻过绳子——青春籍籍无名但欲壑难填——向人类喊出它的力量和本领，要向赢家一决高下。几年前，在自己所向披靡的高光岁月，汤姆·金看见这些举动也许会觉得好玩和厌恶。但是现在他坐在角落看得入迷，无法摆脱眼前的青春的梦幻。年轻的家伙总是会从拳击台上脱颖而出，钻过绳子，大声喊出他们的挑战；老帮菜们总是会在他们面前认栽。他们踩着老帮菜的身体走向成功。他们前赴后继，小年轻冲上来一拨又一拨——青春不可征服，不可阻挡——他们总是把老帮菜赶下拳击台，他们自己渐渐变老，在同样的下坡路上走下去，而在他们的身后，紧紧追赶着他们，是永远的青春——新生的娃娃，健壮地成长，把他们的长辈拖倒，而他们的身后跟上来更多的娃娃，无穷无尽——青春的意志不可违拗，青春的意志永远不死。

金向记者席望了一眼，冲《运动员报》的记者摩根点了点头，接着又向《裁判员报》的记者考贝特点了点头。然后他伸出手来，而希德·萨利文和查利·贝茨，他的助手，给他套上手套，系紧带子，桑德尔的助手在一旁仔细观看，尽管他早已很挑剔地检查过金的指节上缠的带子。他自己的一个助手待在桑德尔的角落，履行着同样的职责。桑德尔脱下了他的外裤，而且，在他站起来时，他的套头衫也被脱下。汤姆·金打量过去，看见了青春的化身，阔胸，大筋肉，白缎子般的皮肤下肌肉滑来滑去，像活物。整个身体活力无限，汤姆·金知道这条命还从来没有失去过鲜活的元素，只有在长期的拳击中通过疼痛的毛孔渗透出去，青春因此交付代价，离开时就不会像进来时那般年轻了。

两个人向各自的对手走去，而且，随着锣声响起，助手们咔嗒咔嗒把折叠椅子收起来，带上椅子钻出绳圈，他们两个握了握手，马上做出攻击的样子。瞬间，如同一台钢铁和弹簧组成的机器，在毫无不差的扳机操纵下，桑德尔出拳，收拳，左拳一下打在眼睛上，右拳一下打在肋骨上，后退躲过一拳，轻盈地跳开，咄咄逼人地跳上来。他又快又机灵。那就是一番令人眼花缭乱的展示。全场大呼小叫，欢声雷动。然而金没有眼花缭乱。他参加的拳击比赛多不胜数，和多不胜数的小年轻交过手。他知道这些拳击是怎么回事——快如闪电，动如脱兔，危险就会一一化解。很显然，桑德尔从一开始就打算速战速决。这是预料中的事情。这正是青春的套路，狂暴的打击，凶猛的杀伤，把青春的壮丽和卓越尽情展示，利用自身无限的力量的辉煌，排山倒海般地震慑对手。

桑德尔进退自如，这里，那里，无所不在，闪电的脚步，急切的心情，白色的皮肉和强劲的肌肉编织了一个花哨的攻击结构，俨然一个活生生的奇迹，像一个飞梭滑过来，穿过去，一个动作接一个动作，穿越了上千个动作，每一个动作都以摧毁汤姆·金为中心，因为汤姆·金挡在他和好运中间。汤姆·金耐心地承受着。他知道他在干什么，他知道青春是什么，尽管青春不再属于他。这时只能如此，等待对手丧失自身的精力，这是他的想法，因此他暗自干笑，故意把头一侧，头顶上挨了狠狠的一拳。这是一个坏招，但是根据拳击比赛的规则却再公正不过了。一个人照理应该照看好自己的指节，而且，如果他一再击打对手的头盖顶，他就是在自寻灭亡。金可以躲闪得更低，让打来的拳头毫无伤害地嗖一下打空，但是他记起来自己早年的拳击赛，他是如何在“威尔士恐怖”的头上重创他的第一根指节的。他只是在玩弄这场比赛。这一偏头已经让桑德尔的指节遭到重创。桑德尔目前是不会在乎重创一根指节的。他会继续击打，什么重创都毫不在意，能打多狠打多狠，一直打完这场比赛。然而好戏在后面，等他在拳击台上打久了就会开始明白，后悔重伤了指节，回想起来，记起来他是在击打汤姆·金的头壳时打坏了指节。

第一轮完全是桑德尔的天下，他旋风般地猛攻猛打，快如闪电，引起全场的尖叫。他用排山倒海的击打压倒了金，而金一筹莫展。他始终没有出手，甘心劈头盖脑地挨打，阻挡，躲闪，千方百计躲过对手的惩罚：他偶尔佯攻，迎住重拳落下之际把头晃开，迟缓地躲来躲去，压根儿不跳跃，不猛扑，不浪费一丝力气。桑德尔必须消耗青春的泡沫后，处处小心的老年人才能还击。金的所有动作都缓慢，一下是一下，他那两只眼皮沉重、转动缓慢的眼睛，让他看上去似睡似醒，昏昏沉沉的。然而，他这双眼睛把一切尽收眼底，这是一双经过二十多年在拳击台上训练观察一切的眼睛。这双眼睛在重拳打来时不会眨眼，而是冷静地观察，判断距离。

打完一轮坐在角落里休息的几分钟里，他仰身叉开腿，把胳膊倚在绳子的直角上，他的胸脯深深地沉下去又高高地鼓起，吞吸着助手用毛巾扇过来的空气。他两眼紧闭，聆听着全场的嘈杂声。“汤姆，你干吗不出拳啊？”很多人大声喊叫道，“你不害怕他，是吗？”

“肌肉不灵了，”他听见一个坐在前排的人议论说，“他的动作快不起来。二赔一赌桑德尔赢，金镑结算。”

锣敲响了，两个人从他们的角落走向中间。桑德尔向前冲了足足三码远，急于再次开打；但是金就满足于更短的距离。这就是他节省力气的策略。他训练不系统，又没有吃饱肚子，每一步他都得计算着。另外，他来到拳击场已经步行了两英里。这一轮是第一轮的重复，桑德尔一如既往地旋风般进攻，观众开始愤怒，纷纷责问金为什么不出手。除了佯攻和几下故意放慢的无效的出击，他毫无进取，只是阻挡、拖延和扭抱。桑德尔决意速战速决，而金要以智取胜，拒绝和他硬碰硬。他干笑几声，在他那张在拳击台上被打得伤痕累累的脸上，露出来一种眼巴巴的悲情，继续珍惜体力，那种警惕性是只有一把年纪的人才配有的。桑德尔就是青春，他大把浪掷体力，是青春慷慨放弃的做派。拳台将才非汤姆·金莫属，智慧是通过长期痛苦格斗领悟的。他用冷静的眼光观察，用冷静的头脑思考，挪动迟缓，等待桑德尔的泡沫灭掉。在多数观众看来，仿佛金毫无胜算，让对方压倒了，他们纷纷表达看法，都愿意三赔一赌桑德尔赢。不过有眼光的不乏其人，为数不多，都是知道金的历史的人，为他们认为容易得到的钱下了赌注。

第三个回合像通常一样开始了，拳台风云一边倒，桑德尔占尽上风，所有的惩罚如数送给对方。半分钟过去了，桑德尔过分自信，左边露出破绽，金的眼睛闪光，右臂同时发力。这是他的第一次真正出拳—— 一记勾拳，胳膊扭成拱形，以便打出去更沉重，半转身体的全部重量一股脑儿打出去。这好比一只似乎在瞌睡的狮子，突然伸出来一只闪电般的爪子。桑德尔下巴侧面挨了这一拳，像一头牛一样倒了下去。观众倒抽凉气，窃窃私语，敬畏的喝彩四起。这个人的肌肉没有板结，他能打出重拳，像大铁锤一样雷霆万钧。

桑德尔大惊失色。他打了一个滚儿，试图站起来，但是他的助手厉声喝住了他，要他等待计数。他单膝跪地，随时准备起立，就这么等着，裁判站在他身边，在他耳边大声读秒。等裁判数到九，他站起来作好战斗的姿态，而汤姆·金面对着他，很遗憾这一拳没有再离下巴尖儿更近一英寸。要是那样一拳打出去，一准儿让他灵魂出窍，他就能带着三十镑金币回家去见老婆和孩子了。

这一轮继续进行，打完了三分钟，桑德尔第一次对敌手刮目相看，尽管金动作依旧迟缓，眼睛依旧似睡似醒。这轮接近尾声时，只见他的助手在绳子外面蹲下准备一跃而进时，金把缠斗引向他自己的角落，当锣敲响时，他立即坐在那把等待他的凳子上，而桑德尔不得不走过拳台的对角线，回到自己的角落。这是小事，但是诸多小事积累成多，就有大效果。桑德尔被迫走更多的步数，消耗更多的精力，损失一部分珍贵的休息时间。每一轮开始，金都慢悠悠地走出角落，逼迫他的对手走更远的距离。每一个回合结束之前，金总会把缠斗引向自己的角落，让他立马坐下来休息。

接下来的两个回合里，金尽量节省体力，桑德尔则大肆挥霍。桑德尔的如意算盘是加快节奏，让金难以招架，因为雨点般的拳头以相当高的百分比击中了金。然而，金坚持他顽强的拖延战术，对脑子发热的年轻观众要他冲上去进攻的呐喊置若罔闻。打到第六个回合，桑德尔又粗心大意了，汤姆·金要命的右拳又一次闪电般打中了桑德尔的下巴，桑德尔再次接受了九秒钟的读秒。

到了第七个回合，桑德尔咄咄逼人的情况没有了，他定下心来，认定这是一场他经历过的最难打的比赛。汤姆·金是一个老帮菜，却是比他过去遭遇过的更厉害的老帮菜——这个老帮菜一直没有失去理智，能够出色地进行防守，他的拳头如同一根疙瘩头棍子打下来的效果，而且两只手都能把人打趴下。可是，汤姆·金不敢经常出猛拳。他始终没有忘记他重创的指节，很明白指节要能够把比赛打完，每次重拳都必须打中。他坐在自己的角落里，向对面的对手瞥去，他因此想到他的智慧的总数和桑德尔的青春会成就世界重量级的冠军。但是麻烦也在这里。桑德尔永远成不了世界冠军。他缺乏智慧，而唯一得到智慧的途径是他用青春来换取。等到他有智慧了，青春在换取的过程中已经用完了。

金把他掌握的每一种优势都用上了。他从来没有放过扭抱的机会，而且在扭抱中有效地用肩膀直戳对方的肋骨。依照拳击的哲学，肩膀与拳头造成的伤害是一样的，从消耗体力的角度来看，却省了不少劲儿。还有，在扭抱中，金把体重倚在对手身上，就是不肯松开。这逼迫裁判前来干涉，把他们强行分开，桑德尔还总是帮助裁判一把，他自己又没有学会趁机休息。他管不住自己，总是使用那两条威风的飞舞的胳膊和滑动的肌肉，而且当对手冲上来进行缠斗并用肩膀抵撞他的肋骨，还把脑袋靠在桑德尔的左臂上时，桑德尔十之有九会挥起他的右拳从背后打向对手那张突出来的脸。这一招打得很机灵，观众都为之喝彩，但是这种拳没有危险，因此只不过在浪费体力。但是，桑德尔不知疲劳，没有极限，而金咧嘴苦笑，顽强地坚持下去。

桑德尔改用犀利的右拳攻击身体的打法，这招看上去像是金在苦挨重量级暴打，却只有那些老拳迷能看出金的左拳触碰对手二头肌的妙招，刚巧赶在对方拳头打中之前。没错，拳头每次都打下来了，但是每次打下来的力量都让触碰二头肌的动作抵消了不少。在第九个回合里，一分钟里一连三次，金的曲臂弯弓右勾拳都打中了对方的下巴。桑德尔的身体本来就很沉重，三次都平摔到了垫子上。每一次他都等到数够九秒才站起来，摇摇晃晃，前栽后仰，但是依然强大。他失去了不少速度，却节省了一些体力。他打得很严酷，但是他继续利用他的财富，那就是青春。金的主要财富是经验。随着他的活力变钝，他的元气受损，他便用狡诈来取代它们，用长期打拳积累的智慧取代它们，用精心节省体力来取代它们。他不仅懂得千万不能做无谓的动作，而且懂得如何引诱对手浪掷他的体力。一次又一次，他用脚用手用身体做出佯攻的样子，不停地引逗桑德尔向后跳，躲闪，还击。金在歇气，但是他始终不让桑德尔喘气。这就是老帮菜的战略。

第十个回合开始不久，金开始用左直拳攻击脸部来阻止对手的猛冲猛打，而桑德尔变得机警了，收回左拳回应，接着躲闪，用右拳向上一勾，打向金的脑袋的侧面。这一拳打得过高，没有实际作用；但是当第一拳打下来时，金就感觉到了他旧有的熟知的无意识的黑纱掠过脑海。瞬间，或者不如说瞬间的最微小的碎片，他死过去了。有那么一刻，他看见他的对手躲闪出了他视野的范围，那些白色的注视的脸庞的背景也不见了。接下来的一刻，他又看见他的对手和脸庞的背景。仿佛他瞌睡了一阵，刚刚睁开眼睛，但是这种无意识的间隔极其短暂，他根本来不及倒下。观众看见他踉跄，膝盖发软，随后看见他恢复过来，把下巴深深地埋在左肩膀的庇护之下。

桑德尔一连打了几次这样的重拳，让金处于半昏迷状态，随后金进行了防守，也有反击的效果。他佯装用左拳进攻，向后退了半步，同时出右拳全力打出去。这一拳打得极其准确，正中桑德尔的面孔，像鸭子扎进水中，而桑德尔两脚腾空，团身后仰，头和肩膀同时触到了垫子上。金两次打出这种拳，然后痛痛快快地把对手一通猛击，将对手逼到绳子上。他不给桑德尔喘息的机会，也不让他稳住神，而是一拳接一拳猛打下去，直到全场的观众都站起来，空气里回荡着不间断的吼叫的喝彩。但是桑德尔的体力和耐力超好，继续站立不倒。一次击倒似乎十拿九稳，一个警官被这种可怕的攻击吓坏了，在外围站起来阻止这场拳击。锣声响起，这个回合结束了，桑德尔踉踉跄跄走向他的角落，向那个警官抗议，说他很健全，很强大。为了证明这点，他向后跳了两下，那个警官也就作罢了。

汤姆·金倚在角落，大气粗喘，感到很失望。如果这场比赛被中止，那么裁判也许会不得不做出结论，钱包就是他的了。和桑德尔不一样，他打拳击比赛不是为了光荣和生涯，而是为了那三十个金币。现在，桑德尔在这短暂的休息中会缓过劲儿来。

青春是万能的——这一说法在金的脑际闪现了，他记起来他第一次听到这种说法时的情景，那个夜晚他把斯托瑟·比尔打趴下了。一个纨绔子弟在那次拳击比赛后请他喝酒，在肩膀上拍了拍他，说了这句话：青春是万能的！那个纨绔子弟的话没错。那个夜晚，在漫长的较量中，他就是青春的化身。今天夜里，青春坐在了对面的角落。至于他自己，他现在已经打了半个小时了，他是一个老帮菜。如果他像桑德尔一样打拳，那他连十五分钟也支持不了。但是，关键在于他不能马上恢复体力。那些暴起的动脉和疲乏至极的心脏无法让他在每个回合的休息期间聚集力量。他一开始就没有充足的体力。他身下的腿发沉，开始抽筋了。他不应该步行两英里来比赛。他一大早起来就渴望吃一块牛排。他对那些拒绝赊账的屠户，心头生起了极大的怨恨。一个老人吃不饱就参加拳击比赛，是很艰难的。一块牛排是区区小事一桩，顶多就是几个便士的事儿。然而，这对他来说，却意味着三十个金镑。

第十一个回合的锣声响起，桑德尔冲了过来，炫耀一下他并不真正拥有的鲜活劲儿。金知道这是什么意思——虚张声势的把戏，如同拳击比赛本身一样古老。他缠斗上去拯救自己，然后，分开，让桑德尔摆开架势。这正是金想要的。他出左拳佯攻，吸引对手低头躲闪，向上打出勾拳，随后退后半步，照准面门一记重拳，桑德尔倒在了垫子上。接下来，他再也没有让对手喘息，之前自己不停地挨打，但是他打击得要狠得多，把桑德尔逼到了绳子上，勾拳和各种各样的拳击一股脑儿打向他，从他的缠斗中脱身，或者把试图缠斗的他打开，每逢桑德尔要倒下去时，他就用举起的一只手支撑住他，立即用另一只手打得他靠在绳子上，不让他倒下去。

这时候，全场都发疯了，成了他的主场，几乎所有的声音都在吼叫："狠狠地打，汤姆！""狠狠地打他！狠狠地打他！""你赢他了，汤姆！你赢他了！"这场比赛就要像旋风一样结束了，观众花钱来这里看的，正是这样的比赛。

汤姆·金，半个小时以来一直节省体力，这时他把他所有的力气都悉数使出来了。这是他唯一的机会——机不可失，时不再来。他的体力消耗得飞快，他希望在最后一点体力用完之前，能够打得对方趴下数秒。他继续不停地攻击，痛击，同时冷静地估计他每次拳击的力度以及伤害的程度，他认识到桑德尔是一个多么难以打倒的人。他的体力和耐力到了极点，而这就是青春的处男般的体力和耐力。桑德尔无疑是一个一路飙升的人。他生就是一块打拳的料。只有这样的强健的料子，才能成功地锻炼成斗士。

桑德尔摇晃不止，踉踉跄跄，但是汤姆·金的腿正在抽筋，而且他的指节不吃力了。然而，他像钢铁一样支撑自己，不停地打出凶猛的拳头，每一拳都让他重创的手疼痛难忍。尽管目前他没有遭到实质性的打击，但是他像对手一样虚弱得厉害。他的拳头招招中的，但是拳头的后面不再有重量，每一拳都是意志使出的看家力气。他的两腿像装了铅，在他身下明显成了拖累。在桑德尔身上压赌注的人看见他腿脚不灵了，开始喊叫桑德尔，为他加油。

金受到刺激，迸发了一股力气。他连续两拳打了出去——左拳打在腹腔神经丛上，偏高了不少，右拳横着打在他的下巴上。这两拳算不上重拳，但是桑德尔虚弱不堪，头晕目眩，他一下子瘫倒下来，躺在地上直哆嗦。裁判站在他跟前，在他耳朵边数要命的秒数。如果数到十秒他还站不起来，这场比赛他就输掉了。全场站起来，静默无声。金扶着抖动的两腿歇息。他感到要命的眩晕袭来，眼前是一张张歪歪斜斜的脸的海洋，而他的耳朵，好像从遥远的地方，传来裁判数秒的声音。不过，他认定这次拳击比赛是他的了。那个被打得如此惨的对手，不可能站起来了。

只有青春能够站起来，因此桑德尔站起来了。到了第十四个回合，他翻了个滚儿脸朝了下，盲目地摸索着找绳子。到了第十七个回合，他拖着身子跪起来，喘息着，脑袋耷拉在肩膀上直摇晃。在裁判喊道“九”的时候，桑德尔站直了，摆出了正确的拳击姿势，左胳膊护着脸，右胳膊护着胃部。他护住要害的地方后，趔趔趄趄地向金走过来，希望缠斗在一起，争取时间。

桑德尔站起来的瞬间，金就扑上去打他，但是打出去的两拳都让他招架的胳膊挡住了，紧接着，桑德尔就缠斗上来，拼命地抱住，让裁判不得不过来把他们两个分开。金也极力摆脱自己。他很清楚青春恢复得有多么快，也知道只要他阻止桑德尔恢复，桑德尔就会败在他的手下。只要坚硬的一拳就大功告成。桑德尔要败在他的手下，这是铁定的了。他在战略上打败了他，在气势上打败了他，在点数上打败了他。桑德尔从缠斗中摆脱出来，被打败或者坚持下去，就在毫发之间。一拳打得准准的狠狠的，就能让他翻滚在地。而汤姆·金在心酸的瞬间，记起来那块牛排，希望当时吃在肚子里，为他定会打出去的必要一拳提供能量。他为这拳鼓足了力量，但是打得不够重也不够快。桑德尔摇晃几下，没有倒地，摇摇晃晃退到了绳子上，扶住了绳子。金踉踉跄跄地追着他，而且，忍受着粉身碎骨般的疼痛，又打出去一拳，但是他的身体不听他使唤了。他只剩下了拼斗下去的智力，还因为筋疲力尽而模糊不清。他瞄准下巴的一拳却打在了肩部一带。他想把拳打高一些，可是疲劳的肌肉不听话了。因为这拳的反弹力，汤姆·金自己连连后退，差一点倒下。他又努力了一次。这次他的拳头完全打空了，而且，因为绝对虚弱，他倒在了桑德尔的身上，缠斗在一起，抱住他不让自己瘫倒在地上。

金没有打算摆脱出来。他竭尽全力。他玩儿完了。青春一直在恭候。即使在缠斗中，他都能感觉到桑德尔变得比他强大了。当裁判把他们推开时，就在他的眼前，他看见青春复原了。瞬间到瞬间，桑德尔变得强大了。他打出的拳，一开始虚弱，无效，变得坚硬和准确了。汤姆·金昏花的眼睛看见那只戴手套的拳头正朝他的下巴打来，他架起胳膊想防住它。他看出来凶险，想抬起胳膊挡住，但是胳膊沉重得抬不起。胳膊上好像挂了一百磅铅。胳膊没法抬起自身，他依靠灵魂努力抬起它。然后，那只戴手套的拳头正中目标。他感受到了猛烈的冲击，如同一次电击，同时，漆黑的纱幕把他包裹起来了。

等他再次睁开他的眼睛时，他坐在角落里，听见观众尖叫声如同邦迪海滩的海浪在咆哮。一块湿海绵在他的脑后压着，希德·萨利文正在往他脸上和胸部喷冷水。他的手套已经被脱掉了，而桑德尔弯下身子和他握手。他对这个把他打趴下的男人没有怨恨，他衷心地紧紧握了一下，让他重创的指节难以忍受。然后，桑德尔走到拳击台中间，观众没有了喧闹，听他接受了年轻的普洛托的挑战，提出把超过一般赌注的附加赌注增加到一百镑。金漠然地从旁看着，听凭他的助手擦去他身上的热汗，擦干他的脸，准备让他离开拳击台。他感到饥饿难忍。那不是普通的噬咬般的疼痛，而是一种极为虚弱的饥饿感，胃部深处发出一种颤抖，并把这种颤抖向全身传递。他回想起这场拳击比赛，他把桑德尔打到了摇摇晃晃前栽后仰失败就在千钧一发的份儿上。啊，那块牛排就能解决问题！他没有吃到那块牛排，就没有打出决定胜负的一拳，因此他失败了。这全都是因为那块牛排。

他的助手帮助他在钻过绳子时扶着他。他把他们甩开了，自己低头钻过绳子，重重地跳到了地上，跟在那些为他从拥挤的中央过道挤出一条路的助手后面。离开更衣室向街上走去，在大厅口上，一个年轻人和他搭话。

“你分明拿住了他，为什么不把他彻底打趴下呢？”那个年轻人问道。

“哦，滚一边去！”汤姆·金说着，走下台阶，上了人行道。

街角那家酒馆的门开着，他看见了灯光和微笑的酒吧女招待，听见乱糟糟的声音在议论这场拳击，还听到酒吧台上流水一样的钱叮当作响。有人喊他去喝一杯，他显然犹豫了一会儿，然后他谢绝了，继续赶路。

他口袋里没有一个铜板，步行两英里回家的路似乎很漫长。他的确老了。穿过领地公园时，他一下子坐在板凳上，想到老婆在家等他带回比赛的结果，心情极度沮丧。这可比败在对手拳下难过多了，简直无法面对啊。

他感到虚弱、灼痛，而重创的指节的疼痛在提醒他，即使他能找到一个没有技术的粗活儿，也得一个星期以后才能握住镐头把子或者铲子把子。胃深处的饥饿颤抖让他想呕吐。恶劣的境况让他无法喘息，两眼涌出了不习惯的泪水。他用双手把脸捂住，而且，他一边哭泣，一边想起来很久以前那个夜晚他如何打败斯托瑟·比尔的情形。可怜的老斯托瑟·比尔！他现在总算能理解为什么比尔在更衣室里痛哭不止了。

裂谷的南边

旧金山，就是往日的金山，那场大地震还没有发生之前的金山，被一条裂谷从中间一分为二。这条裂谷是一道铁一般坚硬的裂缝，沿着市场街的中心位置一路下去，从这条裂谷升起来一道不间断的没有头的缆线的毛口，随意地挂住了那些它拉上拉下的车辆。实际情况是，这里有两条裂谷，在西部语法速成的时代，两条裂谷被统称为“裂谷”，一个词代表了更多的意思。裂谷北边是剧院、旅馆、购物区、银行和庄重体面的商业大厦。裂谷南边则是工厂、贫民窟、洗衣房、金工车间、锅炉车间和工人阶级的住所。

这条裂谷是一个隐喻，表示了阶级社会的裂缝，没有人能够成功地跨过这个隐喻，或前或后来去自由，只有弗雷迪·德拉蒙德是一个例外。他在两个世界里经营了一种很实际的生活，而且在两个世界里都生活得如鱼得水。弗雷迪·德拉蒙德是加利福尼亚大学社会学系的教授，并以社会学教授的身份第一次跨过裂谷，在广大的劳工区生活了六个月，写出了《无技能劳工》——一本红遍东西南北的书，为进步文学做出了可观的贡献，对不满足的文学做出了响亮的回答。无论政治上还是经济上，它要不是正统的内容，那就一无是处了。大铁路系统的诸位主席把这本书的全部版本购买下来，分发给他们的雇员。仅制造联合会一个系统，就发行了五万册。在某个侧面，它几乎像名声远播、臭名昭著的《加西亚启示》一样不道德，而就其有关节俭和满足方面的有害的说教，这本书仅次于《卷心菜地的威格斯太太》一书。

一开始，弗雷迪·德拉蒙德发现在劳动人民中间生活比登天还难。他不习惯他们的生活方式，而他们当然也不习惯他的做派。他们心存疑虑，他则没有经历。他没法谈论以前的工作。他的两只手是柔软的。他那种过分的客气让人感到担心。他一开始想扮演的角色，是一个自由的独立的美国人，愿意用两只手干活儿，是心甘情愿且无须解释的。他很快发现，这一观念行不通。一开始，他们接受他，只是临时性质的，认为他是一个行为怪异的人。稍后，随着他开始知道自己怎么做更合适，他不知不觉地进入了干活儿的角色——他是一个见识过好日子的人，相当好的日子，但是现在倒运了，尽管，可以肯定，只是暂时的。

他学到了很多东西，总结得不错，但是往往是错误的，这些都能在《无技能劳工》的书页里找到。不过，他相信他的各种总结是“实验性的”。他的第一次经历是在威尔麦克斯罐头食品厂获得的，他在那里被安排了一个计件活儿，做小的包装箱。一家箱子工厂提供零件，弗雷迪·德拉蒙德所要做的是把零件组装成型，用一把小轻锤子把铁钉敲进去。

这不是技术劳动，只是计件活儿。罐头食品厂的普通工人一天能挣到一块五毛钱。弗雷迪·德拉蒙德发现别的和他干同样活儿的人不温不火的，一天能挣到一块七毛五分钱。到了第三天，他就能挣到同样多的钱了。但是他自有打算。他不甘心不温不火地干活儿，他能力超出常人，熟能生巧，到了第四天他挣到了两块钱。接下来的一天，他让自己绷得紧紧的，吃苦耐劳，一举挣到了两块五毛钱。同行工人对他横眉冷对，没有好脸色，并且说些俚语俏皮话，他一点都听不懂，左不过是他在拍老板的马屁，制造记录，一旦确定了记录，就得按照记录做下去。他对工人们在计件活儿上的消极怠工很惊讶，总结说这是无技能工人生来的懒惰，第二天他一如既往，做出了价值三块钱的包装箱。

那天夜晚，他走出罐头食品厂时，同行工人非常生气，俚语讲得语无伦次，纷纷对他进行盘查。他很不理解他们这种行为背后的动机。这种行为自有一股力量。他拒绝放慢他的速度，还把合同自由、独立的美国主义以及辛苦的尊严之类的调调挂在嘴边，这时，他们就接着行动，把他创造速度的能力破坏掉了。这成了一场激烈的战斗，因为德拉蒙德体格魁梧，是个运动员，但是好手敌不过人手多，众人最后跳上了他的肋骨，踩在他的脸上，踏在他的手指上，这样一来，他只好在床上躺了一个星期，才起床去找另一份工作。这一切悉数写进了他的第一本书里，这一章就取名“罐头食品厂打工记”。

没有过多久，他进入威尔麦克斯罐头食品厂的另一个车间，夹在女人中间做水果分发工，一次提两箱水果，很快受到别的水果分发工的责难。这明显是一种消极怠工的态度；但是这回他决定不再跟大家对着干，而是实地观察。此后，他装出吃力的样子提上一箱水果分发，而且他把偷懒的把戏学得十分到家，终于单独写成一章放进书里，最后几段全用来描写跟人学着偷懒的情况。

在这六个月中，他干了很多工作，锻炼成了一个模仿高手，跟真正的工人不差上下。他天生是一个语言学者，坚持做笔记，对工人的俚语和行话进行科学的研究，最后他把俚语和行话讲得溜溜转。这种行话还让他能亲近地了解他们的心理活动，因此收集到了很多数据，专门写成一章，放进未来要写的书里，计划取名为《工人阶级心理学综合体》。

在他一头扎进这社会底层还没有升上表面之前，他发现自己成了一个好演员，很好地展示了他的天性的可塑性。他对自己的善变能力都感到吃惊。一旦掌握了俚语行话，克服了很多挑剔的疑虑，他发现他可以在工人阶级生活的任何角落畅游，如鱼得水，如在家里一样舒服。正如他在第二本书《裁缝》的前言里所说，他真的努力去了解劳动人民，唯一可能做到这点的途径就是和他们一起干活儿，同吃同住，乐他们所乐，想他们所想，体会他们的感受。

他不是一个深刻的思想者。他对各种新思想也不投入。他所有的规范和标准都是常规的。他关于法国革命的论文在高等院校的年鉴里赫然在目，不只因为他不懈的努力和浩瀚的准确描述，还因为事实上在这个题目上他论说得最枯燥、最死板、最正式、最有正统的尺度。他是一个非常有节制的人，他的自然自律数量巨大，质量钢铁一般。他只有几个朋友。他不喜欢出头露面，过分拘谨。他讨厌烟叶，厌恶啤酒，从来不喝烈性饮料，至多在晚餐桌上偶尔喝点低度数的酒。

还是一个新手时，他的那些热血沸腾的伙伴为他洗了“冰箱”礼。后来做了教授，他以“冷藏室”出名。他发愁的只有一件事，那就是“弗雷迪”的叫法。他在校队十一号位上打进攻后卫时赢得了这个名字，他那拘谨的气魄从来没有让人忘怀。他会一直做“弗雷迪”，公开场合例外，他只在梦魇幻景里眺望未来时，希望他的世界会把他叫作“老弗雷迪”。

因为他很年轻，是社会学博士，只有二十七岁，而且看上去还要年轻一些。从相貌和气场上看，他是一个魁伟的高校人士，一张讨人喜欢的脸，为人随和，干净，简约，健康，杰出运动员的记录广为人知，还有一种心照不宣的被禁止的冷酷文化的大名头。他在教室和委员会房间之外从来不谈自己的职业，后来有所变化，还是因为他的书让他引起讨厌的公众的注意，他不得不扩大视野，偶尔看看报纸上关于某些文学和经济社会的报道。

他凡事都干得正确——正确得过头了，穿戴和举止都不可避免地正确。他绝对不是一个花花公子。恰恰相反。他是一位高校人士，穿戴和举止都合乎身份，和后来的岁月我们的高等学校一再证明的那般合辙。他握手强劲有力，让人受用。他的蓝眼睛呈冷冷的湛蓝，真挚得令人信服。他的声音坚定而阳刚，清亮而脆生生的，十分悦耳。弗雷迪·德拉蒙德的一个缺点是他很自律。他从来不将就。在他打橄榄球的日子里，比赛越激烈，他越冷静。他以拳手出名，但是人们认为他出拳像一个机器人，机器一样判断距离，非人一般准确地出拳，而且出击、防守、阻挡和停顿，都很到位。他很少惩罚自己，同时也很少惩罚对手。他很机灵，善于控制，不会允许自己出拳时比计划的多出一磅。对他来说，拳击就是活动筋骨，拳击让他保持健康。

随着时光流逝，弗雷迪·德拉蒙德习惯成自然，越来越多地跨过裂谷，消失在市场的南边。无论暑假还是寒假，他都在那里度过，而且，不管是工作日还是周末，他都在那里消磨时光，过得很值得，很快活。在那里收集了很多材料。他的第三本书《大众和大师》，成了美国大学里的教科书；几乎还在没有多想的情况下，他就着手写第四本书了——《无效率者的谬论》。

在他身体构造的某个地方，有一种奇怪的扭曲或者弯曲。也许这是他的环境和训练的一种退缩，也许是他祖先的优选的种子所传，因为他的先人祖祖辈辈都是念书人。不过无论如何，他就是喜欢下到工人阶级的世界。在他自己的世界里，他是“冷藏室”，但是到了下层人中间他就是“大块头”比尔·托茨，喝酒和抽烟，俚语和打架，哪样好玩玩哪样。大家都喜欢比尔，很多做工的女孩子都向他求爱。开始时，他只是充当一个好演员，但是随着时间推移，模仿成了第二本性。他不再表演角色，他喜爱香肠，喜欢香肠和咸猪肉，而这些食物在他自己的特有的场合里，就不再是食物，一提起来就让人恶心。

本来是从需要出发去做事情，现在他为了事情本身去做事情了。距离他返回教室和他的清规戒律越来越近时，他感到心有不甘，难免遗憾。他经常陷入等待状态，期望过上那种梦想的时刻，跨过裂谷，摆脱束缚，放浪形骸。他不邪恶，就是想当“大块头”比尔·托茨，干很多很多弗雷迪·德拉蒙德从来不会恣意妄为的事情。还有，弗雷迪·德拉蒙德从来也想不到干那样的事情。这是他发现的最不可思议的事情之一。弗雷迪·德拉蒙德和比尔·托茨是两个截然不同的人。他们各自的欲望、趣味和冲动都格格不入。比尔·托茨在工作上能够心安理得地玩忽职守，而弗雷迪·德拉蒙德则认定玩忽职守就是邪恶、犯罪，不是美国人所为，不惜在作品里一章又一章地谴责这种堕落行径。弗雷迪·德拉蒙德不屑去跳舞，而比尔·托茨夜夜出入各种跳舞俱乐部，例如木兰花啦、西部星啦，以及时代英豪啦；在屠宰者和肉食工人联合会的年度大型假面具舞会上暂获乐此不疲人物奖，他登上三十英寸高的站台上，赢得了一尊大银杯。比尔·托茨喜欢女孩子，女孩子也喜欢他，而弗雷迪·德拉蒙德则欣然在这特别领域充当禁欲角色，公开反对平等选举权，私下里谴责男女同校时可谓疾恶如仇。

弗雷迪·德拉蒙德改变了穿戴的方式，不刻意而为了。当他走进那间用来变形场景的昏暗的小房间时，他让自己做出一种过分挺拔的样子。他挺直得过分，以至于两肩向后凸出一英寸，而他的脸板起来，简直有些恶煞，实际上面无表情。然而，当他穿戴起比尔·托茨的衣服时，他就成了另一个东西。比尔·托茨倒不是一副无精打采的样子，但是他的整个形体有些松软，显出一些优雅。就是说话的声音也改变了，笑起来很响亮，很开心，而随意的发言和偶然发一次誓，可以脱口而出。还有，比尔·托茨有点喜欢熬夜，有时在娱乐场和别的女人不急不恼地打打嘴仗。这个时候，在星期日野炊或者看完演出回家时，他会伸出胳膊熟络地表示狎昵，悄然搂住姑娘们的纤腰，同时急切而开心地玩弄点心机，打情骂俏，逗趣开心，人们以为在他的阶级里他就是一个好好先生。

他自己彻底变成了一个比尔·托茨了，彻底变成了一个工人，裂谷南边的一个真正的居民，阶级意识完全是工人阶级觉悟，他对不参加工会的人恨之入骨，远远超出一般忠于工会的工人。在码头区罢工期间，弗雷迪·德拉蒙德竟然能从这种独特的混合体里分出身来，而且，还用冷静的批评眼光，观看比尔·托茨大呼小叫地痛击拒绝参加罢工的码头工人。因为比尔·托茨是码头工人工会的交费会员，对那些篡夺他的工作的人有权利表示愤怒。"大块头"比尔·托茨真的非常"大块头"，非常有能力，等到麻烦正在酝酿时，"大块头"比尔一马当先就不惊为奇了。弗雷迪·德拉蒙德先是表演义愤的感情，扮演另一个自己的角色，后来开始体验真正的义愤，而且只有当他返回大学的真正氛围时，他才能够健全地保守地总结他在底层社会的经历，像一个训练有素的社会学家应该做的那样把它们写在纸上。弗雷迪·德拉蒙德清楚地看到，比尔·托茨缺乏远见，无法提升他的阶级觉悟。比尔·托茨看不到这点。当他看见拒绝参加罢工的人抢走他的工作时，他只能火冒三丈，很少能看见别的。倒是弗雷迪·德拉蒙德穿戴得西装革履，行为得体，坐在写字台前或者面对他的《社会学 1》一书里的阶级，他看见了比尔·托茨，全方位的比尔·托茨，全方位的全体罢工破坏者和工会劳工问题以及这一问题与世界市场的关系。比尔·托茨真的不能看到比下一顿饭更远的地方，不能看见第二天夜里狂欢运动员俱乐部的职业拳击比赛。

就在弗雷迪·德拉蒙德为《妇女和工作》一书收集材料时，他收到了他面临危险的第一次警告。他在两个世界如鱼得水，太过成功。他搞出来的这种奇怪的二元性终归很不稳定，而且，如同他坐在书斋里思索的，他看出来它是不能持久的。它真的是一种过渡阶段，如果他坚持下去，他会看见他不可避免地会丢失这个或者那个。他不可能继续在两个世界活动。他看着让他的旋转书架上层生辉的那排书，他自己的书，从论文开始到《女人和工作》一书为止，他打定主意要抓住这个世界并坚持下去。比尔·托茨为他的目的所用，但是他已经成了一个过分危险的同谋。比尔·托茨不得不停下来。

弗雷迪·德拉蒙德心生惧怕，起因是玛丽·康登，国际手套工人947号工会的主席。他第一次看见她是在西北劳工联合会年会的观众席上，他是通过比尔·托茨的眼睛观察她的。她肯定和弗雷迪·德拉蒙德不是一类人。倘若她是一个矫健的女人，像豹子一样优雅和强壮，生就一双目光炯炯的黑眼睛，充满火力或者笑爱，如同那种情绪明摆着的一样，那会是什么情况？他厌恶精力过分充沛而又缺乏——应有的自律的女人。弗雷迪·德拉蒙德接受进化论，因为高校人士都广泛地接受了它，他断然相信男人攀上了生命之梯的顶层，在污泥浊水里摸爬滚打过，摆脱了大量的低等的有机的东西。但是，他有点为这种系谱学感到羞愧，不愿意多想这个。因此，他还是实践他的铁打不动的自律，向别人宣传它，而且更喜欢自己这种类型的女人，她们能摆脱兽性的有遗憾的宗祖的脉络，用纪律和控制强调那条裂缝的宽度，因为它把他们与他们曾经的模糊的祖先分离开了。

比尔·托茨绝不会有这些考虑。他的眼睛第一次在大会厅看见玛丽·康登，就喜欢上她了，他当时当地就把这当回事儿，打听她是哪方人士。第二次遇上她纯属偶然，当时他正在为帕特·莫里西开一辆快运货车。那是在传教街，有人招呼把一个行李箱搬进货栈。女店主的女儿招呼他，领着他去那间小卧室，原来住房的是个做手套的，刚刚搬到医院去了。但是比尔不知道这一情况。他弓起身子，把一个很大的行李箱底朝上扛到了肩膀上，吃力地站起来，向敞开的门走去。就在这个时候，他听见了一个女人的声音。

“属于工会吗？”她直截了当地问道。

“噱，这关你什么事儿吗？”他回击道，“躲开，别挡了我的道。我要转过去的。”

接下来他只知道，尽管他块头很大，转了半个圈子，连连后退，行李箱顿时失去平衡，他一下子就撞到了墙上。他开口就骂，不过就在开口的瞬间他发现自己正对着玛丽·康登那两只怒气冲冲的眼睛。

“我当然属于工会，”他说，“我只是跟你闹着玩的。”

“工会卡呢？”她用公事公办的口气问道。

“在我的兜里。可是我现在没法掏出来。这行李箱真他奶奶的沉。我把它搬到运货车上，我掏给你看。”

“把箱子放下。”她命令道。

“为什么？我有工会卡。我跟你说了。”

“把箱子放下，说放下就放下。工贼是不能挪动这箱子的。你应该为自己感到羞耻，你这大块头懦夫，顶替诚实的人来干活儿。你为什么不加入工会，做一个光明正大的人？”

玛丽·康登脸色大变，显然她义愤填膺了。

“想一想像你这样大块头的人，做了他的阶级的叛徒。我看下次罢工你都很想冒险参加民兵组织把工会的马车打趴下吧。你也许早已是民兵组织的人了。你这种人——”

“住口，这下说得过分了！”比尔把箱子砰然一声放在地上，手伸进外衣里面的口袋里，“我跟你说过只是跟你逗着玩的。给，看吧。”

那是一张工会卡，一点没有错。

“行了，收起来吧，”玛丽·康登说，“下次别开这种玩笑。”

看见比尔利落地把那口大箱子扛到肩膀上时，她的脸色和缓下来，而且瞅见这个男人优雅的大块头身子时，两眼放光了。但是，比尔没有看见这一变化。他在全力对付那口行李箱。

他再一次看见玛丽·康登是在洗衣店罢工期间。洗衣工人近期刚刚组织起来，对罢工这种事情很外行，便请求玛丽·康登来指导这次罢工。弗雷迪·德拉蒙德多少知道什么事情会发生，就让比尔·托茨加入了工会并进行调查。比尔的工作在盥洗室，那天早上工人们一开始就被喊出来，为的是给洗衣女工们壮胆。比尔正好待在轧布机房的门口附近，而玛丽·康登开始待在人群中间。车间监管又高大又壮实，不让她进去。他不让她把女工们喊出来，警告她管好自己的事情就行了。当玛丽试图强行从他跟前挤过去时，他用大肥手推了一把玛丽的肩膀，把她推了回去。玛丽四处张望，看见了比尔。

“你在这里，托茨先生。”她招呼道，“帮我一把，我想进去。”

比尔不免大吃一惊，感到暖暖的。她看了一下工会卡就把他的名字记下来了。接下来，车间监管便被推离了门口，嘴里叫喊着有没有王法之类的话，女工们趁机纷纷离开了洗衣机。在这次短暂而成功的罢工期间，比尔鞍前马后地跟着玛丽·康登传达指示，并且等这次罢工结束后，他返回大学做起弗雷迪·德拉蒙德，开始琢磨比尔·托茨能在这样一个女人身上看到什么东西。

弗雷迪·德拉蒙德无动于衷，但比尔却已经陷入爱河了。这是无法摆脱的事实，正因为事实明摆着，弗雷迪·德拉蒙德因此得到了警告。嗯，他已经把工作做了，各种冒险可以停止了。他没有必要再跨过那条裂谷了。只要再写出最后三章，他的新著《劳工战术和战略》就杀青了，他手头有足够的材料，完成这三章绰绰有余。

他由此得出了另一种结论，那就是在他自己社会的角落里，各种纽带和关系都更密切，弗雷迪·德拉蒙德作为自己的靠山是必不可少的。无论如何是他结婚的时候了，他充分意识到如果弗雷迪·德拉蒙德不结婚，比尔·托茨一定会结婚，那种复杂的情况审视起来就太可怕了。于是，凯瑟琳·范·沃斯特就加入进来了。她本人就是高校女士，而她父亲，教职员中很富有的一员，还是哲学系的头儿。婚约定下并宣布后，弗雷迪·德拉蒙德认定这桩婚姻从各方面看来这都是明智的。凯瑟琳·范·沃斯特看上去冷艳而矜持，高贵而保守，有益无害，其实从某个角度看她是热烈的，和德拉蒙德一样很自律。

一切似乎都顺风顺水，但是弗雷迪·德拉蒙德就是不能完全摆脱那个下层社会的呼唤，裂谷的南边的生活没有阻碍，不担责任，自由而开放，总在诱惑他。随着婚期临近，他感觉他过去的生活的确够放荡的，而且还感觉到，在他守住灰色的教室并过起清醒的婚姻生活之前，如果他能再撒一次野，最后一次充当好好先生，那是多么好的一件事儿。而且更让他割舍不下的是，《劳工战术和战略》的最后一章，因为缺乏他忽略收集的具体数据，还没有写出来呢。

于是，弗雷迪·德拉蒙德最后一次以比尔·托茨的身份到下层社会收集数据，而且，很不巧，又和玛丽·康登相遇了。一旦在他的书房安顿下来，回首往事并非一件愉快的事情。这让他得到的警告有了双倍的效果。比尔·托茨过去表现得很可恶。他不只是在中央劳工委员会遇上了玛丽·康登，而且在回家的路上和她下馆子，给她点了牡蛎。他们在她的家门口分别时，他用两臂拥抱了她，吻了她的嘴唇，还反复亲吻她。而她最后说的话还回响在他耳边，话语很轻柔，喉头发出时断时续的啜泣，毫无疑问就是爱情的喊叫："比尔……亲爱的、亲爱的比尔。"

弗雷迪·德拉蒙德回忆往事不由得打了一个冷战。他看见那个坑向他张开了大嘴。他本质上不是一个多配偶论者，对多配偶的种种可能不寒而栗。这事要有一个了断，结束的方式只能是二者取其一：要么他彻底成为比尔·托茨，跟玛丽·康登结婚，要么他保持完整的弗雷迪·德拉蒙德，和凯瑟琳·范·沃斯特结婚。否则，他的行为就会令人不齿，不堪收拾。

在接下来的几个月里，金山市的劳工罢工此起彼伏。各个工会和雇佣者联盟死缠烂打，下定决心，看起来仿佛他们就是要解决这个问题，不论什么方式，一劳永逸地了断。但是，弗雷迪·德拉蒙德改校样，给班级讲课，两耳不闻窗外事。他对凯瑟琳·范·沃斯特忠心不二，对她一天比一天更加尊重和倾慕——不仅如此，甚至爱上她了。有轨电车罢工诱惑他，但是不像他期待的那么强烈；肉食大罢工来势汹汹，却让他无动于衷。比尔·托茨的幽灵成功地被埋葬了，弗雷迪·德拉蒙德以返老还童般的热情对付一个长久酝酿的小册子，主要阐述“萎缩的利润”。

婚礼还有两个星期就要举行，一天下午，在金山，凯瑟琳·范·沃斯特让他搭上车，立马带他去看看刚刚由社区工人成立的侍者俱乐部，凯瑟琳对它很关注。那是她兄弟的汽车，但除了司机之外，只有他们两个。到了卡尼街的交叉路口，市场和吉尔里街在这里汇合，像尖拐角的“V”字的两道竖划。他们坐在汽车里，顺着市场一路下来，打算绕过“V”字的拐角，前往吉尔里街。但是他们不知道吉尔里街发生了什么情况，在尖拐角又会有什么命运等待。报纸上纷纷报道，肉食罢工还在进行，成了一场非常艰苦的罢工，不过这时候弗雷迪·德拉蒙德根本不关心它进展如何了。他不是安坐在凯瑟琳身边吗？而且，他还拐弯抹角地反对凯瑟琳关于社区工作的看法——比尔·托茨的种种冒险起着推波助澜的作用。

从吉尔里街一路下来有六辆肉食运货车。每个工贼司机旁边都有一个警察守护。这一溜运货车的前面和后面以及两边，一百名警察在巡逻，保驾护航。在警察后面的警卫队身后，相隔一定距离的，是秩序井然但大事声张的暴民，队伍长达几个街区，把人行道一条接一条都挤满了。牛排信托公司在努力为各旅馆提供牛肉，而且，因此就引发了这场罢工。圣弗朗西斯旅馆已经得到了供给，由此造成的结果是很多窗户被砸烂，有些人的脑袋也被砸了，这支远征队伍接下来前往宫殿旅馆援助。

德拉蒙德坐在凯瑟琳身旁，完全没有过脑子，在谈论社区工作，听任汽车有规律地按响喇叭，在拥堵的车队里穿行，绕着大圈拐过“V”字拐角。一辆大运货煤车满载黑炭，四匹大马拉着，刚刚从卡尼街出来，仿佛向市场拐去，挡住了他们的去路。运货车的车夫似乎犹疑不决，而司机慢慢开车，对十字路口警察的大声嚷叫的告诫不当回事儿，把汽车向左边开去，不顾交通规则，打算从拉煤货车的前边绕过去。

这时候，弗雷迪·德拉蒙德不再说话了。后来也没有接住话茬儿说下去，因为现场风云突变，形势急转直下。他听见后面的暴民在怒吼，瞅见了戴头盔的警察和那些歪歪扭扭行走的肉食运货车。与此同时，拉煤的马车夫扬起鞭子，坚守岗位，驱赶马匹往前冲，运货车正好挡在了拉货队伍的前头，突然把马匹拉住，把大刹车拉上。然后他把缰绳固定在刹车把上，坐了下来，一副停下来不再行走的样子。马车夫的几个气喘吁吁的头儿们一起围上来挡住去路，汽车不得不停下来。

汽车司机还来不及往后倒退，一个上年纪的爱尔兰人赶着一辆摇摇晃晃的快送运货车，抽了马儿鞭子快跑起来，把汽车的轮子别住了。德拉蒙德认出了马和运货车，因为他过去经常使用这辆运货车。这个爱尔兰人名叫帕特·莫里西。另一边和拉煤运货车一起挡道的是一辆啤酒厂运货车，还有一辆向东行走的卡尼街有轨电车，把铃铛按得疯响，司机大喊大叫，冲十字路口的警察挑衅，向前面一路冲去完成封锁。运货车一辆接一辆，堵上一层又一层，场面越来越混乱。肉食运货车停滞不前了。警察被包围起来。随着暴民前来攻击，后面的咆哮声越来越大，而警察的先锋队对拥挤上来的运货车发起攻击。

“我们这下参入其中了。”德拉蒙德冷静地对凯瑟琳说。

“是的。”她点了点头，表现得同样冷静，“看他们多么野蛮。”

他对凯瑟琳的赞赏成倍增长。她的确和他是一种人。如果她尖叫着趴在他身上，他也会感到满意，而这样子——这副样子就是处乱不惊了。她坐在暴风雨的中心，一点也不慌乱，仿佛面前不过话剧散场时马车拥堵而已。

警察在艰难地清理出一条通道。拉煤运货车的马车夫是一个身穿衬衫的大块头男子，点上烟斗坐下来吸烟，他得意地瞅了几眼一个正在冲他破口大骂的警察队长，而他听了只是耸了耸肩。后面传来警棍击打脑袋的砰砰声，谩骂、嚷嚷和大喊大叫混成一片。激烈的叫喊声此起彼伏，说暴民冲进来了，从一辆运货车上拉走了一个工贼。警察队长从先锋队抽调警力进行增援，后面的暴民被击退了。与此同时，右边那座办公高楼的窗户一个接一个打开了，具有阶级觉悟的职员从窗户纷纷往下面的警察和工贼头上扔咖啡用具。垃圾筐、墨水瓶、镇纸、打字机——手边能抓到什么就往下扔什么。

一个警察在队长的命令下，爬上拉煤运货车的高座去逮捕马车夫。马车夫悠然自得地站起来迎住他，突然扑上去用两臂把警察抱住，一下就扔到了警察队长的头顶上。拉煤运货车的马车夫是一个年轻巨人，他爬上煤堆的顶上，两只手举起来一块煤炭，一个从运货车侧面正往上攀爬的警察看见了，只好作罢，跳回到了地面上。警察队长命令六七个警察围住了拉煤运货车。那马车夫在煤堆两边爬来爬去，用大煤块往下砸他们。

人行道上的人群和拥堵的运货车的马车夫怒吼着互相鼓励，自寻开心。那个电车司机用操纵杆打破了很多警察的头盔，这时被打得失去知觉，从他的司机座上被拖了下来。警察队长看见他的手下纷纷被击退，带头再次向那辆拉煤运货车发起攻击。十几个警察一起拥上这个高墙壁垒的碉堡。但是马车夫好像有分身术。一次又一次，六七个警察一个接一个掉在了马路上，滚到了运货车下。马车夫正在打退从他的碉堡后面进攻的警察，转身看见警察队长正从前端的座位上跨过来。他还走在空中，身子摇晃得十分厉害，这时那个马车夫扔过来一块三十多磅的大煤块。大煤块不偏不倚地打中了队长的胸膛，他仰身倒了下去，撞在一个推车人的背上，翻滚在地上，挤压在汽车的后轮上。

凯瑟琳以为他死了，但是他翻身起来，又冲了回去。凯瑟琳伸出戴手套的手，拍了拍那匹喷着粗气的颤抖的马。但是，德拉蒙德没有注意到这个动作。他目不旁视，紧紧盯着那辆拉煤运货车的战斗，而在他错综复杂的内心的某个地方，一个比尔·托茨正在剧烈地喘息，使出浑身力气复活过来。德拉蒙德相信法律和秩序以及建立法律和秩序的重要性，但是他内心那个放纵的野蛮人什么也顾不上了。然后，但凡做得到，弗雷迪·德拉蒙德都会召唤他铁一般的自律拯救他。但是白纸黑字写得明白：房子一分两半必会倒塌。弗雷迪·德拉蒙德发现他把全部意志和力量都分给比尔·托茨了，他们两个构成一对的统一体正在一分为二。

弗雷迪·德拉蒙德和凯瑟琳·范·沃斯特并排坐在汽车里，相当镇静；但是弗雷迪·德拉蒙德向外张望的眼睛却是比尔·托茨的，而且这两只眼睛背后的某个地方，争相控制他们共同的身体，一个是弗雷迪·德拉蒙德，那个健全的保守的社会学家，一个是比尔·托茨，那个有阶级觉悟的、好战的工会工人。这时是比尔·托茨用这两只眼睛向往张望，看见拉煤运货车的那场战斗不可避免的结局。他看见一个警察占据了煤堆的制高点，第二个和第三个警察紧跟着上去了。他们站不稳脚跟，笨拙地摇摇晃晃，但是他们手里的长警棍挥来挥去乱打。一棍子打中了那个马车夫的头。他躲开了第二棍，但是肩膀上挨了一下。对他来说这一架显然到了胜负的关头。他突然冲过去，两臂抱住了两个警察，纵身向马路上扑去，一直没有松开他抱住的两个警察。

凯瑟琳·范·沃斯特看见流血和野蛮的打架，感到恶心和头晕。但是她的不良反应很快消失了，因为接下来发生了怎么都预料不到的耸人听闻的事情。坐在他身边的这个男人发出了一声怪异的没有文化的号叫，一下子站了起来。她看见他扑向前座，一跃踩到了那个推车人的大臀部上，从这里他够到了运货车。他的猛攻像一阵旋风。煤堆上的那个警察一时不知所措，拿不准这个穿戴寻常但样子激动的绅士赶来做什么，不料已经挨了一拳，一下子脚朝天摔到了马路上。他接着一脚踢中了另一个警察，让他跟着前面一个从空中相继掉了下去。三名警察冲上了运货车顶上，把比尔·托茨紧紧围起来，搅成了一大团，扭打中比尔·托茨的天灵盖被一警棍打开了花，外衣、背心和一半浆洗过的衬衫统统被撕扯掉了。但是，那三个警察被甩得东一个西一个的，比尔·托茨趁机把煤块雨一般地往下扔，守住了阵地。

警察队长临危不惧，率领众人进行攻击，但是他被一块煤砸中了脑袋，顿时黑血浸染。在暴民从后面冲上来之前，警察需要从前面冲破封锁，而比尔·托茨则需要守住运煤货车，等待暴民冲过来。因此，煤堆上的战斗还要继续下去。

人们已经认出来他们的英雄。“大块头”比尔，一如以往，已经冲到了前线，而凯瑟琳·范·沃斯特被人们振臂高呼“比尔！比尔，是你啊！”的行为弄糊涂了。帕特·莫里西坐在自己的运货车座上，又蹦又跳，欣喜若狂。“干掉他们，比尔！干掉他们！活活地干掉他们！”凯瑟琳还听见人行道上传来一个女人喊叫的声音：“小心，比尔——前面有人！”比尔听见了这声警告，用一块煤把运煤货车前面的进攻者打退了。凯瑟琳·范·沃斯特扭过头来，看见人行道路边有一个女人，满脸通红，两只黑眼睛炯炯有神，全身心地瞪着几分钟前还是弗雷迪·德拉蒙德的那个男人。

那座办公楼的各个窗户这时传来欢呼和掌声。办公椅子和公文柜阵雨一样往下降落。暴民已经突破运货车阵线的一侧，一拥而上，每个被分隔出来的警察都成了搏斗的中心。工贼们被暴民从座位上拽下来，马匹拉套的缰绳被割断，受惊的马匹纷纷逃走。很多警察爬到运煤货车的下面寻求安全，而获得自由的马匹这里那里有警察骑上去，或者不顾一切地抓住马的笼头，纷纷跨过人行道，冲散对面的拥挤的人群，强行进入市场街。

凯瑟琳·范·沃斯特听见那个女人大声呼叫，发出警告。她又回到了那个拐弯处，大声喊叫道：

“打啊，比尔！该你出手了！打呀！”

警察一时间被击退了。比尔·托茨跳到马路上，向人行道上的那个女人挤过去。凯瑟琳·范·沃斯特看见她张开两臂，把他抱住，亲吻他的嘴。凯瑟琳·范·沃斯特十分不解地看他走在人行道上，一条胳膊搂住了那个女人，两个人又说又笑，他那副滔滔不绝说话和无拘无束的样子，她做梦也没有想到。

警察杀了回马枪，清理了拥堵的人群，等待新的增援和新到的车夫和马匹。暴民已经干完了想干的事情，纷纷散去，而凯瑟琳·范·沃斯特还在观看，看见那个她熟知的名叫弗雷迪·德拉蒙德的男人。他在人群里足足高出一头。他的胳膊还搭在那个女人身上。凯瑟琳待在汽车里，目不转睛地观看，只见那一对男女穿过市场街，跨过裂谷，消失在第三街的劳工居住区。

墨西哥人

一

没有人知道他的来历——最不了解他的是政务会[1]。他是他们的“小神秘”，他们的“大爱国志士”，他按照自己的方式为即将到来的墨西哥革命像他们一样努力地工作。他们很晚才知道是这么回事，因为政务会里没有一个人喜欢他，他最初来到他们拥挤的繁忙的房间里那天，他们所有的人都以为他是一个间谍——迪亚斯[2]的特务机关收买的工具。很多同志都被关进了分散在美国的普通监狱和军事监狱，另一些同志被戴上了手铐，甚至被押解到边境之外，面朝屋墙排成行，通通枪毙了。

这个小伙子给他们的第一个印象并不招人待见。他还是个男孩，不足十八岁，按照年龄看，个头也不算大。他自报说他叫菲利普·利韦拉，他很希望为革命[3]工作。这就是他说的全部——

1 原文 Junta，指西班牙、意大利、拉丁美洲国家夺权后的军人集团，也称政治小圈子。

2 迪亚斯（Porfirio Diaz，1830—1915），墨西哥总统（1877—1880，1884—1911），1876 年发动政变攫取政权，实施独裁统治，依靠外国势力，导致国内经济衰落，民穷财尽，墨西哥革命把他推翻（1911），此后流亡欧洲。

3 指 1911 年推翻迪亚斯的墨西哥革命。

没有一个多余的词，也没有进一步的解释。他一直站着等待。他的嘴唇上没有笑意，两只眼睛里没有和蔼。大块头包里诺·维拉是一个急性子，内心不禁一哆嗦。这个小伙子身上有些东西很可憎、可怕、费解。他那两只黑眼睛里有毒素，像蛇一样。它们燃烧着冷冷的火焰，好像有巨大的凝聚的仇恨。他的目光从那些共谋者的脸上扫视到矮小的塞瑟比太太正埋头操作的打字机上。他的目光在塞瑟比太太身上停留少许——她正巧停下了手头的活儿——她也感觉到了某种无名东西让她停下了打字。她不得不从头再看打出来的内容，接着打那封她正在写的信。

包里诺·维拉用征询的神色看着阿雷拉诺和拉莫斯，而他们两个看了看他，而后你看看我我看看你，也在发问。他们的眼睛里满是犹疑不决的神色。这个身体瘦长的小伙子是一个来历不明的人，具有来历不明的人的所有威胁。他令人束手无策，他身上的某种东西超出了诚实的普通的革命者应有的范围，因为普通革命者就是对迪亚斯恨之入骨，诚实的普通的爱国者对迪亚斯的憎恨只是针对他的独裁统治。他身上却有某种别的东西，他们一时琢磨不透。不过，维拉一向最喜欢冲动，采取行动最快，这时站出来对付这个难题了。

“好啊好啊，”他冷静地说，“你说你想为革命工作。那就脱下外衣。把衣服挂在那边。我来告诉你——来吧——水桶和抹布在那边。这地很脏。你来把地好好擦一擦，再去把别的屋子的地板一块儿擦了。痰盂需要清理了，还有那些窗户也需要擦一擦了。”

“这都是为了革命吗？”小伙子问道。

“都是为了革命。”维拉回答说。

利韦拉满腹狐疑地看着他们所有的人，然后开始把他的外衣脱下来。

“好吧。”他说。

再没有多余的话。一天又一天，他都来干活儿——清扫，擦地，清理。他给炉子清理炉灰，搬来煤和引火柴，点上火炉，总是赶在他们中间最勤快的人坐在办公桌之前。

“我可以睡在这里吗？”他有一次问道。

啊，哈！原来别有所图——迪亚斯到底把黑手伸进来了！在政务会的房间里睡觉，意味着接近了他们的机密，接近了名单，接近了在墨西哥做地下工作的同志的地址。这个要求被否决了，利韦拉便再也没有提及。他们不知道他睡在哪里，他们也不知道他吃在哪里，怎么维持吃喝。有一次，阿雷拉诺要给他两块钱，利韦拉摇了摇头，婉拒了这笔钱。当维拉走上前来硬塞给他这笔钱时，他说：

“我在为革命工作。”

进行一场现代革命是需要钱的，但是政务会却总是捉襟见肘。委员们挨饿，辛苦，日子再长也不计较，然而，有时候，看样子这场革命只是因为区区几块钱，就撑不下去，面临溃散。有一次，也是第一次，房租拖欠了两个月，房东都威胁说要把他们扫地出门，正是菲利普·利韦拉，这个身穿可怜的廉价衣服的打扫房间的小伙子，虽然穿戴破旧寒碜，却在梅·塞瑟比的写字台上放了六块金币。这样的行为并非一次。繁忙的打字机噼噼啪啪地打出的三百封信（请求援助，请求有组织的劳工团体核准建议书，要求报纸编辑给予公正的新闻报道，抗议美国法院以高压手段对待革命者的做法）摆在那里没有寄出去，只是缺乏邮资。维拉的手表已经不见了——那只老式的自鸣金表是他父亲送给他的。同样，梅·塞瑟比中指上的一个金戒指也不见了。状况几近绝境。拉莫斯和阿雷拉诺一筹莫展，一味捋他们的长胡子。这些信必须发出去，而邮局不让赊账购买邮票。这时，又是利韦拉戴上他的帽子出门去了。当他回来的时候，他往梅·塞瑟比的写字台上放了一千枚两分钱的邮票。

“我纳闷儿这钱是不是该死的迪亚斯的钱呀？”维拉对同志们说。

他们松开了紧皱的眉头，谁也说不准。而菲利普·利韦拉，这个为革命甘愿做清洁工的小伙子，继续在关键时刻站出来，把金币和银币拿出来给政务会使用。

但是，他们还是不能出自内心地喜欢他。他们不了解他。他的处事方式和他们的不一样。他不跟人交心。他拒绝一切试探。他只是一个小年轻，但是他们从来不敢贸然向他打听他的背景。

“也许是一个了不起的孤独的人，我不清楚，我真的不清楚。”阿雷拉诺一筹莫展地说。

“他不通人情。”拉莫斯说。

“他的灵魂已经麻木了，”梅·塞瑟比说，“光亮和笑声已经在他身上燃烧光了。他像一个死人，可是他又活得令人惧怕。”

“他经受过极端的苦难，”维拉说，“没有经受过极端苦难磨炼的人，不会像他这个样子——他还只是一个孩子呢。”

然而，他们还是不喜欢他。他从来不多话，从来不乱问，从来不建议什么。他可以站在那里聆听，面无表情，像一个活死人一样，只有两只眼睛在冷冷地放光。他的两只眼睛从一张脸扫向另一张脸，从一个讲话者扫向另一个讲话者，像寒光闪闪的冰凌一样刺穿人心，让人无所适从，局促不安。

“他不是间谍，”维拉对梅·塞瑟比交心说，“他是一个爱国者——听我说没错，是我们中间最伟大的爱国者。我清楚这点，感觉到了，我在我的内心和脑袋里感觉到了。不过我对他还了解不彻底呢。”

“他脾气不好。”梅·塞瑟比说。

“我知道，”维拉说着打了一个冷战，“他用他的那两只眼睛打量我。那两只眼睛里没有爱。那两只眼睛让人胆寒。那两只眼睛像老虎的眼睛一样野蛮。我知道，如果我让人揭露出来不忠于革命事业的话，他会把我杀了。他没有心肝。他像钢铁一样无情，像霜冻一样冰冻袭人。他像冬夜里的月光，这样的冬夜一个人只会在某个山头上孤独地冻死。我不害怕迪亚斯，不害怕他的杀手；但是这个男孩，我却害怕他。我跟你说了实话。我害怕他。他就是死亡的气息。”

但是，维拉带头说服别人第一次对利韦拉表示信任。洛杉矶和下加利福尼亚半岛的交通线断了。三个同志被枪决于他们自己挖的坟墓里。另外两个被关进洛杉矶的美国监狱里。联邦军司令胡安·阿尔瓦拉多是一个恶魔。他破坏了他们的所有计划。他们已经不能再跟下加利福尼亚半岛活动的革命者以及那里的新生力量联络了。

年轻的利韦拉领命南下。当他回来时，那条交通线重新建立起来，胡安·阿尔瓦拉多死了。他被人发现死在床上，一把尖刀深深地插进了他的胸膛。这件事不在利韦拉所领的命令之内，但是他们政务会知道利韦拉的活动时间。他们没有询问他。他什么也没有说。他们彼此打量过，心照不宣。

“我跟你说，”维拉说，“迪亚斯惧怕这个年轻人胜于任何人。他生就一副铁石心肠。他就是上帝之手。”

梅·塞瑟比说他脾气坏，他们都感觉出他脾气不好，他身上总有伤痕证实了这点。他露面时要么嘴唇破了，要么脸上乌青，要么耳朵肿胀。显然，他在外面那个世界里，吃饭、睡觉、挣钱、活动，免不了跟人家斗殴吵架，他们都不了解状况。随着时间过去，他开始为他们宣传革命的小周报排版。有时他就无法打字了，因为他的指节肿胀、骨裂，或者大拇指受伤，不能活动，或者两条胳膊总有一条耷拉在身侧，满脸都是说不出的痛苦。

“一个流浪汉吧。”阿雷拉诺说。

“经常到下流场所去的家伙。”拉莫斯说。

“可是他从哪里弄到钱呢？”维拉追问道，“就是今天，刚才的事儿，我听说他为白纸付了款——一百四十块钱呢。”

“他也经常不来，”梅·塞瑟比说，“他从来不做解释。”

“我们应该让人跟踪他一下。”拉莫斯宣布说。

“我可不想去跟踪。”维拉说，“我怕你再也见不到我了，见到也该埋掉我了。他激情爆发了别人受不了。他一旦激情来了，就连上帝也无可奈何。”

“我在他面前像个小孩子。”拉莫斯坦诚地说。

“我看他就是强权，他就是野蛮人，一只野狼，一条随时攻击人的响尾蛇，一只会蜇人的蜈蚣。”阿雷拉诺说。

“他是革命的化身，”维拉说，“他是革命的火焰和精神，他无情地吆喝复仇，却一声不响，只是无声无息地杀戮。他是一个破坏的天使，乘夜色活动，静静地放哨。”

“我为他哭泣，”梅·塞瑟比说，“他和谁都不交往。他憎恨所有的人。他只是容忍我们而已，因为我们是他渴望的道路。他很孤独……独来独往。”她说话的声音开始抽噎，两眼潮湿了。

利韦拉的踪影和时间的确很神秘。有些时候，他们整整一个星期见不到他。有一次，他一个月没有露面。这种时候他回来时，总会往梅·塞瑟比的写字台上放一笔金币，没有任何说明，也不会解释。接下来，少则数天多则几个星期，他会把时间花在政务会里。过一段时间，没有什么规律可言，他又每天都出去，一大早就离去，下午晚些时候才回来。这种时候，他都来得很早，回去得很晚。阿雷拉诺半夜见过他还在打字，指节肿胀着，要么他的嘴唇新开了口子，还在淌血。

二

危机的时刻还是来了。不管革命是否依靠政务会，政务会都一直捉襟见肘。过去什么时候都没有现在需要钱，而钱偏偏更难筹集。爱国者把家底都搭上了，现在一点办法都没有了。工段养路班的劳工——从墨西哥流亡国外的抵债苦工——把一半微薄的薪水都掏出来了。然而，这只是杯水车薪。多年来呕心沥血、励精图治、地下活动，眼看就要有成果了。时机已经成熟。革命正在关键时刻。只需再加一把劲儿，最后一往无前地推一把力，天平的砝码就多一个，胜利就伸手可触了。他们了解墨西哥。一旦发动起来，革命就会自我呵护的。迪亚斯的整座机器就会像纸板房子一样哗啦啦坍塌。边境上随时会起义。一个美国人带领着一百名世界产业联合会的成员，在等待跨越边境的命令，去攻打下加利福尼亚半岛。他需要枪支。大西洋那边，政务会和他们也有接触，可他们都需要枪支，他们有的是冒险家，有的是碰运气的士兵，还有土匪、一腔怨气的美国工会会员、无政府主义者、恶棍、墨西哥流亡者、从墨西哥逃亡出来的抵债苦工，从科达伦和科罗拉多监狱逃出来、因为受尽鞭刑之后更加迫切要求战斗的矿工——所有在这个复杂混乱的现代世界里流离失所漂泊无定的发疯的人。枪支和弹药，弹药和枪支——这是不停的永远的呼喊。

只要让这个庞杂的破产的复仇的群体冲过边界，革命就会一往无前。海关大楼以及北边的入口港，都会被占领。迪亚斯不会顽抗。他不敢把军队全都调来和他们孤注一掷，因为他必须守住南方。不过南方的烈火也在燃烧，人民会纷纷响应的。城市防御会一个城市接一个城市垮掉，一个州接一个州坍塌。最后，四面八方，节节胜利的革命军队会围攻墨西哥城，攻占迪亚斯的最后据点。

但钱是关键。他们有人早等得不耐烦，都在摩拳擦掌，拿起枪就能上战场。他们认识兜售枪支的军火商。然而，把革命经营到这一步，政务会已经竭尽全力。最后一块钱都用上了，最后的资源和最后挨饿的爱国志士的口袋都掏空了，可伟大的冒险还在天平上摇摆。枪支和弹药！这些杂牌军必须用武器武装起来。可是怎么武装？拉莫斯只能哀叹他那些被没收的财产。阿雷拉诺哀恸他挥霍的青春。梅·塞瑟比却想，如果政务会里的人们过去更加节俭一点，也许会是另一番情景。

“墨西哥的自由竟然取决于区区几千块钱，想想都害怕。”包里诺·维拉说。

绝望的表情写在他们所有人的脸上。乔斯·阿玛里罗，他们最后的希望，一个新近的皈依者，本来答应出钱的，却在他自己的契胡亚华庄园里被捕，被打死在他自家的马厩墙边。这则消息刚刚传来。

利韦拉正跪在地上清洗地板，这时仰头看着，刷子悬在空中，裸露的臂上沾满肥皂沫和脏水。

“五千块钱能解决问题吗？”他问道。

他们都无比惊讶地看着他。维拉点了点头，吞咽了一口唾沫。他不能贸然开口，但是他心里瞬间已经升起了希望。

“定购枪支吧。”利韦拉说，接着一改平日做派说了很多话，他们从来没有听他这样长篇大论，“时间紧迫，三个星期里我会给你们拿来五千块钱。也就这个数目了。天气会暖和一些，对那些作战的人有利。再说，这也是我能尽到的最大努力了。”

维拉在和信念较劲。这是不可能的事情。自从他开始进行这场革命的游戏，希望一个个化为泡影的情况太多了。他相信这个衣衫褴褛的革命清洁工，然而却又并不敢相信。

“你发疯了吧。”他说。

“三个星期以后见，”利韦拉说，“订购枪支吧。”

他站起来，把袖子放下来，穿上了外衣。

“订购枪支吧，”他说，“我现在要去了。”

三

忙忙碌碌，晕头转向，电话打了一个又一个，骂骂咧咧的，凯利的办公室连夜开了一次会议。凯利为拳击比赛奔波忙碌。还有，他也不走运。他把丹尼·沃德从纽约请来，为他和比利·卡塞安排了一场拳击比赛，日期定在三个星期之后，现在只有两天了，偏偏卡塞受了重伤，一直卧床不起，此事还得小心瞒着那些体育记者。没有人能取代卡塞。凯利已经火线求救，给东部发了很多电报询问每一个轻量级拳手，但是他们都受到日期和合同的束缚，不能来参加。不过，现在希望复燃，尽管只是一线希望。

“你真是吃了豹子胆了。”凯利和利韦拉一见面，审视了他一下，对他说。

利韦拉的两只眼睛里充满了无限的仇恨，但是他的脸上不动声色。

“我能打败沃德。”他只有这一句话。

“你怎么知道啊？你看见过他打拳吗？”

利韦拉摇了摇头。

“他连眼睛都不用睁，一拳就能把你打趴下。”

利韦拉耸了耸肩。

“难道你真没有别的话要说吗？”这位拳击承办人咆哮起来。

“我能收拾了他。”

“可你都和什么拳手交过手呢？”迈克尔·凯利追问道。迈克尔是拳击承办人的兄弟，开着黄石赌场，他在拳击场上赚了大把的钱。

利韦拉狠狠地瞪了他一眼，没有作答。

承办人的秘书，一个穿戴得花里胡哨的年轻人，出声地嗤笑起来。

“好吧，你认识罗伯茨吧。”凯利打破了这种敌对的沉默，“他该来这里了。我派人去叫他了。坐下等等吧，不过看你这样子，你没有胜算。我不能让观众看一场差劲的拳击比赛把胃口倒了。拳台周围的座位卖十五块钱一张，你该明白这点。”

罗伯茨到来了，显然他喝得有几分醉意了。他高高的个子，瘦长，一副吊儿郎当的样子，他走路像他说话一样，滑溜溜，无精打采的样子。

凯利直达主题。

“看看吧，罗伯茨，你一直吹牛说你发现了这个墨西哥小子。你知道卡塞摔折了胳膊。哦，这个面黄肌瘦的小子今天斗胆来这里说大话，说他能取代卡塞出赛。这叫怎么回事？”

“没有问题，凯利。”罗伯茨的回答慢悠悠的，“他打拳击赛没问题。”

“听你这口气，你还要接着说，他真能打败沃德了。”凯利嚷嚷道。

罗伯茨慎重地想了想。

“没有，我不会说这种话。沃德是一流好手，拳王。不过他不能在短时间里把利韦拉打倒在地。我了解利韦拉。谁都不能让他自乱阵脚。我从来就没有见过他自乱阵脚。他是一个用双手打拳的拳击手。他能从每个方向一拳把对手打得晕头转向。”

“千万别吹嘘那个。他究竟能打出一种什么样的拳击比赛？你一辈子都在打造和培养打拳的人，我对你的眼力脱帽致敬。他能让观众看一场不花冤枉钱的拳击比赛吗？”

“他肯定行，他会让沃德干着急，搞得他昏头昏脑。你不了解这个小伙子，我了解。我发现他的，他不会自乱阵脚。他是一个魔鬼。如果有人问你，你就说他是一个顶呱呱的好手。他会用当地一套高招让沃德大开眼界，让在场的其他人也大开眼界。我不能说他会把沃德打败，但是他会打一场好比赛，让大家都认为他是一个后来居上者。”

“好吧好吧，”凯利转过身来对他的秘书说，“给沃德打电话。我跟他交代过如果我认为合适，会叫他到这里来。他就在对面黄石赌场，挺胸叠肚地博众人开心呢。”凯利转身对这个拳击教练说，“来一杯？”

罗伯茨呷了一口高杯酒，交代来龙去脉。

“我从来没有告诉你我是怎么发现这个小伙子的。几年前，他在教练场露面。我正在指点普雷尼，让他跟德拉尼打一场比赛。普雷尼很邪恶。他生来没有一点怜悯之心。他一向会把对手打得很惨，我因此找不到一个小伙子和他练拳。我注意到这个墨西哥小伙子饿得不轻，在外面转悠，而我又实在没有办法了。因此，我就把他抓来顶替，给他戴上手套，让他上场陪练。他比生牛皮都结实，就是虚弱不堪。他对拳击规则一窍不通。普雷尼把他打得很惨。可是他居然病病歪歪地挺下来两个回合，然后才晕倒了。只是因为饿坏了。打残了吗？你几乎认不出他来了。我给了他一块半钱，好好让他吃了一顿。你真该看看他狼吞虎咽的样子。他两天多连一口东西都没有吃过。我想，这下他完蛋了。但是，第二天，他露面了，身体发硬，有些肿胀，准备再赚一块半钱，吃顿好饭。随着时间过去，他打得越来越好了。他天生是一个拳击手，结实得难以相信。他没有心肝，他就是一块冰。他从来没有一口气说出过十一个单词。他一心只管自己的事情，干自己的活儿。”

“我见过他。”秘书说，“他为你干了不少活儿。”

“所有大块头的小伙子都拿他练过拳，”罗伯茨说，“他跟他们学到了不少东西。我看见他打倒过其中一些人，但是他的心不在打拳上。我估计他从来没有喜欢过这项运动，这从他的行动上看得出来。”

“最近几个月，他一直在那些小俱乐部打些拳击比赛。”凯利说。

“没错，但是我搞不清是什么东西迷住了他。他一下子就能全身心地投入进去。他只要上场就能把所有当地的小伙子都收拾了。看样子是需要钱，他也赚了一点钱，尽管他的穿戴看起来不像赚钱的样子。他很特别。没有人知道他是干什么的，没有人知道他是怎么对付日子的。即便他来打拳，他也是打完拳就走人，每天都再见不到他的人影。有时，他一连几个星期不露面。但是他不听人的劝告。哪个家伙要是得到管理他的好事，一准儿能发财，可惜他不会考虑这事。等你跟他谈条件的时候，你就看吧，他只要现金。”

话说到这里，丹尼·沃德来了。前挤后拥的一大帮人。他的经理和训练师都跟着他，一阵风一样刮进来，和蔼，随和，一副所向披靡的样子。见面就打招呼，和这个开个玩笑，和那个反诘一句，和每个人微笑一下或者大笑一声。不过这就是他的套路，只有五成是真心的。他是一个很会演戏的家伙，他明白和气待人是一大法宝，在这个世上游戏人生很管用。然而，在这层外表下面，他却是一个工于算计的冷血的拳击手和生意人，其余都是做给人看的。那些了解他或者跟他谈过生意的人，都说一涉及钱的事，他就会露出丹尼这个人的本色。所有生意上的讨价还价，他都必会亲自出马，有人告诫说，他的经理不过是一个睁眼瞎，唯一的本领就是给丹尼做传话筒。

利韦拉的套路正好相反。他血管里流淌着印第安人的血和西班牙人的血，坐在场角里避人耳目，一言不发，一动不动，只有他的两只黑眼睛从一张脸转向另一张脸，把一切都看在眼里。

“就是这个家伙吧。”丹尼说着，对他未来的对手上下好好打量一番，“你好，老兄。”

利韦拉的双眼恶狠狠地燃烧着，但是他没有一点以礼相还的意思。他不喜欢所有的美国佬，而他一看见这个美国佬就咬牙切齿，这在他身上还是不多见的。

“老天爷！”丹尼对承办人用开玩笑的口气表示不满，“你总不至于让我和一个聋哑人打一场拳击吧。”等人们的笑声过去之后，他又挖苦说，“洛杉矶一定是个巴掌大的地方，你竟然找来这样一个头等高手呀。你到底是从哪个幼儿园弄来的呀？”

“他可是一个很不错的小伙子，丹尼，相信我，”罗伯茨袒护说，“他不像他看上去那么容易对付。”

“全场都卖出去一半票了，”凯利恳求说，“你就放低姿态和他打一场吧，丹尼。这是我们最好的安排了。”

丹尼又看了一眼利韦拉，叹了一口气，一副漫不经心看不起人的样子。

“我估摸只好对他下手轻一点了，但愿他别让我给打爆了。”

罗伯茨用鼻子哼了一声。

“你还是小心一点好。”丹尼的经理告诫说，“可能是悄悄带走你的运气的高手，胜算倒不见得多呢。”

“哦，我会多加小心的，好吧好吧。”丹尼微笑道，“我会一开始就控制住他，然后为了观众好好地呵护他。凯利，你看打十五个回合怎么样？——最后让他趴下睡觉。”

“行啊，”凯利回答说，“只要你打得跟真的一样就好。”

“那么让我们来谈谈生意吧。”丹尼停下来，心里打起算盘，“没得说，还是门票的六成半，和卡塞打比赛一样。不过两个人分成是不一样的，我要拿八成。”然后他问经理，“这样行吗？”

经理点了点头。

“喂，你，你听明白了吗？”凯利问利韦拉说。

利韦拉摇了摇头。

“喂，就是这样的，”凯利解释说，“拳手的收入是门票的六成半。你是一个新手，没有名气。你和丹尼分这笔收入，两成归你，八成归丹尼。这很公平，不是吗，罗伯茨？”

“很公平，利韦拉。”罗伯茨附和道，“你看，你还没有名气嘛。”

“门票六成半的收入是多少？”利韦拉追问道。

“哦，也许五千块，也许高一些，八千块，”丹尼插话解释道，“大概就这个数目。你的那份呢，我估计有一千六百块的样子吧。很不错了，被我这样大名鼎鼎的人打趴下了，还能得到这么多钱。你还有话说吗？”

接下来，利韦拉让他们倒吸了一口冷气。

“赢家拿走全额。”他说得语气坚定。

一阵死寂无处不在。

“这好比从娃娃手里拿走糖果嘛。”丹尼的经理大声说。

丹尼摇了摇头。

“我在这行混得很久了，”他解释说，“我不会怀疑裁判，也不会怀疑在座的各位。我也不会说赛场经理会怎么作弊，会发生什么骗局。我要说的是，对我这样的拳击手来说，这是一场可怜的买卖。我得玩安全游戏，什么事情都说不准。也许我摔断了胳膊，对吧？或者有人给我下了蒙汗药呢？”他一本正经地摇了摇头，“不管输赢，我都拿八成。你说呢，墨西哥人？”

利韦拉摇了摇头。

丹尼爆发了。他这下像是一屁股坐在了铜钉上。

“嗨，你这肮脏的小外国佬！我恨不得现在就把你的脑袋一拳打下来。”

罗伯茨赶紧拉住他，站在两个对头中间。

“赢家拿走全额。”利韦拉阴沉着脸又说了一遍。

“你为什么这样一根筋到底呢？”丹尼问道。

“我能打败你。”利韦拉直截了当地回答道。

丹尼开始把外衣脱下来一半。不过，他的经理心知肚明，丹尼这是在咋呼人。丹尼没有把外衣脱下来，早被大家拦下来安慰好了。大家都站在他一边。利韦拉成了孤家寡人。

“你看，你真是一个小傻瓜，”凯利插进来调解，“你籍籍无名。我们也只是知道你最近几个月的情况——不过打败了几个当地的小拳手。但是，丹尼大名鼎鼎。这场拳击赛后，下一场就要去争夺冠军头衔了。你是无名小卒。出了洛杉矶，谁听说过你是谁呀。”

“他们会听说的，”利韦拉回答说，耸了耸肩，“这场比赛完了他们就知道了。”

“你再想想你能打败我吗？”丹尼冒出来一句。

利韦拉点了点头。

“哦，听我说好吧。理智一点好吧，”凯利恳求道，“这就是在给你做广告。”

“我要钱。”利韦拉回答说。

“一千年以后你也赢不了我。”丹尼向他放大话说。

“那么为什么你不同意呢？”利韦拉反问道，“如果钱这么容易挣到，你为什么不挣它呢？”

“我挣，成全我吧！”丹尼一下子信心十足地叫嚷起来，“我要把你揍死在拳击台上，好小子——你敢这样跟我叫板。把条文写出来吧，凯利。赢家全额拿走。登载到体育栏目里让人看看。告诉人们这是一场复仇比赛。我要给这个初出茅庐的小子一点厉害。”

凯利的秘书开始写的时候，丹尼制止了他。

“等等！”他转向利韦拉，“体重呢？”

“拳击台称去。”利韦拉回答说。

“那可不行，毛头小伙子。如果赢家拿走全额，我们得在上午十点钟称体重。”

“那说定赢家拿走全额了吧？”利韦拉追问说。

丹尼点了点头。这事就这样谈妥了。他会在力量最充足的时候走上拳击台。

“十点钟称重。”利韦拉说。

秘书草草地把条文写了下来。

“这意味着轻了五磅，”罗伯茨向利韦拉抱怨说，“你让步太多了。光从重量上看，你就把比赛输了。丹尼强壮得像一头公牛。你是一个傻瓜。他一准儿会打败你的，你一点胜算都没有了。”

利韦拉用怀恨的冷眼表示了答复。连这个美国佬也鄙视他，他过去一直认为他是所有美国佬中最公道的一个呢。

四

利韦拉走上拳击台时，几乎没有人注意到他。只有稀稀拉拉的几下掌声，不用心，不用力，虚应故事。全场观众都不相信他。他是被牵到屠宰场的羔羊，由伟大的丹尼的恶手任意宰割。再说了，全场观众都很失望。他们本指望丹尼·沃德和比利·卡塞进行一场大战的，这下也只能将就着看看这个可怜的初出茅庐的小子献丑了。再者，他们已经在丹尼身上押了二赔一、甚至三赔一的赌注，表示他们对这种偷梁换柱的不满。观众的钱押在哪边，他们的心就在哪边。

墨西哥小伙子在自己的场角坐下来，等待。缓慢的时间在拖延。丹尼就是要让他干等着。这是一个老套路，但是这招对年轻人，那些新出炉的拳手，百试不爽。他们这样干坐着，面对冷漠的、吸烟的观众，会变得越来越焦虑。然而，这一次这招不灵了，罗伯茨说得没错，利韦拉不会自乱阵脚。他十分健全，神经坚强，任何人都比不了，不会因为拖延就紧张起来的。预料必败无疑的氛围包围着他的场角，但是对他没有丝毫影响。他的助手都是美国佬和陌生人。他们都是一些人渣——拳击比赛中肮脏的浮渣，不知廉耻，没有能力。他们都寒心了，因为他们相信他们这边是注定会失败的。

“现在你得小心一点。”斯皮德·哈杰蒂告诫他说。斯皮德是他的主要助手。“你要尽量拖延时间——这是凯利吩咐我的话。要不然，报纸上会说这又是一场稀松的比赛，还会在洛杉矶引发更多的坏话。”

所有的因素都不是激励人的，但是利韦拉根本不当回事。他蔑视职业拳击比赛。这是可恨的美国佬玩的可恨的游戏。最初他进入这行，到训练场里给人当靶子用，只是因为他在挨饿。他做出了难以置信的成绩这点，其实不值一提。他憎恨这个。直到他进入了政务会以后，他才为了钱去打拳击，而且他发现这钱挣得很容易。很多人获得成功时看不起自己的职业，他不过是后来者之一。

他没有深入分析。他只知道他必须打赢这场比赛。决不能有别的结果。因为在他身后，给他鼓气加油相信这点的，是这个人潮涌动的场子里谁也想不到的一种更强大的力量。丹尼·沃德为钱而打拳，为了钱能带来安逸的生活而打拳。但是利韦拉打拳却是为了他脑子里燃烧的东西——炽烈的可怕的幻象——眼睛睁得溜圆，形单影只地坐在拳击台上他的场角里，一边等待他那一肚子坏水的对手，一边把那些幻象看得清清楚楚，仿佛他就生活在其中。

他看见了里奥·布兰科河畔的白色围墙的水力发电站。他看见六千名工人，饿得面无血色，还看见小孩子，七八岁的样子，一天为了挣到十分钱要轮班干活儿。他看见慢吞吞走动的尸体一般的工人，在染坊里劳作，个个头上像顶着一个吓人的骷髅。他记起来他听到他父亲称染坊是“自杀窟”，做够一年活儿就会死掉。他看见了那个小院子，他母亲在做饭，粗活儿累活儿做不完，还会抽时间来安抚他，疼爱他。他看见他的父亲留着大胡子，宽宽的胸脯，谁都没有他仁善，对谁都有一颗爱心，心地宽广无垠，爱心四处漫溢，因此还能给母亲和在院子的场角玩耍的小淘气留下真爱。在那些日子里，他的名字还不叫菲利普·利韦拉。他那时还叫费尔南德兹，是他父亲和母亲的姓。后来，他自己把名字改了，因为发现费尔南德兹这个姓氏是警察局长和宪兵们死死盯上的姓氏。

大个子、热心肠的乔奎因·费尔南德兹！他在利韦拉的幻象里占据了很大的地方。他在当时并不理解，但回顾起来他才明白了。他仿佛看见他在那个小印刷所里排字，或者在那张堆满东西的写字台上，没完没了地紧紧张张地草写一行又一行的东西。他仿佛看见了那些奇怪的夜晚，乘夜色悄悄地赶来，犹如那些干坏事的人，和他父亲谈论几个小时，而他这个小淘气躺在角落里却总是睡不着。

好像从很远的地方，他能听见斯皮德·哈杰蒂对他说：“不能一开始就躺下。这是命令。挨一顿打，挣一块面包。”

十分钟过去了，他还坐在场角里。根本没有丹尼的人影，他显然要把这套把戏要得够够的。

然而，利韦拉的记忆之眼里燃烧起更多的幻象。那次罢工，或者更确切地说，那次闭厂，因为里奥·布兰科的工人声援普布拉的罢工兄弟，资方把工厂关闭了。饥饿随之而来，漫山遍野地去摘浆果吃，去刨根茎和野菜吃，大家把肚子吃得绞疼。然后，梦魇来了。场子商店前面一片荒地；成千的挨饿的工人；罗萨里奥·马蒂尼兹将军和波菲里奥·迪亚斯的士兵；来复枪嗒嗒射杀的枪声好像从来没有中断过，工人的血债在他们的血泊里被洗了一遍又一遍。那个血腥的夜晚啊！他看见那些敞车上，高高地堆起来被屠杀的尸体，准备开往维拉科鲁斯去喂海湾的鲨鱼。这时他仿佛爬到了那些可怕的死人堆上，找来找去，看见他父亲和母亲被脱光了衣服，枪伤遍身。他对母亲记得尤其清楚——只有她的脸露在外面，而她的身体让十几具尸体压住了。波菲里奥·迪亚斯的士兵再次打响了来复枪，他赶紧跳到地上，像山里的郊狼一样跑走了。

他耳边响起了震耳欲聋的喊叫，像海啸，他看见丹尼·沃德带领着他的一群教练和助手，来到了过道中间。全场沸腾了，欢迎这个广受欢迎的英雄，必胜无疑的英雄。每个人都在为他欢呼，每个人都是他的拳迷。连利韦拉的助手们看见丹尼得意扬扬地钻过绳子走到拳台中间时，也忍不住热血沸腾，只差一起欢呼了。丹尼的脸一直堆着笑意，而且微笑得无可挑剔，两只眼睛的眼角和眼珠子都在微笑。从来没有一个拳击手如此和蔼可亲，他的脸就是表达善意和友谊的流动广告。他认识在场的每一个人，他开玩笑，开心大笑，隔着绳子和朋友打招呼。那些坐在远处的人，抑制不住他们的崇拜之意，就大声嚷叫道："啊，你呀丹尼！"这种欣喜的示爱的欢呼，足足持续了五分钟。

利韦拉被人冷落了，因为所有的观众都不再注意他的存在了。斯皮德·哈杰蒂浮肿的脸低下来凑到了他的耳边。

“别胆怯，”斯皮德告诫说，“记住那些指示。你要坚持住，你不能躺下。如果你倒下了，我们按照指示会在更衣室里把你狠揍一顿。你明白吗？你只能战斗到底。”

全场开始鼓掌。丹尼走过拳击台，向他走来。丹尼弯下腰，用自己的两只手把他的右手握住，热情洋溢地摇了几下。丹尼那张笑意洋溢的脸在他的脸前晃悠。观众发出一阵尖叫，为丹尼的体育精神的风采而欢呼。他在用兄弟一样的亲热和对手打招呼。丹尼的嘴唇在活动，观众把他那些听不见的话当作了友好的体育交流。只有利韦拉听见他低声的话。

“你这墨西哥耗子，”丹尼那充满笑意的嘴唇嘶嘶道，“我要把你的一肚子黄酱打出来。”

利韦拉不为所动。他没有站起来，他的两眼射出了憎恨的光芒。

“站起来，你这只狗！”有人从他身后的绳子外面嚷叫道。

观众开始因为他没有表示出运动员应有的风度发出了嘘声，然而他坐在那里无动于衷。丹尼走回他的场角时，观众再次爆发出一阵热烈的掌声。

丹尼脱下了外衣，观众里又响起哇呀哇呀的赞扬。他的身体很完美，肌肉富有弹性，很有力量，充满活力。他的皮肤像女人的一样雪白，光滑。优雅、弹性与力量集于一身。他在几十次战斗中证明了这点。他的照片出现在所有的体育文化的杂志里。

斯皮德·哈杰蒂从利韦拉的头上拽下他的套头衫时，观众里发出了呻吟声。他的身体似乎更瘦弱了，因为他的皮肤是黝黑的。他有肌肉，但是不像他对手的肌肉那样令人炫目。观众完全忽略了他那宽厚的胸脯。也没有人猜想到他身体的纤维多么结实，肌肉细胞瞬间的爆发多么迅速，神经系统多么完好，每一处都会让他转眼变成一架出色的战斗机器。观众看到的只是一个十八岁小伙子的棕色皮肤，看起来不过一个男孩子的身量。丹尼则是另一番景象。丹尼是一个二十四岁男子，他的身体是一个男子汉的身体。当他们一起站在拳台中间接受裁判最后的指示的时候，这种对比越发明显了。

利韦拉注意到罗伯茨就坐在体育报记者的后面。他比平时喝得更多，一副醉态，说话也迟钝了很多。

“悠着点，利韦拉。”罗伯茨说，“他打不死你，记住这点。他一开始会对你猛打猛攻，但是别因此慌了手脚。你只管打起精神，躲避，缠住。他伤害不了你多少。只管相信你自己，他不过是在训练场上拿你当靶子打打而已。”

利韦拉没有表示他听见了。

“这个郁郁不乐的小家伙，”罗伯茨对身边一个人嘟哝说，“他总是这个样子。”

但是，利韦拉没有表露出他通常的仇恨。他两眼后面是无数支来复枪射杀的幻象。就他所能看见的观众，一直到一块钱座位上的每一张脸，都变成了一支支来复枪。随后他看见了漫长的墨西哥边境上全然不毛之地，日头毒晒，炎热难当，他看见整个边境线上都是衣衫褴褛的人群，等待迟迟未到的枪支弹药。

回到他的场角，他等着，站了起来。他的助手从绳子上钻过去，随手拿走了帆布凳子。拳击台斜对角的那边，丹尼面对着他。锣声响起，战斗开始。观众兴奋得嗷嗷直叫。他们从来没有看见过一开始就这样令人热血澎湃的拳击比赛。报纸说得很对。这是一场报仇雪恨的拳击赛。丹尼一下子蹿到了拳击台四分之三的地方，面对他的对手，显然想一口吞下这个墨西哥小子。他不是一拳、两拳、十几拳地攻击对手。他出手的拳头像转得飞快的轮子，横扫一切的旋风。利韦拉不知去向。他完全被压制住了，被埋在火山爆发般的拳击之下，每一拳都有角度，都有位置，完全是拳击大师的高招。他被打蒙了，迅速回靠在绳子上，被裁判拉开了，然后又被逼到了绳子上。

这不是一场拳击赛。这是一场屠杀，一场杀戮。任何观众，除了下了赌注的那些，都会在最初的一分钟里把情绪消耗殆尽。丹尼确实尽显本色—— 一场完美的展示。观众也确实是这样相信的，兴奋和偏向也是这样产生的，因此全然没有注意到这个墨西哥人依然站得好好的。观众忘记了利韦拉。观众几乎看不见他，因为他完全被裹挟在丹尼吃人一般的攻击之中。一分钟就这样过去了，两分钟就这样过去了。然后，再一次被裁判分开时，观众才清楚地瞥见了这个墨西哥人。他的嘴唇被打破了，他的鼻子在流血。在他转身并磕磕绊绊地去和对手纠缠时，他屡屡和绳子接触，一条条渗出来的红血印在背上毕现无遗。但是，观众所没有注意到的是，他的胸脯没有一起一伏地喘息，他的两眼在燃烧冷冷的寒光。不计其数的雄心勃勃的拳击冠军在那训练场的残忍的陪练中，都用这吃人一般的攻击手段攻击过他。他为了得到半块钱或者一星期得到十五块钱早已领教过这样凶猛的攻击—— 一所严酷的学校，他受到了严酷的训练。

随后便发生了令人惊诧的事情。令人眼花缭乱的旋风般的攻击突然停止了。利韦拉一个人站在拳击台上。丹尼，那个不可一世的丹尼，仰身躺在了拳击台上。随着意识恢复，他的身体颤动了一下。他没有摇晃着倒下去，也没有整个身子腾空后缓缓地摔倒在地上。利韦拉一记右勾拳一击致命，让他突然倒地了。裁判用一只手把利韦拉推开，站在倒在地上的格斗家跟前读秒。按照惯例，这样干脆利落地把对手打倒在地，观众应该欢呼。但是，这群观众没有欢呼。事情发生得突如其来。观众在紧张的沉寂中观看读秒的过程，只有罗伯茨的喝彩声打破了这阵沉寂：

“我告诉你们他是一个双手拳击手嘛！”

数到第五下时，丹尼翻过身来，数到第七下时，他一条腿跪起来，等到数到九还没有数到十时，他准备站起来了。如果到了“十”他的膝盖仍然在地上，他就会被判“倒地不起”，也就被“打败”了。他的膝盖离开地面，他就被认为是“起来”，而这个当儿利韦拉有权利扑上去把他重新打倒在地。利韦拉抓准了机会。丹尼的左膝盖刚刚离开地面，他就扑过去开打。他绕着圈赶过去，但是裁判跟着转圈，挡在他们两个中间，利韦拉知道读秒进行得很慢。所有的美国佬都跟他作对，甚至裁判也不例外。

数到“九”时，裁判用力地把利韦拉往后推了一把。这显然不公道，但是这却能让丹尼站起来，嘴唇上又恢复了微笑。他把身子齐腰叠着，用胳膊护着脸和肚子，狡猾地靠上来扭在一起。根据所有的拳击规则，裁判都应该过来把他们分开，但是这个裁判却没有，听凭丹尼像一个冲浪过来的蚌壳一样黏住不松开，借机一分一秒地恢复元气。这个回合的最后一分钟很快就过去了。

如果他硬撑到底，他便能在他的场角休息上整整一分钟。他到底撑到了最后，尽管危在旦夕，陷入绝境，但是他还是露出了微笑。

“这个微笑是不会被打掉的！”有人大声吆喝道，观众跟着大笑起来，如释重负。

“这个墨西哥小子打的这一拳可真够硬的。”丹尼在他的场角大气粗喘，助手们疯狂地伺候着他，转头对顾问说。

第二个和第三个回合波澜不惊。丹尼不愧为一个奸诈的圆通的拳场老手，又是躲闪又是阻挡又是抱缠，全力以赴地让自己从第一个回合里受到的玩命一击中得以恢复。到了第四个回合，丹尼恢复过来了。尽管攻击和猛冲不断，但是他体质很好，让他很快恢复了元气。但是，他再不敢使用吃人一般的战术了。这个墨西哥人已经证明是一条硬汉。他换了战术，尽量采用最好的打拳力量。使用花招、技巧和经验，他是大师，尽管他不能一拳把对手打倒，可是他已经有步骤地科学地消耗和缠磨对手了。利韦拉打出去一拳，他连还三拳，但是每一拳都只是惩戒性的，没有一拳致命。这样要打很多拳才能产生致命的效果。他开始尊敬这个左右开弓却不知底细的家伙，双拳出击的速度委实令人吃惊。

为了有效防守，利韦拉使出了一种叫人防不胜防的左直拳。一次又一次用左拳挡开了丹尼的一击又一击，却不断地让丹尼的嘴和鼻子受伤。但是，丹尼是一个变化多端的家伙。他之所以成为夺魁的料子，就是因为他不同一般。他可以随意改变拳击招数。他这时全心全意采用近身战。靠这一招，他打得尤其邪门，让他躲开了对手左直拳的攻击。他这手引爆了全场观众一次又一次的欢呼，然后巧妙地攻入对手的防线，对着对手的下巴向上打去，把墨西哥人送上空中，摔倒在了垫子上。利韦拉跪在地上休息，尽量利用读秒，他内心知道这个裁判给他读秒读得很快。

在第七个回合，丹尼又一次逮住了从对手下巴往上攻击的用心险恶的机会。他得手了，不过只打得利韦拉摇晃了几下，但是，就在眼见对手失去防卫无奈之际，丹尼紧接着又来了一拳重击，让利韦拉栽倒在绳子的外面。利韦拉的身体碰在了新闻记者的头上，他们立刻把他推回到拳台的绳子外面的台子边缘上。他在这里单腿跪着休息，裁判急不可待地在数秒。他必须钻进绳子才能进入拳击台，而丹尼在绳子里面等着他。可裁判并没有过去干涉或者把丹尼推开。

全场这下高兴得炸了锅。

“揍死他，丹尼，揍死他！”有人呼喊道。

几十个声音跟着这声喊一起吼叫，完全像一群狼在嗥叫。

丹尼铆足了力气，但是利韦拉在数到八而没有等到九时，出人意料地钻进了绳子，安全地扑上去缠斗在一起。这时裁判出来了，过来把他拉开，让他等着挨打，让丹尼占尽了所有的先机，这个偏袒的裁判“用心良苦”。

但是，利韦拉挺住了，脑子的晕眩消失了。他们都是一路货色。他们都是令人憎恨的美国佬，都不讲公道。在这最困难的时刻，那些幻象又在他的脑子里闪现，耀眼——沙漠里炎热难耐的漫长的铁路线，墨西哥的宪兵和美国的警察，监狱和拘留所，水塔旁边的流浪汉——全都是他离开里奥·布兰科和那次罢工后，一路漂泊时目睹的肮脏又痛苦的全景。而且，他看见了伟大的红色革命席卷了他的祖国，辉煌而光荣。枪支就在他的眼前，每一张憎恨的脸就是一支枪。他打拳是为了枪支。他就是枪支。他就是革命。他为了墨西哥而战。

观众开始对利韦拉感到愤怒了。他为什么不接受既定的失败呢？他当然会被打败的，可是为什么他非要这样顽固到底呢？很小一部分人对他感兴趣，他们是下赌群里占有一定比例的观众，专选希望不大的那种拳手押注。相信丹尼会成为赢家，但是他们还是把他们的钱以四对十和一对三押在了这个墨西哥人身上。更多的观众是在赌利韦拉能支撑几个回合。台边出现了疯狂的赌注，认定他能坚持到第七个回合，或者至少六个回合。七个回合挺过来了，押对了的观众眼见自己拿钱冒险称心如意了，便高兴地开始为拳台上的红人一起喝彩了。

利韦拉就是不让对手打败。尽管第八个回合里他的对手徒劳地重复那个向上攻击的招数。到了第九个回合，利韦拉再次让全场目瞪口呆了。在两个人缠斗之中，他一下子迅捷地轻巧地摆脱出来，在两个身体逼仄的空间里右拳从腰间打了上去。丹尼倒在了地上，依靠读秒寻求安全。人群吓得傻了眼。丹尼被放倒在地，对手用的是他的招数。利韦拉在丹尼听到“九”站起来时没有试图扑上去收拾他。裁判会公然阻止他这样做的，尽管要是情况颠倒过来、利韦拉要求站起来时，这个裁判会袖手旁观。

在第十个回合里，利韦拉两次从腰间向上打到了对手的下巴，右拳都得手了。丹尼这下孤注一掷了。他的脸一直堆满了微笑，但是他回到了他那吃人一般的猛冲猛打的方式。他像旋风一样，却伤害不了利韦拉，而利韦拉避开缭乱的旋转的攻击，连续三次把丹尼打趴在垫子上。这时，丹尼恢复得不那么快了，到了第十一个回合，他的情况变得很严重了。但是，从第十个回合坚持到第十四个回合，他展现了一个拳击手最拿手的花招。他躲闪，阻挡，省力地迂回，努力聚集力量。还有，一个拳击手通晓的下作手段他都成功地使出来了。他利用了每一个花招，每一个诡计，装着发生了意外事件和利韦拉缠斗在一起，把利韦拉的手套夹在胳肢窝和身体之间，用手套挡住利韦拉的嘴让他不能好好呼吸。在缠斗中，他经常用那张破裂的微笑的嘴，在利韦拉的耳边吼叫一些难以出口的下流的侮辱性语言。然而，所有的人，从裁判到全场观众，都站在丹尼一边，声援丹尼。他们知道他脑子里在想什么。尽管他让一个无名拳手的这套令人惊恐的拳法打败了，但是他在聚集力量，打算一击致命。他听任自己挨了一拳又一拳，能占便宜就占，能装就装，能退就退，这样公开作势会让他聚集全身的力气狠狠打出一拳，扭转局面。有一个更伟大的拳击手在他面前使过这招，他未尝不可一试——左右开弓，向对手的太阳穴和下巴狠狠地出击。他能做到这点，因为他出拳有力是名声在外的，只要他能站立着，他的两条胳膊上就仍然有力量。

利韦拉的助手在两个回合之间一点也不好好照顾他。他们手里的毛巾只是装装样子，很少能往利韦拉喘息的肺里扇进什么空气。斯皮德·哈杰蒂给他出主意，但是利韦拉心下清楚都是一些馊主意。每个人都在跟他作对。他被包围在阴谋诡计之中。到了第十四个回合，他又把丹尼打倒在地了，他自己站着休息，两手垂在身边，听凭裁判数秒。在对面的场角里，利韦拉注意到可疑的窃窃私语。他看见迈克尔·凯利向罗伯茨走去，低下头悄声说话。利韦拉的耳朵像猫的耳朵，在荒野受过训练，听见了他们的只言片语。他想听到更多的内容，因此等他的对手站起来时他设法缠斗在一起，靠在绳子上聆听。

“非赢不可，”他听见迈克尔说，罗伯茨则点了点头，“丹尼非赢不可——我面临输掉一笔大钱的危险——我下了很大的赌注——我自己的钱——如果他坚持到第十五个回合，我就完蛋了——这小伙子听你的。拿出点办法吧。”

这之后，利韦拉就再也看不见幻象了。他们正试图欺骗他。他又一次把丹尼放倒在地，站着休息，两手垂在身边。罗伯茨站了起来。

“这下就成定局了，”他说，“回到你的场角去。”

罗伯茨用权威的口气说，一如他过去经常对利韦拉在训练场上说的那样。但是利韦拉恶狠狠地看着他，等待丹尼站起来。在间隔休息期间回到他的场角时，承办人凯利走过来跟利韦拉搭话。

“到此为止吧，你他妈的。”他低声地刺耳地说，“你得躺下，利韦拉。跟我在一起，我会让你前程光明。我让你下一次把丹尼打倒，但是这一次你得躺倒。”

利韦拉瞪了他一眼，满是憎恨，但是他没有表示同意，也没有表示反对。

“你为什么不说话？”凯利生气地追问道。

“反正你是输了，”斯皮德·哈杰蒂附和道，“裁判会把胜利从你手里夺走的。听凯利的，趴下吧。”

“躺下吧，小伙子，”凯利祈求道，“我会帮助你拿到冠军的。”

利韦拉没有作答。

“我说话算数，帮帮我吧，小伙子。”

当开打的锣声响起来时，利韦拉感觉到要出什么事情。全场观众却没有感觉到什么。不管会出什么事情，反正还在拳台上，和他息息相关。丹尼早些时候那种胜利在握的样子似乎又回来了。他靠近的那种信心吓了利韦拉一跳。这里面一定有猫腻。丹尼冲上来，但是利韦拉拒绝交手。他闪到一旁寻求安全。对方想要的是缠斗。只有缠斗在一起才能玩猫腻。利韦拉后退，绕圈，不过他知道，缠斗迟早会发生，猫腻迟早要到来。他拼尽全力决意把这个猫腻引诱出来。他做出一副在丹尼下一次冲上来打算缠斗在一起的样子。可就在他们的身体要靠在一起的最后时刻，利韦拉却敏捷地向后退去。与此同时，丹尼的场角传出了“犯规”的叫喊。利韦拉把他们愚弄了。裁判迟疑一下没有喊出口。这个决定就在他嘴边抖动，却到底没有说出来，因为一个男孩的尖厉的叫声从楼座里喊了出来：“骗局！”

丹尼公然骂利韦拉，逼近他，而利韦拉跳开了。利韦拉同时也拿定主意不再攻击对手的身体了。因此，他丢掉了一半打赢的机会，不过他知道，如果他要彻底赢下这场比赛，也只有依靠远攻来解决了。只要抓住一点点把柄，他们就会判他犯规。丹尼这时完全麻痹大意了。一连两个回合，他都在穷追猛打这个不敢跟他近战的小伙子。利韦拉一次又一次地挨打。为了避免危险的缠斗，他挨了几十下打。看见丹尼最后威风再起，咄咄逼人，观众站起来，发疯了。观众不明白发生了什么事情。他们能看见的只是他们的宠儿终于要赢了。

“你为什么不打？”观众对利韦拉很生气，大声责问，“你这胆小鬼！你这胆小鬼！干掉他！”“你一定会打败他的！干掉他！”

在全场人里，只有利韦拉是唯一一个冷静的人。论脾性和血气，利韦拉是全场最激情沸腾的；但是他置身这样更浩大的热烈激情中，这种集体的激情是一万条嗓子喊出来的，形成浪头上的浪头，但对他的脑子感受来说，不过是夏天黄昏的一阵小凉风而已。

进入第十七个回合，丹尼又来了一阵猛攻。利韦拉重重地挨了一拳，一下子垮了下来。他的两只手耷拉下来，不停地往后退缩。丹尼以为自己的机会来了。这个小兔崽子由他来任意宰割了。利韦拉就这样装着，麻痹了丹尼的防卫，趁机重重地向他的嘴上打了一拳。丹尼倒地了。等他站起来时，利韦拉用右拳找准他的脖子和下巴向下狠打一拳。他把这个动作连续打出三次。任何裁判都不可能把这样的攻击判为犯规。

“啊，比尔！比尔！”凯利向裁判求救了。

“我无能为力呀，”裁判无奈地哀叹道，“他根本不给我机会。”

丹尼，被揍得很惨却很英雄，还在扎挣着站起来。凯利和其他守在拳台附近的人开始喊叫警察来干预，尽管丹尼的场角仍然迟迟不扔毛巾。利韦拉看见那个胖警察长开始笨拙地从绳子缝里往里钻，一时拿不准到底要做什么。美国佬操纵的这种比赛，猫腻多不胜数。丹尼站了起来，摇摇晃晃，踉踉跄跄，站到了他跟前。裁判和警察长都赶过来拉利韦拉，但他还是打出了最后一拳。用不着停止这场拳击比赛了，因为丹尼站不起来了。

“数秒！”利韦拉粗声地对裁判喝道。

数秒完成时，丹尼的助手们向他拥过去，把他抬到了场角。

“谁赢了？”利韦拉追问道。

十分勉强地，裁判抓住利韦拉戴手套的手，举了起来。

没有人向利韦拉祝贺。他走到了自己的场角，无人搭理他，因为他的助手没有把凳子放上去。他仰靠在绳子上，憎恨地看着他们，接着把这种憎恨的目光向周围扫过去，扫向了全场一万名美国佬，一个不落。他的膝盖在身下发抖，他精疲力竭得直抽噎。在他眼前，一张张可恶的脸来回摇晃，令他眩晕得想吐。随后他想起来他们就是枪支。枪支是他的了。革命能够继续下去了。

红怪

这就是啦！声音突然释放，巴塞特用表测定时间，把这声音当作了天使长的喇叭声。他想，城墙也许无须那么声势强大的召唤就会坍塌了。他徒劳地成千次试图分析那个隆隆作响的钟声的音质，毕竟它统治着这片土地，让周遭的部落成为一个个要塞。作为源头的山峡回响着奔腾的呼啸的河流，直到河水漫过堤岸，汪洋一片，与大地、天空和大气浑然一体。一个病人的想象力天马行空，他把这当作因苦难和愤怒而烦恼的族长社会某个提坦神[1]的仰天长啸。这长啸声越来越高昂，在挑衅，在索求，声音如此深沉，好像专为超越太阳系种种狭窄的界限的耳朵来听。这喊声里还有抗议的喧闹，因为没有什么耳朵听得明白其中的含义。

——病人的想象竟然如此。他还费力地分析这个声音。它像响雷一样洪亮，像金钟一样圆润，像银子拉丝一样纤细和悦耳——不，它和这些声音都不像，这些声音合起来都不如它。就他的词汇和经历而言，没有什么词和类似字句能把这种声音全部表达出来。

1　古希腊神话中的一组巨神。

时间在逝去。一分一分走成了一刻钟，一刻一刻走成了半小时，那声音依然回响，始终是最初的声音的律动，一直没有接受新的律动——越来越弱，越来越小，一如它迸发出来，它在恢宏地逝去。它汇聚成了混杂之声，既有不安的轻声絮叨和喋喋不休，又有奇妙的低语。它缓缓地撤退，一声抽噎又一声抽噎，回到了那曾经产生它的伟大胸脯，直到它泣诉致命的愤怒的悄语，同时也泣诉高兴的引诱的悄语，依然努力让人听见，传达某个宇宙的秘密，某种无限的意义和价值的理解。它减弱到一个幽灵的声音，失去了其威胁和瞩望，成为在这个病人的意识里搏动的东西，几分钟后它完全停止了。当巴塞特不再能听见它时，他看了一眼他的手表。一个小时过去了，这天使长的喇叭声消退得全然悄无声息了。

那么，这就是他隐秘的城堡吗？——巴塞特在沉思，记起来他的勃朗宁自动步枪，注视着他那两只骨瘦如柴的被热病摧残的手。他因为幻想微笑了——仿佛看见查尔德·罗兰[1]用一条像他一样虚弱无力的胳膊，拿起一把金属号角放在了嘴唇上。自从在灵马努海滩第一次听见那声神秘的召唤，他问自己，是几个月前还是几年前？他不能跟人说拯救自己。这种老病拖了不知多久了。清醒地计算时间时，他知道月份，很多月份都知道，但是他无法估计精神错乱和昏迷间隔的长短。他不知道黑奴贩运船“纳里”号的贝特曼船长处境如何？贝特曼船长的醉鬼大副给精神错

1 法国史诗《罗兰之歌》的主人公，英雄的勇士，曾与战友奥利弗大战五天不分胜负，因此在多种词典里留下一个歇后语：罗兰对奥利弗——不分胜负。

乱折腾死了吗？

这些徒劳无益的推测过后，巴塞特不再纠缠，悠闲地回顾自从灵马努海滩那天第一次听见那个声音并且闯进丛林以来发生的所有事情。沙甲哇反对过。他这时还能看见他，那张奇怪的小猴脸满是惊惧之色，他背上背着标本盒，他的手里拿着巴塞特的蝴蝶网以及博物学家的猎枪，用洋泾浜英语颤抖着说："我走在灌木丛里胆战心惊的。很多坏家伙都待在灌木丛里。"

* * *

巴塞特想到这里凄然一笑。那个新汉诺威小伙子受了惊吓，不过已经证明他很忠诚，毫不犹豫地跟着他钻进了灌木丛，寻找那个奇妙的声音的源头。巴塞特已经得出结论，丛林深处没有发生战争，树干没有被枪炮打穿。他接下来的结论是错误的，就是说，那个声音的源头或者起因的距离不会超过一个小时的步行路程，他在半下午的样子就能轻易地返回来，赶上捕鲸船"纳里"号。

"那个大怪声不是好事，跟魔鬼一模一样。"沙甲哇重申了自己的看法。而且沙甲哇是对的。一天之内他不是就让人把他的脑袋砍掉了吗？巴塞特打了一个寒战。毫无疑问，沙甲哇已经被那些在灌木丛里滞留的坏家伙吃掉了。他这时能看见他，一如他最后一次看见他把那支猎枪和他主人的博物学家的所有装备卸下来，躺在狭窄的小径上，不一会儿，他就被砍掉了头。一瞬间事情就发生了。一分钟前，巴塞特回头看，还看见他背负着东西不紧不慢地跋涉。接着，巴塞特自己的麻烦也来了。他打量一下他左手那两节虽然治愈却惨不忍睹的食指和中指的断头，随后用断指轻轻地蹭了蹭天灵盖后面的凹痕。像长柄板斧嗖一下挥下来那么快，他迅速低下自己的头，他上扬的手被挥来的斧头捎带了一下。两根指头和一个受伤的天灵盖，是他为生命付出的代价。他用自己的大号猎枪的一个枪管打爆了差一点把他结果了的那个布须曼人[1]，用另一个枪管向围住沙甲哇的布须曼人连续射击，看见大部分子弹都打在那个提着沙甲哇的头奔跑的布须曼人，心里备感轻松。所有事情都发生在一眨眼的工夫。只有他自己、被打死的布须曼人和沙甲哇的遗体留在野猪出没的狭窄小径上。小径两边的黑魆魆的丛林里没有响动，也没有生命的动静。他显然受到了惊吓，心里很害怕。他有生以来第一次杀害了一个大活人，看着他亲手造成的灾难，他感到极端厌恶。

然后，他开始了追踪。他赶在猎人之前退守到野猪出没的小径上，因为那些猎人位于海滩和他之间。也许只有一个猎人，也许有一百个，因为他什么也看不见。他们有些人上到树上，他相信就在丛林顶上到处活动，不过多数情况下他只是偶尔看见一闪而过的影子。他没有听见弓弦弹射的声音，但是他不知道从哪里会有冷箭释放，小小冷箭随时会嗖地从他身边穿过，或者射中树干，飘忽着掉在他身边的地上。它们的箭头是骨头做的，箭杆上有羽毛，而且那些羽毛是从蜂鸟胸脯上拔下来的，像珍珠一样花里胡哨。

1　非洲生活在灌木丛里的一族人。

有一次——这时，过了很长一段时间，他一边回想，一边就呵呵地笑出声来——他察觉到他头上有一个身影，他向上看时正好停下来。他看不清到底是什么，但是，他决定碰一碰运气，就狠狠地开枪，一连打出去五发子弹。像一只发怒的猫儿尖叫着，那个影子穿过蕨类和兰科枝叶，扑通一声掉在他脚边的地上，而且，那家伙又气又痛尖叫不已，用人类牙齿咬住了他结实的越野靴子的踝骨一带。他这厢也没有闲着，他抬起没被咬住的脚，几下就让那个尖叫声沉寂下来。巴塞特这时对野蛮行为习以为常，他回想到这点不禁欢快地呵呵笑起来。

接下来的那个黑夜不堪回首！他心想，他回忆起那个饱受折磨的不眠之夜，他经受了那么多毒素和各种热病也是小小奇迹了，与无数蚊子的叮咬比较，他受的几处伤真是算不得什么。蚊子躲都躲不开，他又不敢生火。它们肆无忌惮地往他身上注入毒液，于是，到了第二天，他的两只眼睛肿得睁不开，他摸瞎磕磕绊绊地行走，顾不上多想他的脑袋是否会被削掉，他的尸体是否会像沙甲哇的残骸一样被人家煮上吃。二十四个小时就把他摧残得一塌糊涂——从心灵到肉体。他几乎完全失去了理智，他被蚊子注射了大量毒液，他接近疯狂状态。好几次他开枪恐吓那些盯着他的影子。白天叮咬的飞虫和小咬加重了他的苦难，他身体的伤口招引来了大量苍蝇，挥之不去地纠缠他的皮肉，害得他不得不驱赶和打死它们。

那一天，有一次，他听见了那个奇妙的声音，似乎更遥远了，不过确乎是从比较近的灌木丛战鼓声上传出来的。就在这里，他犯了大错。他以为他走过头了，这声音应该在他和海滩之间，于是他往回返去寻找它，而实际上他越来越深入到这个未经探索的海岛的中心地带。那天夜里，他在盘根错节的印度榕树的根须里爬行，疲劳不堪地睡着了，让蚊子咬得肆无忌惮。

在他的记忆中，接下来的几天几夜，他模模糊糊地记得都是梦魇。他记得一个清晰的幻象是他突然身置一个灌木丛村子，看见老人和孩子都仓皇地逃往丛林去了。都跑了，只剩下一个。就在跟前，在他上方，像一个野兽一样又疼又怕、不停地呜咽，把他吓了一跳。他向上看去，看见了她—— 一个姑娘，或者一个年轻的女人，一条胳膊吊在烤人的日头下。她这样吊着，也许好几天。她肿胀的伸出来的舌头像说过很多话。她还活着，两眼恐怖地盯着他看。他注意到她的两腿都肿胀起来，看样子关节坏了，大骨头都折了，他认定帮不上什么忙了。他决定开枪打死她，这时幻象中断了。他记不清他到底开枪了没有，只记得他碰巧闯进了那个村子，记得他如何成功地离开了那个村子。

巴塞特回顾着这段可怕的漫游，脑子里的图画去的去来的来，互不相关。他记得他又闯入另一个十几户人家的村子，他用猎枪把村民都驱赶跑了，只剩下一个老人，浑身没劲跑不动，看见他刨开一个地下火炉，从滚烫的石头里拽出一只烤猪，从包裹的绿叶子里向外散发香味，老人向他吐唾沫，又吼又叫的。就在这地方，野蛮的狠劲在他身上发作。吃饱喝足后，手里拿着一条猪后腿就要离去时，他却故意用一把燃烧的野草，点燃了一座茅草屋。

然而，在巴塞特脑子的最深处留下烙印的，是潮湿的阴暗的密林。它确乎潮湿得邪门，总是一片昏暗。很少有一缕阳光穿过一百英尺高的密不透风的顶部。在这顶部下面是悬在空中湿汲汲的植被，依附和生长在死树枝上的颓废生物形成了怪异的寄生的垂挂之物。他在这样的密林里游荡，一直被食人族掠过的影子追踪，他们本身就是邪恶的幽灵，不敢和他正面交战，但知道迟早他们会把他吃掉。巴塞特记得当时只要他清醒着，他宁愿自己是一头受伤的公牛，被一群郊狼追赶，它们胆小如鼠，不敢为了他的肉跟他打架，但是很清楚他不可避免的结局，最后扑上去把他吞食了。如同牛角和踏蹄声吓唬郊狼不敢走近那样，他的猎枪逼得这些所罗门群岛岛民，这些瓜达尔卡纳尔岛的昏暗阴影下的布须曼人，不敢贸然围上来。

见到草地的这天到来了。突然之间，仿佛上帝手里的上帝之剑一挥而就，密林一下断开了。密林的边缘是一道垂直面，像它的臭名一样漆黑，上下有一百英尺。而且，密林边上长出来野草——清新、柔软、青嫩的牧草，农夫的眼睛和牛羊见了都会打心里高兴。牧草向远处延伸，不断延伸，天鹅绒般的青翠一片接一片，蔓延到这大海岛的脊梁骨上，蔓延到由古老的土壤堆积成的高耸的山岭上，腐蚀性的热带雨把山貌冲刷得沟沟壑壑，却没有抹掉它。然而，野草啊！他已经爬进去十几码，把脸埋在草里，闻着草味，不由得一下子垮下来，泪如雨下。

他哭泣的当儿，那个奇妙的声音钟乐般传来——如果是钟声，他此后经常想，如此洪亮的响声听起来如此悦耳，应该好好描述，仔细描述，写得出神入化。这样悦耳的声音从来没有听见过。它无比洪亮，悠扬无尽，也许是一口大钟的铜质喉咙发出来的。然而，它召唤他穿过广袤无垠的草原，它像一种祝福，送给他长期受苦、疼痛不堪的心灵。

他记得他如何躺在那里的野草里，泪湿脸颊，但是不再啜泣，聆听着那个声音，奇怪他过去在灵马努海滩上就能够听见了。他想到，气压和气流很不稳定，让这声音不可能传得太远。这样的情况也许在一千天里不再发生或者在一万天里不会发生；但是，它发生的那一天就是他从“纳里”号登陆去进行几个小时收集标本的那天。恰巧就在他寻求那只有名的密林蝴蝶时，翼尖到翼尖幅宽一英尺，像无色的天鹅绒般蒙蒙亮色，和顶部的朦胧浑然一体，天生喜欢高居树上，便来密林顶部栖息，只有用枪喷射水剂才能打下来。正是为了这个目的，沙甲哇才背上了那支二十规格的猎枪。

他花了两天两夜爬过这个草地带。他吃尽了苦头，但追踪在密林边上就停止了。如果不是第二天一场电闪雷鸣的大雨救了他，他一准儿会渴死的。

后来，巴拉塔来了。在大草原和茂密的山林交接处的第一道阴凉下，他瘫倒下来等死。一开始，她看见他完全垮掉高兴得直叫唤，准备用一根结实的树枝打他的脑袋。也许是因为他完全垮掉的样子有求于她，也许是她生性的好奇心阻止了。不管怎样，她没有打下来，因为他再次睁开他的眼睛时看见棍子悬在空中，还看见她在仔细打量他。特别触动她的是他的蓝眼睛和白皮肤。她冷静地蹲在他的胯部，往他的胳膊上吐口唾沫，用她的指尖把脏东西刮掉，那是几天几夜的泥土和丛林把他皮肤的纯白色弄脏的污物。

她身上的每样东西都特别触动他，尽管她的举动丝毫没有特别之处。他回想起来虚弱地笑了，因为她像夏娃用那片无花果叶子遮挡一样，她的装束近乎赤裸。她矮矮的，瘦瘦的，四肢匀称，肌肉条缕毕现，仿佛一大片绳子垂着，从婴儿期就形成的脏斑，偶尔才冲洗一下。他用科学家的眼光打量一番后，他认为就一个女人原型而言，一点也不美丽。她的胸脯让人一眼看出她成熟了，正值青春。如果没有别的特别之处，她的性别通过那件用来打扮她的精妙的东西就能知道，那就是一根猪尾巴，穿在她左耳垂的一个洞里。那根猪尾巴刚刚割下来，创口上还有潮乎乎的血迹，干血滴在她的肩膀上像许多蜡泪。还有她那张脸！拧巴的干瘪的面容上长着猿一样的五官，七窍都向上翻，朝向天空，蒙古人的鼻孔，硕大的上嘴唇让一张嘴往后收拢，垂直地隐去，形成了一个后缩的下巴，两只窥视的抱怨的眼睛，像猴笼里的猴子一样不停地眨巴着。

她用树叶给他弄来了水，还有一块存放很久的一半腐烂的烤猪肉，丝毫没有抵消她奇形怪状的令人反感的模样。他有气无力地吃东西的工夫，为了不看她只得把眼睛闭上，尽管她一次又一次捅开他的两只眼睛，窥探他蓝色的眼珠。然后，那个声音来了。越来越近，越来越近，他知道它越来越近。他还知道虽然他一路过来疲惫不堪，它还在几个小时路程之遥的地方。这声音传来，让她惊慌不已。它让她哆嗦，把脸藏起来，害怕得直呻吟，不停地唠叨。声音响了足足一个小时后，他闭上眼睛睡着了，巴拉塔在一旁给他驱赶苍蝇。

他醒来时已是黑夜，她走了。不过他感觉身上有了点力气，而且，这时蚊子把毒液注入得过多，反倒不再发炎，他闭上眼睛，时睡时醒，直到太阳升起来。没过多一会儿，巴拉塔回来了，带来了五六个女人，虽然她们都不美丽，但不像她那么格外不美丽。她的举动表明她认为是她发现了他，是她的财产，她拿他炫耀的劲头要不是因为他的状况九死一生，会让他感到很可笑。

后来，他觉得走了几英里可怕的路程，在一棵面包树荫下的一座魔－魔堂前瘫倒下来，她则表明鲜活的观点，表示她对他的专有权。恩格恩，巴塞特后来了解到他是魔－魔医生，祭师，村里的巫医，想要他的脑袋。其他咧着嘴唠叨的猴子一样的男人，几乎一丝不挂，像巴拉塔一样长得像野兽，想要他的身子烤来吃。那时他还听不懂他们的语言，如果他们表达看法的那些粗鲁的声音算得上名副其实的语言的话。但是，巴塞特当时完全明白他们讨论的事情，尤其那些男人对他又捅又戳，掂量他的肉质，仿佛他就是屠户肉架上的待价而沽的商品。

巴拉塔很快在争辩中败下阵来，这时事故发生了。一个人出于好奇一直在鼓捣巴塞特的猎枪，翻来覆去地扣动了扳机。在反坐力推动下，枪托打中了那个人肚子的肚脐眼，这还算不上最血腥的结果，因为打出去的子弹击中了一码远一个加入辩论的人的脑袋，顿时开了花。

就连巴拉塔也跟着别人仓皇逃掉了，而且，他们还没有回来时，巴塞特已经从反复发烧的状态里恢复了知觉，早把猎枪拿在了手里。疟疾把他折磨得牙齿直打战，眩晕的眼睛几乎什么都看不见，他硬挺着不让自己失去意识，他趁机用简单的罗盘、手表、点火镜和火柴，把布须曼人唬住。最后，为了加强肃穆和恐慌，他用他的猎枪打死了一头小猪，然后就不省人事了。

巴塞特活动了几下他胳膊的肌肉，想弄清楚他这样虚弱不堪，还可能留住多少力气，并且缓慢地摇摇晃晃地撑着身体站起来。他瘦弱得很厉害。可是，他病了很久，几个月过去了，各种康复都做过，但是他一直没有恢复到像目前一样程度的力气。他所担心的是再次旧病复发，像已经频频经历过的那样。没有用药，连奎宁都没有吃，他千方百计对付着，闯过了最有毒性的最恶性的疟疾和黑水热。然而，他还能继续撑下去吗？他一直在这样发问。因为，像他这种名副其实的科学家，他不解开这个声音的秘密，他是死不瞑目的。

在一个职员的帮扶下，他摇摇晃晃地走了几步，来到死神和恩格恩掌管的阴沉沉的魔－魔堂。这魔－魔堂几乎和丛林一样暗无天日，邪气逼人，这只是巴塞特的看法。不过在这里，他通常能找到他最喜欢的老朋友加聊友恩格恩，他总是很愿意一起神聊或者讨论，同时他坐在死人灰里，一炷青烟剧烈地旋转着熏烤悬挂在椽头上的人头。几个月来久病不愈的意识间歇期，巴塞特已经掌握了心理学简单疗法和恩格恩和巴拉塔部落使用的语言难点，而跟根根——这个脑子不清楚的年轻酋长被恩格恩牢牢控制着，传闻他是私通结果，是恩格恩的儿子。

“红怪今天会说话吗？”巴塞特问道，这时他对这个老人可怕的职业已经习以为常，甚至对熏烟疗法的进程产生了兴趣。

恩格恩用专家的眼神，审视那个他正在烟熏的特殊的头。

“离我说‘完成’还有十天吧，”他说，“从来没有什么人的定型的脑袋像这几个。”

巴塞特对这个老家伙不愿意和他谈论红怪，内心感到好笑。情况总是这个样子。恩格恩和这个怪异部落的别的成员，不管什么机会，都不肯泄露一点红怪的身体特征。红怪一定是通过身体发出这个奇妙的声音的，而且尽管人们叫它“红怪”，但是巴塞特还是不能肯定“红”就是代表红色。从他已经收集到的零碎线索判断，它的行动和威力足以够得上红色。恩格恩跟他透露过，红怪不光比周围部落的神灵更具兽性的力量，一直对活人牺牲品的红血嗜喝，而且周围神灵都自身难保，在他面前饱受折磨。他是十几个和这个村子相似的同盟村子的神，而这个村子是这个同盟的中心和统辖村。由于红怪神通广大，许多不属同盟的村子都被洗劫，甚至被消灭，俘虏都归红怪享用。这种情况如今都是真的，能追溯到悠久的历史，是一代又一代人口口相传的。在恩格恩年轻的时候，草地那边的部落进行过战争袭击。在反袭击中，恩格恩和打仗的人活捉了很多俘虏。仅仅孩子就一百多个活生生的，在红怪跟前都把血流光了，更别说很多很多的男人和女人了。

大轰隆是恩格恩的另一个名字，意指神秘的神灵。有时候，人们也叫他大吼吼、上帝之声、鸟喉、赛蜂鸟的甜嗓子、太阳歌手和星诞。

为什么叫星诞呢？巴塞特盘问恩格恩而无果。根据这个魔－魔医生的透露，红怪不管出现在哪里，都总是把他的意志唱出来强加给人们。但是，恩格恩的父亲却另有看法，他已经裹在腐烂的草垫子里，当时就悬挂在他们头上那些魔－魔堂的烟熏椽子中间，这个谢世的智者相信红怪来自星夜，要不然——他这样争辩说——那些遗忘的老人为什么把他的名字叫成“星诞”呢？巴塞特从这些争辩中确实意识到一些有说服力的东西。但是恩格恩却肯定地说，他漫长的一生中的这么多漫长年份，他在很多夜晚注视星夜，却从来没有一颗星星掉在草地上或者丛林深处——他专门去寻找过。没错，他曾看见过流星（这是在回答巴塞特的论点）；但是他同样看见过真菌生长、腐肉和黑夜里的萤火虫发出的磷光，还看过树木起火的火焰和蜡烛芯的火苗；它们燃起火焰、点燃火苗和发光时，那火焰、火苗和光亮是什么东西呢？答案：记忆，只是记忆，关于不再存在的万事万物的记忆，如同关于完成的交配的记忆、忘掉的宴席的记忆、关于想望鬼魂的愿望的记忆，火焰、火苗、燃烧，还没有认识到慰藉和满意的程度。昨天的胃口是什么？是烧烤猎人的箭没有射中的野猪的鲜肉吗？是在还没有认识小伙子之前就夭折的少女吗？

记忆不是星星，这是恩格恩的论点。记忆怎么能是一颗星星呢？再说，在他漫长的生命中，他还观察到繁星满天的夜空没有变化过。他从来没有注意到哪颗星星不在它原来的位置上了。再说了，星星就是火，而红怪不是火——终于无意识中说漏了嘴，什么都没跟巴塞特说。

“红怪明天会说话吗？”他发问道。

恩格恩耸了耸肩，像是有话要说的样子。

“后天呢？——大后天呢？”巴塞特追问道。

“我很想给你把头熏治一下，”恩格恩换了话题，“你这头和所有别人的头都不一样。没有哪个魔－魔有过这样的头。另外，我会把它治得好好的。我会用很多个月来治疗，烟熏会慢慢进行，我亲自收集熏烟的材料。皮肤不会起皱纹。它会像你现在的皮肤一样光滑。”

屋檐下天色暗下来，椽子上挂满了数不清的烟熏的头颅，他站起来从那里取下来一个包裹打开了。

“这个头很像你的头，”他说，“不过熏治得很糟糕。”

巴塞特一听说那是一个白人的头，便竖起耳朵来听；因为长久以来他认定这些在丛林里居住的人，身置这大海岛的中心地带，从来没有和白人相遇过。他确实发现他们不会说几乎整个宇宙都会讲的西南太平洋那种洋泾浜英语。他们也不知道烟叶，也不知道火药。他们寥寥几把珍贵的刀，是圆圈铁抻直打造的，而他们更为珍贵的板斧是用便宜交换来的短柄小斧头改造的，他估计他们是在战争中从草地那边丛林里的布须曼人手里缴获的，而布须曼人则是从海边人那里用同样手段获得的，因为海边人散居在海岸的珊瑚海滩上，和偶尔到来的白人接触过。

“外乡人不知道如何熏治脑袋。”老恩格恩解释说，从脏兮兮的草片里取出来一颗确切无疑的白人的头，放在了巴塞特的手里。

这颗头无疑有些年头了，金黄色头发证明它的确是白人的头。他还敢保证它属于一个英国人的头，而且从萎缩的耳垂眼儿里戴着粗金圈来看，是一个很久以前的英国人。

“这下你的头……”魔－魔医生开始聊他喜欢的话题。

“我告诉你实话吧。”巴塞特产生了一个新主意，便打断了他的话，“等我死了，我会把我的头给你熏治，不过首先你得让我见一见红怪。”

“等你死了，我割掉你的头就是了。”恩格恩拒绝了这个提议，他用野蛮的粗率口气补充说，“再说了，你活不了多久了。你现在跟一个死人差不多。你的身体每况愈下。用不了几个月，我就会在这里的烟雾中把你转来转去。转着一颗你和我都很熟悉的头进行烟熏，打发一个个漫长的下午，那会是一件很开心的事儿。那时我会跟你好好透露很多你想知道的秘密。”

“恩格恩，”巴塞特勃然大怒，威胁说，“你要知道‘铁雷婴’是我的（这是指他那威力无比的猎枪）。我随时会开枪打死你，那时你就得不到我的脑袋了。”

“一回事，跟根根或者我部落的随便什么人会得到你的脑袋，”恩格恩得意地向他保证，“完全一回事，你的脑袋还是会在这魔－魔堂的烟头上转来转去的。你越早用你的‘铁雷婴’把我打死，你的脑袋就会越早地在这烟头上转来转去。”

这下，巴塞特知道他在这场讨论中败下阵来。

在接下来的一个星期里，巴塞特一千次问自己：这红怪究竟是干什么的？同时，他似乎比过去有了些力气。那个奇妙的声音的源头是什么呢？太阳歌手是干什么的？星诞是干什么的？那个神秘的神灵，如同崇拜它的这些一头板结的黑头发的像猴子的人兽一样的野蛮行为，究竟怎么回事儿？它那银子般悦耳的、牛嘴般叫唤出来的歌声和命令，他在禁忌的距离里聆听了这么长时间了。

巴塞特打算用他死后的头接受那种不可避免的烟熏来贿赂恩格恩，恩格恩不吃这一套。跟根根虽然是酋长，但是低能，太低能，完全听任恩格恩摆布，无须考虑。还有巴拉塔，自从她发现了他并把他的蓝眼睛捅开、让他领教了她那奇丑的女性怪模样以来，一直是他的崇拜者。她是一个女人，他很早就知道，要让她背叛她的部落的唯一方法是通过她那颗女人的心。

巴塞特是一个很挑剔的男人。他从最初被巴拉塔那种女性的恐怖形象击垮以来，一直缓不过神来。就是在英格兰，在最好的状态下，女人的魅力对他来说也从来不够强烈。而现在，一个男人决心献身科学事业所能做到的，只有践踏他本性的精细和精致，和这个不可思议的令人作呕的布须曼女人谈情说爱。

他打了一个冷战，但他把脸扭开，藏起他的怪相，吞咽了几口唾沫，把胳膊搭在她一片片脏斑的肩膀上，用他的脖子和下巴触碰到了她那恶臭油腻的板结的头发。然而，当她接受这种爱抚，迫不及待地开始求欢并且唧唧哝哝地像猪一样呼噜呼噜作声时，他差一点尖叫起来。真让人受不了。接下来，他做的唯一求婚仪式就是带上她来到小溪边，给她上上下下好好擦洗了一遍。

从此以后，他就像一只真实的猪猡一样频繁地跟她苟且，而且每次只要他的意志能够压住他的厌恶就行。但是她遵循部落的风俗习惯，热烈地提出结婚时，他犹豫不决了。幸亏部落的禁忌规定十分严格。比如恩格恩，他就永远不能触摸骨头、肉或者鳄鱼皮。这是在他出生时就定下的规矩。跟根根永远不得触摸女人。这样的规矩一旦违反，犯忌的女人只有被处死的结果。自从巴塞特来了，这种情况只发生了一次，当时一个九岁的小女孩玩耍时奔跑，跌倒后撞在了神圣的酋长身上。这个小女孩再也没有出现过了。巴拉塔悄悄地告诉巴塞特，这小女孩要在红怪跟前三天三夜里死去。至于巴拉塔，面包树就是她的禁忌。巴塞特因此谢天谢地。这个禁忌也许就是喝清水。

他自己呢，他捏造了一个特殊的禁忌。他解释说，只要南十字星升到天空最高处，他就能结婚。他懂天文学，这样一来他得到了将近九个月的暂缓期。他有信心在这段时间里，要么死去，要么完全了解红怪以及红怪奇妙的声音的源头后逃到海岸去。起初，他想象红怪是一个巨大的塑像，比如门农[1]，在特定温度的条件下发出声音。但是，一次战争袭击之后，一批战俘被带去在夜里献祭，下着大雨，太阳无法起到作用，红怪发出了比平时还大的声音，巴塞特因此放弃了这样的假设。

在巴拉塔陪伴下，有时有男人和几组女人相随，他在丛林里的自由限制在罗盘上的三个象限区。第四个象限区里是红怪的永久占地，为禁忌之地。他通过向巴拉塔示爱得寸进尺——也看出来巴拉塔擦洗自己更频繁了。她生就是女性，为了爱，她不管什么背叛不背叛。而且，尽管看见她就会引起干哕并且接触她会引发绝望，尽管在挥之不去的梦魇里他摆脱不了她可怕的样子，但是他明白性别的无限的事实，让她有活力，让她觉得自己的生命没有她希望交配的情人的幸福重要。朱丽叶[2]还是巴拉塔？实质区别在哪里呢？过分文明的柔软而娇嫩的产物，或者她之前十万年的野兽般的原型？——实质上没有什么区别。

巴塞特首先是一个科学家，其次是人道主义者。在这瓜达尔卡纳尔岛的丛林中心，他把这桩恋爱事件拿来做实验，如同在实

---

1 门农（Memnon），当指埃及底比斯古城附近阿蒙霍特普的巨大石像，据说日出时会发出音乐声。

2 莎士比亚著名剧本《罗密欧与朱丽叶》的女主角。

验室里他会拿任何化学反应做实验一样。他对这个布须曼女人增加了他装出来的激情，与此同时也增加了他欲望的意志的专横，逼着她带领他去面对面见识一下红怪。他很清楚，这是一个古老的故事，女人必须付出，而且有一天他们两个在捉一条没类别没有名字的小黑鱼，一英寸长，半身无鳞半身有鳞，身子被鲑肉金色鱼卵撑圆了，经常游到淡水河来并因此受到尊重，生肉或一体，新鲜或腐败，一种美轮美奂的尤物，这时就发生了状况。巴拉塔趴在丛林枯枝败叶的脏地上，一下子扑上来，两只手抓住了他的脚脖子，亲吻他的脚，弄出一些吧唧吧唧声，让他的脊梁骨直发麻。她哀求他把她杀了，别逼她为爱付出最高的代价。她告诉他破坏红怪的禁忌的惩罚——活活地被折磨一个星期，她的脸埋在脏土里哭诉出来的种种细节，他终于听明白他对人类折磨人类的可怕程度知之甚少。

然而，巴塞特一定要让他作为男人的意志得到满足，不惜拿女人冒险，他就是要破解红怪发生的秘密，哪怕她不得好死，胆战心惊，尖叫不已。巴拉塔毕竟是女人，到底屈从了。她带领他闯进了禁止的象限区。一座突兀的山，从北边延伸过来和从南边延伸过来的类似的山并肩而立，一起挤压那条小溪，他们就顺着这条小溪钻进了一条很深的阴暗的峡谷。在峡谷里行走了一英里后，这条路一下子向上延伸，他们顺路跨过了一个石灰岩山梁，这里吸引了这个地质学家的眼神。虽然他因为身体虚弱经常停下来，他们却一直向上攀爬，上到了森林覆盖的山峰，一直来到光秃秃的平顶山或者说高地。巴塞特认出来这里的地质成分是黑火山砂岩，知道矿穴吸铁石能吸引来满地尖利的尖角颗粒，他得踩着行走。

后来，他拉着巴拉塔的手，领着她向前走，终于来到矿穴前—— 一个巨大的坑，显然是人工挖出来的，位于这个高地的中心。悠久的历史，《南海航行指南》，几十个记住的数据以及种种迅速的汹涌的含义，涌向了他的脑海。一个名叫曼达纳的发现了这些海岛，给它们取名所罗门群岛，相信他找到了君主的虚构的矿场。他们曾嗤笑过这个老航海者的孩子般的轻信，而他自己，巴塞特，就站在一个像南非的钻石坑一样人工挖出来的大坑边上。

但是，他向下看了半天没有钻石。但是更像一粒珍珠，具备珍珠彩虹的深度；但是就体积而言，地球上所有年代的所有珍珠融化在一起，总和也没有它大；就颜色而言，任何珍珠在梦中都见不到的颜色，或者就珍珠的颜色来说，说它什么颜色都不准确。巴塞特自己领教红怪也只是眼前的事儿。一个完美的球形，直径有足足两百英尺，从坑顶到球体底部有一百英尺。他更倾向把这种色质视为漆。一点没错，他把它看作某种漆，人类使用的漆，不过制造出这种漆的布须曼人简直是聪明绝顶。比浆果红更亮，色泽之丰富仿佛它是依靠红色养出来的红色。在太阳光下闪闪有光，彩虹可见，仿佛是从一层又一层下面的红色透射出来的。

巴拉塔劝阻他别下去，但白费劲。她扑倒在土地上。但是，当他继续沿着盘旋在坑壁上的小径往下走时，她还是跟着往下走，吓得不停地哆嗦，呜咽。这个挖掘而成的红色球形，作为一件珍品，可谓独一无二。十二个结盟村子的数目不多，他们的工具和方法都很原始，考虑到这些因素，巴塞特知道无数代人的流血流汗都难以完成这样工程浩大的挖掘。

他看见坑底上铺满了人骨头，在这些捣碎的损坏的人骨中间，摆放着木头和石头村神。有些村神是用四五十英尺长的结实的树桩雕琢出来的，上面有淫秽的图腾图形和图案。他注意到没有鲨鱼神和乌龟神，这两种神在沿海村子里屡见不鲜，而且甚为头盔主题经常出现感到惊奇。瓜达尔卡纳尔岛黑暗中心的这些丛林野蛮人，怎么知道头盔呢？难道几个世纪之前曼达纳的士兵戴着头盔深入到这里不成？如果不是，那么这些布须曼人从哪里捕捉到头盔主题的呢？

在这些杂乱的神灵和人骨中间行走，巴拉塔一直在巴塞特身后哭哭啼啼，他走进了红怪的影子，在它巨大的悬垂物下走过，直到他用指尖触摸到它。表面不是漆。表面也不像漆面那样光滑。正好相反，它起皱，有小坑，这里那里还有成片的炙烤和融化的迹象。还有，它的材料是金属，虽然不像他过去了解的任何金属和混合金属。至于颜色本身，他认定不是涂抹上去的。它是金属本身固有的颜色。

他沿着表面移动他的指尖，这时候还是静止状态，接着他感觉到整个巨大的球形立即活动起来，有了反应。多么不可思议！只是在这么巨大的物体上如此轻轻地触摸了一下！然而在指尖的触摸下，它颤动起来，有节奏的振动，变成了如泣如诉絮絮叨叨的声音——但是这声音又如此不同；它纤细得那么难以捉摸，如同微光闪烁；它是那么圆润，悦耳得让人发疯，像小巧的号角吹出来的声音，最后形成的声音正是巴塞特认定的诸神的某个大钟发出来的宏声，穿过空间，响彻大地。

他满腹狐疑地看了看巴拉塔，但是他触摸出来的红怪的声音早让她仰面倒在地上，躺在人骨上呻吟。他回身打量这一奇观。他得出了结论：它是空心的，金属是地球上尚不知道的材质。古人把它叫作星诞是很正确的。它只能来自星星，绝非偶然形成的东西。它是技巧和脑子创造出来的。如此美轮美奂的形状，它当然是中空的，不可能仅仅是偶然形成的。某个时代的智慧，遥远而不可猜测，人工用金属打造出来的，它是毋庸置疑的。他惊讶地注视着它，他脑子里各种假设的野火熊熊燃烧后得出了结论：这个远途的旅行者在夜空历险，穿过繁星，现在耸立在他面前，让他仰望，耐心十足的食人族把它挖掘出来，置于坑内，在两种大气里经受火浴，表面光滑起来。

但是这颜色是在某种相似的金属上烫上去的漆吗？抑或是这种金属固有的质量？他用随身携带的折刀的刀刃捅了一下，检测这种材料的构造。整个球体顿时迸发出喁喁低语，抵触声很明显，几乎接近洪亮的弹拨声，如果低语可能被认作弹拨的话，声音在渐渐升高，在深深地下沉，声音爆发出来的两个极端很快就要合成一个圆圈，连接成牛嘴哞哞叫的隆隆之声，正是他在这禁忌区外经常能听到的那个声音。

安全置之脑后，自己的生命都毫不在乎，深为这个不可想象、不可猜测的奇迹着魔，他举起他的折刀甩出去狠狠地戳去，却被巴拉塔阻止了。她跪在地上大喊大叫，吓得很痛苦，紧紧抱住膝盖，祈求他停下来。她强烈的要求让他难忘，因她把自己的小臂塞在牙齿之间，狠狠地咬到了骨头上。

他几乎没有看清她的行动，虽然他自动地服从了他更温和的本能，把折刀收回来。在他看来，在来自恒星宇宙深处的庞大的怪物前，人类的生命矮小得如显微镜下的微生物。好像她一直以来只是一只狗，他把这个丑陋的矮小的布须曼女人一脚踹起来，强迫她开始随他绕着基部走。走了没有多远，他遇到了恐怖的东西。即便混在其他人中间，他还是认出那个九岁女孩子那具晒干的遗体，只因她不小心撞上了跟根根酋长的身体，犯了禁忌。他在这些死去的残骸中间，碰上了一个还没有死去的人。布须曼人真的是把他们自己取名“红怪”，在它身上看见了他们自己的形象，他们不顾一切地抚慰这个形象，用这样血红的献祭来讨它的喜欢。

再绕着走下去，脚下一直踩着这所古老的献祭人骨堂的满地人和神的骨头和形象，他终于见到了红怪发声的机关，它通过这个精心设计的机关发出了隆隆声，穿过丛林带和草地，到达灵马努的海滩。红怪发声的完善机关竟然非常简单，非常原始。一根中柱，五十英尺长，经过几个世纪迷信的精心处理，雕刻成神灵王朝，每一朝神都加上去，每一朝神都戴头盔，每朝神都坐在一个鳄鱼的大嘴里，用上攀的寄生藤蔓缠绕的绳子吊着，从三根巨大的树干的三脚架顶端坠下来，树干本身也雕上了现代人构想出来的艺术和神灵的龇牙咧嘴的怪模怪样的图形。那根当撞锤用的中柱悬垂着攀爬者的绳子，男人可以用来展示他们的力量和倾向。如同一个攻城锤，这根中柱能够被人推动前面的端头，撞击那个威武的红色彩虹的球体。

恩格恩就是在这里主持祭司活动，让自己和他下面的十二个部落行使宗教的功能。巴塞特想到这个奇妙的使者，带着智慧飞越空间，降落到布须曼人的堡垒，让猴一样的、食人的、猎人头的野蛮人崇拜，不禁开怀大笑，几乎要笑疯了。仿佛上帝的福音早已降落到了大钟底部的泥淖里，仿佛耶和华的十戒早刻在雕刻石头上摆在了动物园猴子笼子里的群猴跟前，仿佛山上宝训[1]在吵闹的疯人院里已经宣讲了。

几个星期过得很慢。到了夜里，经过挑选，巴塞特在魔–魔堂的白灰地上度过，头上就是那些不停游动、慢慢熏治的人头。他这样做是因为禁忌是针对女人的性别的，因此，巴拉塔就成了他的庇护所，随着南十字星在天空越升越高因而标志她的婚礼越来越近，他变得越来越有情夫的迫害性和危害性了。巴塞特白天躺在一张吊床上度过，在魔–魔堂前那棵大面包树的阴影下游来荡去。这个活动多有中断，这是因为要命的热病害得他昏迷了，他在悬挂人头的房子里卧床几天几夜。他一直在和热病做斗争，活着，继续活着，强壮起来，总有一天他会变得更加强壮，有足够的力气闯到那边的草地和丛林带去，争取到达那个海滩，找到一艘雇用劳工的、贩卖黑奴的双桅船或者西式帆船，见到文明世界和文明人，他好把另一个世界的启示的消息说出来，那个世界在瓜达尔卡纳尔岛的中心，不文明的人还在崇拜那种启示。

在没有生病的夜里，巴塞特很晚还躺在面包树下，花很多小时观察黑漆漆的丛林墙那边慢慢西移的星星，那里的丛林被清理出来为村子占用。他略通一点天文知识，他用一个病人的乐

1　指耶稣在山上对其门徒的启示。

趣，沉思那些在无限遥远的恒星的看不见的世界里居住的人，出没于他们的光房子，在没有光的物质的地窟里产生了生命，一个羞怯的来访者。他对时间的限制的理解和对空间的界限的理解差不多。什么颠覆性的镭的思考也不曾动摇他坚定的科学信念，他相信能量守恒，物质不灭。星星始终存在，永远存在。在那种宇宙的发酵中，毫无疑问，一切都必定相对相同，相对具有相同的物质，或者相同的材料，除了发酵过程中的反常物质。一切都必须服从，或者调解，同样的法则在人类全部经历中通行，没有违背现象。就这样，他争辩并且同意，世界和生命必定是所有恒星的附属物，正如它们是他自己的太阳系的这个独特的太阳的附属物。

他躺在这里，在面包树下，一个智力人凝视着繁星的苍穹，此时此刻，无数只眼睛，和他一样，通过这同样的象征，也一定不停地观看这个宇宙，尽管背后的假定不一样，却一样依靠智力发问并寻求整个宇宙的意义和结构。他这样推论着，觉得他的灵魂和那威严的陪伴亲密接触了，和那个一直在注视无限大的阿拉斯挂毯[1]的大众亲近了。

他们是谁？他们是什么？这些携带着巨大的、红色彩虹的、天籁之音的启示的遥远的超级的家伙们啊。毫无疑问，很久以前，他们已经登上了这条人类近来才刚刚依靠宇宙的日历踏上的

1　原文 arras，字面意思是“阿拉斯挂毯”，指向应是繁星满天的夜幕。不过，不知作者是从一个重病在身的科学家的头脑角度写作，还是作者本人谈论在当时还很新潮的宇宙的奥秘，这里上下几段文字都表达得玄妙却不甚清晰，让译者捉襟见肘，难免现眼。比如接下来的一段里的 they，究竟是指星星还是作者假想星星上居住的人，而在汉译里必须用“它们”或者“他们”区别出来，让不应该是难点的却成了难点。

道路。他们一定到达了那些高点，能够跨过空间的大坑，送来这样一种启示，而人类还正在为此流泪，受苦，流血流汗，在黑暗和许多混乱的劝告里如此缓慢地扎挣。那些高点是什么东西？他们赢得了兄弟关系了吗？他们知道爱的法则是强加软弱和腐败的惩罚吗？斗争就是生活吗？整个宇宙的法则就是自然淘汰的无情的法则吗？而且紧接着并且十分尖锐的是，他们遥远的结论竟然是，他们好不容易获得的智慧，还关闭在红怪那巨大的金属芯里，等待第一个地球人去阅读吗？有一件事情是肯定的：没有一滴从某个震荡中的恒星的狮鬣上摇晃下来的红血是那个发声的球体。它是设计出来的，不是天意，它包含了星星的发言和智慧。

那里包含了什么样的引擎、自然元素和掌握的力量！包含了什么样的学问、秘密和命运的控制啊！毫无疑问，既然像公共建筑的基石那么小的东西都能圈进去那么多内容，这个庞大的球体就应该囊括浩瀚的历史、超越人类胡思乱想取得的研究深度、法则和容易掌握的风俗习惯，会让地球上的人类的生活，个体的和集体的，从当前的泥沼跃升到纯净和力量难以想象的高点。它是时间送给盲目的、贪婪的和好高骛远之人的礼物。对他巴塞特呢，则是赐予了高贵的红运，有幸第一个从人类的星际族那里得到了这个启示。

且别说其他灌木丛部落的外乡人，就是白人也没有谁在端详过红怪后还活着的。这样的法则是恩格恩对巴塞特解释的。反过来，巴塞特过去经常争辩说有一种东西叫血统兄弟关系。但是恩格恩严肃地宣称没有什么兄弟关系。即使血统兄弟关系也与红怪的恩惠不可同日而语。只有在部落出生的人能够看到红怪并且活着。不过现在呢，他犯罪的秘密只有巴拉塔知道，她害怕献祭给红怪，这封死了她的嘴，那么情况就有区别了。他不得不做的是从讨厌的让他虚弱不堪的热病中复原，回到文明社会。然后，他便会带领一支探险队回来，而且，不惜把瓜达尔卡纳尔岛的人口全部摧毁，从红怪的心弄走别的星际传来的有关世界的启示。

但是巴塞特旧病复发的次数也越来越频繁，他的康复显然越来越没有期望，他的昏迷期越来越长，他终于明白，以为他自己生来一副不同凡响的好身板的乐观情绪只是一厢情愿了，他再也不能活着跨过那些草地，穿过危险的海岸丛林，到达大海了。南十字星在天空越升越高，他却越来越弱，连巴拉塔都明白等不到他的禁忌判定的那个婚礼日期，他就一命呜呼了。恩格恩亲自出马去收集熏烟的材料，来熏治巴塞特的头，而且向巴塞特骄傲地宣称和展示在巴塞特死后熏治他的头的艺术的完美手法。巴塞特自己倒是没有震惊。他身上的生命衰退得太久太深了，对死期已到的恐惧早已抵消了。他还在死撑，不清醒的时候和半清醒的时候交替呈现，梦幻和现实交替出现，在这种状态中他一时弄不清他到底真的看见过红怪，还是一种谵妄的噩梦的想象。

终有一天所有的迷雾和蜘蛛网一扫而空，他发现自己的头脑极为清晰，正好判断一下他身体虚弱的状况。他的手和脚都抬不起来了。长在他身上的骨肉很难控制得了，他几乎意识不到他还拥有什么肉身。他的肉体只是轻轻地附在他的灵魂上，而灵魂短暂的透明中，他才知道它是非常透明的，呆滞的黑暗就在附近。他知道死期说来就来；知道他真真切切亲眼看到了红怪，看见了那个星际之间的使者；知道他永远不能把那个启示带回文明世界了——那个启示，也许不是相反的情况，也许期待人类来倾听瓜达尔卡纳尔岛的心声静等了一万年了。巴塞特决意已定，把恩格恩叫到跟前，来到面包树下，和这个魔－魔医生谈谈条件以及他活着时的最后一搏的一些安排，他肉体一息尚存时的最后冒险。

“我知道法则，哦，恩格恩，”他就事论事地说，“不管谁，只要不是本部落的人都不能看见红怪后还活着。我活不了多久了。你们的年轻人抬着我到红怪的跟前，我要看看他，听听他的声音，然后死在你的手上，哦，恩格恩。这样，三件事情就都圆满了：法则、我的愿望和你尽快得到我的头，这是你等待已久的好事。”

恩格恩答应了他的要求，补充说：

“这是最好的结果。一个病人眼看好不了了，还扎挣着活下去，这是很愚蠢的。还有，这种病人死了，对活着的人更好。你没有几天活头了。和一个明智的人交谈，这对我是一件好事。我们跟每天的月亮没有多少话可说。你不一样，你在人头堂占据地方，像一只垂死的猪吵吵闹闹，要不就用你们的语言大声说话，我一点也听不懂。这让我不知所措，因为我一边翻动烟熏的人头，一边喜欢思考光明和黑暗这样的大事情。你吵闹起来没完没了，搅得我心神不宁，没法在我死前好好领会并且酝酿最后的智慧。至于你呢，你带来了黑暗，现在死了再好不过。我答应你，在以后漫长的日子里我会在烟雾中翻动你的头，部落没有人敢来打扰我了。我到时会告诉你很多秘密，因为我是老头子了，满腹经纶，我一边翻动你的头，一边让智慧产生智慧。”

于是，他们做了一个担架，十几个人用肩膀抬起担架，巴塞特开始了这最后一小段冒险，就算是对他活着时的所有冒险活动做一个交代。他很难感觉到他还有一个肉身，因为即使痛苦也不再消耗它了，唯有头脑十分清晰，给他传达十分清楚的思考的安静的狂喜，他躺在颠簸的担架上，看着渐渐远去的世界，最后一次注视着魔－魔堂前那棵面包树，打量纠结的丛林顶部下昏暗的白日，瞄一眼两座并肩而立的山峦之间的阴暗的峡谷、裸露的石灰石的山脊、黑色的火山岩的平顶山。

他们抬着他走下在大坑壁上蜿蜒而下的小道，只见大坑把闪闪有光的红怪包裹起来，而红怪似乎一直把颜色和闪光瞬间转变成彩虹，从而流淌出悦耳的吟唱和隆隆声。在献祭的人和神灵的骨头和原木上，他们抬着他行走，走过别的还活着的献祭者的种种恐怖，来到三根杆子搭成的三脚架和那个巨大的中柱撞击锤。

在这里，巴塞特在恩格恩和巴拉塔的帮扶下，有气无力地坐起来，屁股无力地挪了挪，眼睛明亮，眼神集中，清清楚楚地注视着红怪。

“又看了一次，哦，恩格恩。”他说，一直没有让眼睛离开发光的颤动的表面，只见浆果红的阴影不停地闪动，每闪动一下就变成了声音，变成了丝绸般的窸窣声，银子般的低语，金子般的弹弦音，天鹅绒般的精灵的风笛声，悠扬的遥远的隆隆声。

“我等着呢。”恩格恩过了好一会儿催促道，手里那把长柄板斧跃跃欲试。

“再等等。哦，恩格恩，”巴塞特重复道，“让红怪说话，这样我就既能看见又能听到了。然后，等我举起手来示意，你就砍下来；因为，在我举起手来时，我会把头向前探去，腾出地方让斧头砍到我的脖子根儿。不过，哦，恩格恩，我既然再也见不到白天的光明了，那么我愿意听着红怪奇妙的声音在耳边洪亮地吟唱而一死了之。”

“我答应你，任何头都不会像你的头一样得到精心的熏治，”恩格恩向他保证说，同时示意部落同胞操纵悬垂着的那些可以被拉动的绳子。“你的头将会是我熏治的脑袋中最伟大的杰作。”

巴塞特对老者的主意平静地笑了，这时那根雕刻的原木拉回来四十英尺的空间，然后放开。紧接着，雷鸣般的声音突然释放出来，他一下陷入狂喜之中。如此不同凡响的雷鸣啊！所有发声的金属能释放出来的珍贵的圆润音质应有尽有。天使长唱出来的天籁，比其他任何声音都富丽堂皇又优美。它是其他恒星的卫星的超人智力开发出来的，是上帝的福音，听来既诱惑又威严。而且——星际的金属发出来的不朽奇迹！巴塞特亲眼目睹了颜色和多彩转变成了声音，直到庞大球体的整个可见的表面成了一种蠕动的刺痒的汽化现象，他不能说这是颜色或者声音了。这一刻，物质的隙缝是他的了，那是物质和力量的互相融合与互相交配的种种渗透。

时间分分秒秒过去了。最后，巴塞特被恩格恩不耐烦的动作从狂喜中唤醒。他完全忘记了这个魔－魔老家伙。幻想的迅速一闪让巴塞特的喉咙沙哑地呵呵笑了一声。他的猎枪就放在他担架上的旁边。他只要把枪口对准脑袋，把扳机扣动，他的脑袋就会被打爆。

然而，为什么要欺骗他呢？巴塞特转念一想。一个猎人头、食人肉的畜生，和猿类和人类没有多大区别，而且老恩格恩按照自己的见解，做得相当公平了。恩格恩本身就是一个伦理的先行者，具有人类的审慎和温厚。巴塞特决定说话算话，最后要了这个老家伙是万分可怜的，是一种可耻的行为。他的头是恩格恩的，恩格恩的头会熏治它的。

巴塞特举手示意，如约把头往前探去，把他绷紧的脊柱纽带的关节完全暴露出来，忘记了巴拉塔只是一个女人，一个女人只会失望之极。他不用再看，很清楚那把锋利的板斧这时已经在他身后举起来。这个时刻，未死之前，未知之物的影子罩在了巴塞特的身上，可以想象之物的墙壁在裂开，感觉到了即将到来的奇迹。他知道板斧开始劈下，钢铁利刃就要咬进肉体和神经，这时似乎他凝视着美杜莎神[1]那张平静的脸——而且，在幻想的一闪里，钢铁利刃同时也咬进了奔流的黑暗，他看见他的头的幻影在面包树旁的魔－魔堂里缓慢地转动，一直在转动。

1　希腊神话人物，蛇发女怪，谁要遇到其目光，就会变成石头。